同居鮨

間借り鮨まさよ II

原 宏一
Hara Kouichi

双葉社

同居鮨

間借り鮨まさよ
Ⅱ

目次

同居鮨

間借り鮨
まさよ
II

装幀　重原　隆
装画　唐仁原多里

第一貫　ハノイの母

1

アメ横のアーチ看板が見えた瞬間、お腹《なか》がぐうと鳴った。

東京の下町、上野《うえの》のアメ横界隈《かいわい》は、食品をはじめ雑貨、衣料品、貴金属などが安く買える商店街として知られているが、大人たちが昼から一杯やっている居酒屋をはじめ大衆食堂、町中華、鮨《すし》屋、ビストロ、イタリアン、エスニックといった多彩な飲食店が軒を連ねている。

なにしろ七月も下旬に入った今日、舞依《まい》の朝食は薄い食パン一枚のみだった。午前中は一学期の終業式で昼までだったから給食はなし。その後はおやつも夕食も抜くつもりで冷房の効いた図書館で過ごしていたのだが、帰り道、空腹のあまりついふらふらと黄昏《たそがれ》どきのアメ横に吸い寄せられてしまった。

今春、小学五年生になった舞依は、放課後になると東上野にある学校から三十分以上かけて、区立図書館まで足を運ぶのが日課になっている。児童館の図書室なら歩いて十分ほどの場所にあるのだけれど、絵本や児童書しか置いてないから、十歳にして大人向けの本を読んでいる早熟女子には物足りない。

母娘二人の貧困家庭で育った舞依は、物心がついたときには東上野の築四十五年のアパート暮らしで一人の時間が多かった。といってタブレットやゲームを買い与える余裕がない母親は、いつも図書館で絵本や童話を借りてきてくれて、舞依は幼い頃から本に親しみ、幼稚園に入ると児童書を愛読しはじめ、小学三年生の頃には大人向けの本を手にしていた。

　きっかけは料理本だった。舞依にとって一人の時間の楽しみは読書のほかに料理もある。幼い頃から食いしん坊だった舞依のために、母親は夜遅く疲れて帰っても手料理を作ってくれた。そんな姿を見ているうちに舞依も手伝いはじめ、幼稚園のときには子ども向けの料理本を見ながら卵焼き、炒飯、パスタといった簡単な料理を作れるようになっていた。

　小学校に入ると、もっと手の込んだものを作りたくなって、図書館で大人向けの料理本を借りてみたら思いのほか読めた。それが嬉しくて、辞書を片手に大人向けの小説、エッセー、歴史物、伝記など面白そうな本を片っ端から読み漁《あさ》りはじめ、いまや大人の難しい言葉もかなりわかるようになった。

　おかげで今日も読書に没頭しているときは空腹が紛れていたのだが、気がつけば午後七時前。図書館は午後七時まで、と母親と約束していたから、慌てて本を三冊借りてランドセルを背負い、通学帽を被って宵闇《よいやみ》の道を歩きはじめた途端、再び空腹が疼《うず》きだした。

　このまま今日も夕食抜きなんて、つらすぎる。かといって、家に帰ったところで米も冷蔵庫の食材も食べ尽くしてしまい、食パンが三枚残っているだけ。ここまでお腹が空《す》いていると、いまから食材を買って料理する気にもなれない。

　やっぱ何か食べて帰ろうか。汗を拭いながらアメ横のアーチ看板を見上げた舞依は、改めて財布の中身を確認した。千円札一枚と小銭が三百七円しかない。

舞依の母親は四日前、実兄の葬儀のため、故郷のベトナムに三泊四日の予定で里帰りした。舞依も一緒に行きたかったのだが、

「あなたには勉強があるんだから、終業式までちゃんと学校に行きなさい」

と言われて一人で留守番することになった。

本当は娘も同行すると旅費が大変なんだろうと察したものの、そのかわり生活費として三万円も渡されたものだから舞依は舞い上がった。ふだんは節制ばかりさせられているだけに、一日七千円以上も使える！　と食いしん坊心が爆発してしまった。

初日の晩はステーキ肉と野菜をどっさり買ってきて料理して、お腹一杯食べた。翌日からは憧れの外食三昧を体験したくて、朝は一度だけ母親と行った近所のカフェでモーニングセット。昼は学校給食で、放課後はクレープやスイーツを買い食いしながら図書館へ。帰りには上野駅近くの憧れのビストロに寄り道して、牛肉の赤ワイン煮、ポトフ、ラタトゥイユ、キッシュといった料理本でしか見たことがない料理ばかり注文して食べた。

店の人からは、一人でどうしたの？　と怪訝《けげん》そうに聞かれたが、お留守番なの、と説明したら食べさせてくれた。おかげで三日続きの贅沢《ぜいたく》三昧になってしまい、気がつけば残金は二千円を切っていた。

使いすぎた、と焦りはしたものの、明日には母親が帰ってくるし、と高を括《くく》っていたのだが、いざ四日目の夜になっても帰ってこない。午前中の便でベトナムを発って六時間半後には羽田《はねだ》に着く、と便名と到着時刻もメモしていってくれたのに、何かあったのか。

母親の携帯に電話したくても舞依は携帯を持っていない。母親が持たせてくれなかった。携帯

を借りられる友だちもいないから、仕方なく上野駅の公衆電話に走って、手帳に書き留めていた母親の携帯番号に電話してみたが、なぜか繋《つな》がらない。

どうしたんだろう。外国だからなのか。電波が届かないところにいるのか。訝《いぶか》っているうちにも一夜が明けてしまったが、それでも帰ってこない。飛行機が欠航したんだろうか。事故でも起きたのか。あるいは、ひょっとしてあたし、置き去りにされた？

怖《おそ》ろしい考えまで浮かんだが、取り乱してる場合じゃない。あたしみたいな半端な女子なんか、だれも助けてくれないし、どうせからかわれて、いじめられておしまいだ。とにかく帰るまで待とう、と思い直し、今日も節制してきたのだが、それでも残金は千三百七円。

やっぱ外食はダメだ。いつお母さんが帰ってくるかわからないんだから、今夜は予定通り夕食は抜き。そう自分に言い聞かせ、借りた本三冊でずしりと重くなったランドセルを背負い直し、再びアメ横の路地を背中を丸めて歩きだした。

そのとき、右手にアメ横センタービルが見えてきた。あそこの地下にはタイ、インド、ベトナム、中国などアジア各国の食材を取り揃えた在日アジア人向けの食品街がある。舞依の母親も母国ベトナムのラウラム、リモノフィラなどの香草、唐辛子と大蒜《にんにく》入りの醬油《しょうゆ》ＴＯＩ＆ＯＴ《トイオッ》などベトナム料理に欠かせない調味料を買うために、毎月一度は買い物にきていた。

お母さんは、まだベトナムにいるんだろうか。もう日本に帰ってこないんだろうか。

ランドセルにも増して重い気持ちになりながら地下食品街の前を通り過ぎ、二年後には取り壊しになると通告されている東上野のアパートへ向かってとぼとぼ歩くうちに、飲食店が並ぶ路地の先からおいしそうな匂いが漂ってきた。

すき焼きみたいな匂いだ。鼻をひくひくさせながら進んでいくと、真新しい暖簾《のれん》を掲げた料理屋があった。頭上の看板には『旨々庵《うまうまあん》』と書かれている。

こんな店、いつできたんだろう。初めて気づいた舞依は店の前で足を止め、ガラス格子の引き戸越しに店内を覗《のぞ》いてみた。

落ち着いた内装の店内には白木のカウンターと重厚なテーブルが並べ置かれ、高級料理屋風の設《しつら》えになっている。なのに、なぜか食事をしているのは子どもばかりで、白髪頭を角刈りにしたおじさんが和食白衣姿で給仕している。舞依が知る限り、アメ横には子どもばかりが集まっている場所はないから奇異な感じがする。

どういう店なんだろう。改めて店頭を見回してみると、引き戸の脇に小さな看板が吊り下げてある。

『旨々庵の子ども食堂
小学生以下・百円　中学生・二百円
平日・午後四時半～七時半
土曜・午前十一時～午後二時　日曜定休』

だれでも気軽に食べていってね、と添え書きしてある。

そういえば、子ども食堂って本で読んだことがある。貧困家庭の子どもに無料または安い値段でご飯を食べさせてくれる店らしいけれど、ほんとにあるんだ。思わぬ出会いに興味津々、ガラス格子越しに見ていると、白髪角刈りのおじさんが目敏《めざと》く気づいて、ガラガラッと引き戸を開け、

「おねえちゃん、もうじき閉店になっちまうから早く入んな」

と声をかけてくれた。あたし、そんなに物欲しそうな顔をしてたんだろうか。

急に恥ずかしくなったが、空腹には抗えない。百円だったら願ってもない。食べていこう、と意を決して店に入った。

テーブルにひとつ席が空いていた。勝手に座っていいんだろうか、と俯《うつむ》きかげんで佇《たたず》んでいると、

「どこの国から来たんだい？　日本語はしゃべれる？」

白髪角刈りおじさんに聞かれた。改めて舞依の顔を見て気づいたのだろう。

幼い頃から数知れないほどされてきた質問にうんざりした。日本人の父と外国人の母から生まれると日本国籍になるのだが、見た目はベトナム顔だから、いつも勘違いされる。

「日本で生まれ育ったから大丈夫」

そっけなく答えて店内を眺め渡すと、白木のカウンターの上には『鮨まさよ』と白抜きされた紺の暖簾が掲げられ、ぽっちゃり丸顔のおばさんが和食白衣姿で鮨を握っている。カウンターに座っている六人の子たちに一貫ずつ握っては、それぞれの前に置かれた角皿にひょい、ひょいと置いていく。

ここってお鮨も食べれるんだ。舞依にとっては高嶺《たかね》の花だけに急に嬉しくなったが、ほんとに百円だろうか。追加料金を心配しながらランドセルを下ろして空いているテーブル席に座り、通学帽を脱いで手櫛《てぐし》で髪を整えた。

店内には和やかな空気が流れていた。男子女子合わせて十五人ほどいる客は大半が小学生らし

く、これだけ集まるとキャーキャー騒ぎ立てる子もいるものなのに、だれもが慈しむように黙々と料理を食べている。

壁の時計は早くも午後七時二十分を回っている。子ども食堂用の小さな看板には七時半までと書かれていたから閉店間近だ。定食や鮨を静かに食べていた子どもたちも徐々に箸を置きはじめ、ごちそうさまでした、と白髪角刈りおじさんに百円玉を渡して帰っていく。

どうやら舞依が最後の客のようだ。急いで注文しなきゃ、とテーブルに置かれた子ども食堂用の献立表を手にした。

・本日の肉料理　鴨《かも》のすき焼き御膳
・本日の魚料理　勘八《かんぱち》の西京焼き御膳
・ゲストの料理　鮨まさよの江戸前握り鮨

料理は三種類しかないらしいが、やけに本格的な和食が並んでいる。

「あの、握り鮨はいくら？」

念のため、白髪角刈りおじさんに確認した。

「百円」

「一人前で？」

「もちろん。ここしばらくはゲスト料理人の雅代《まさよ》が握ってくれてる」

雅代とは丸顔のおばさんのことらしく、自分の店は持たない間借り専門の鮨職人だという。これまで東京の目黒《めぐろ》や人形町《にんぎょうちょう》のほか、金沢《かなざわ》や千葉などを転々としながら握ってきた人だというが、自分の店も持てない人が百円で握る鮨って大丈夫だろうか。

一瞬迷ったものの、それでも好物の鮨だ。百円だったらいっか、と思いきって注文すると、おじさんが雅代に声をかけた。

「もう一人前握れるかい?」

すかさず雅代が肩をすくめた。

「ごめんね。今日の子どものぶんは、いま握ってるのだけでおしまい」

これには拍子抜けしたが、

「だったら鴨のすき焼きはどうだい?　すき焼きは日本人の大好物でね」

とおじさんに勧められた。かちんときた。日本で生まれ育ったって言ったじゃん。すき焼きぐらい知ってるって、と内心悪態をつきながら、

「じゃあ、勘八の西京焼き御膳」

本当は鴨が食べたかったのに、反発心から勘八を頼んでしまった。

「ほう、勘八を選ぶとは日本通だなあ」

おじさんはまた的外れなことを言って、水はセルフサービス、八時からは大人の店に切り換わるんだけど、それまでに食べ終われば大丈夫だから、と言い置いて奥の調理場に入っていく。

相変わらずの外国人扱いにむっとしてしまったが、でもまあ、どうせ百円だ。これでおいしかったら、つぎは百円鮨を食べにこよう、と自分をなだめながらカウンターの脇にある給水器に水を汲《く》みにいくと、

「お嬢ちゃん、ちょっといいかい?」

さっきの雅代が声をひそめて手招きする。え?　と舞依が足を止めると、わざわざカウンター

の外まで出てきて、

「卓《たく》さんは悪気はないんだけど、ちょっと失礼だったよね。あとでちゃんと言っとくから」

ごめんね、と小声で謝られた。

いまの白髪角刈りおじさんは卓さんこと店主の卓蔵《ぞう》だという。なのに、この人に謝られても、と舞依が黙っていると、

「お鮨、好きなの？」

にっこり微笑《ほほえ》みながら雅代が聞く。その屈託のない丸い顔に引き寄せられるように、こくりとうなずいた。

「だったら、明日は土曜だから昼から握ってるのよ。よかったらまたおいで」

舞依の肩をぽんと叩《たた》いてカウンターの中に戻っていった。

ほどなくして、くだんの店主、卓蔵が勘八の西京焼き御膳を運んできた。

「どうだい、この焼き上がり。うちは三種の小鉢つきだから食べ応えもあって旨《うめ》えぞ」

料理は卓蔵自身が作っているらしく、自画自賛して大きな角盆ごとテーブルに置く。

そこには西京味噌《みそ》に漬けて焼いた厚切りの勘八を筆頭に、鶏そぼろ、茄子《なす》の煮浸し、小松菜の白和えという本格的な小鉢三種にご飯と味噌汁が添えられている。

これで百円？　と改めて驚いた。

何か罠《わな》でもあるんじゃないか、と訝りながらも口に運んで目を瞠《みは》った。勘八の西京焼きも三種の小鉢も、これまで舞依が食べてきた和食の中でも断トツのおいしさだった。

そんな舞依の様子に気づいた卓蔵が、

「旨えだろう」

目を細めて声をかけてきた。さっきのわだかまりもあって言葉は返さなかったものの、実際、このおじさんが作ったものとは思えない美味だった。

舞依の母親はベトナム人ながら、作ってくれる料理は幼い頃から和食だった。生まれながらに日本国籍を持っている娘は、日本人と同じように育てたい。そのためには食事から、と考えた母親が、日本人の知人に教わったりネットで調べたりして、味噌汁も肉じゃがも豚生姜焼きもカレーライスも、ふつうに作ってくれた。

ただ、小学校に入って給食を食べたり、たまに外食させてもらうようになってからは、母親の味は日本人好みの味と若干違いがあることに気づいた。

それは言葉も同様で、母親は在日ベトナム人社会とはあえて距離を置いて、日本語学校と日本人の夫仕込みの日本語で育ててくれた。ところが、舞依が四歳のときに母親は日本人の夫と離婚した。その後は母親の日本語で暮らしてきたため、ベトナム訛《なま》りが自然に移ってしまい、幼稚園時代はよく友だちにからかわれたものだった。そこで頑張って発音を直した結果、小学校に入る頃にはネイティブな日本語を話せるようになった。

なのに小学校では、今度は持って生まれたベトナム顔をからかわれた。ベトナム人ベトナム人と囃《はや》されるのは日常茶飯事だったし、逆に、ベトナム顔なのにベトナムについて何も知らないことも揶揄《やゆ》された。

なにしろベトナム語は〝シンチャオ　こんにちは〟〝カムオン　ありがとう〟〝ゴーン　おいしい〟ぐらいしか知らない。おまえ、マジでベトナム人か？　と嘲笑されたり、出鱈目《でたらめ》なベトナム語で話しかけられたりもした。同級生たちは楽しんでいただけだろうが、当人には苦痛以外の何ものでもなかった。

それでも学校には通い続けた。いじめで不登校なんて悔しかったし、在日外国人として仕事先で苦労している母親を悲しませたくなかったからだが、ただ、同級生たちとは一切口を利かなくなった。黙って教室に座っているか、たまに保健室に逃げ込むか、居ても居なくてもわからない存在として毎日過ごしていた。

一般にベトナム人は明るくて楽観的と言われている。なのに妙にひねくれた引っ込み思案な性格になってしまったのも、図書館に閉じ籠《こも》って大人の本を読み漁るようになったのもそれゆえだと、いまでは自覚している。

その反動なのか小学四年になると、もっとベトナムを知らなきゃ、と意識してベトナム関連の本も読むようになった。母親に対しても、お母さんの故郷の味も食べたい、と注文をつけたところ、しぶしぶながら月に一、二度ベトナム料理を作ってくれるようになり、それを機にアメ横センタービルの地下食品街にベトナム食材を買いにいくようになった。

以来、ベトナムの揚げ春巻き〝チャーゾー〟、魚の煮付け〝カーコート〟、空心菜炒め〝ラオムンサオトイ〟、ベトナムの味噌汁的な甘酸っぱいスープ〝カインチュア〟といった向こうの家庭料理も食卓に並ぶようになり、食後には甘くて濃いベトナムコーヒー〝カフィ〟も飲ませてくれている。

そんな経緯もあって、いまでは和食もベトナム料理も両方好きになったのだが、ただ今夜は、同じ和食でもこんなにも繊細かつ奥深い味に作れるんだ、とびっくりしてしまった。これで百円

なんて信じられない、と感動しながら勘八の西京焼き御膳をきれいに平らげて口を拭っていると、

「また食べにきな」

卓蔵に声をかけられた。

舞依は黙って財布から百円玉を取りだし、テーブルに置いて席を立った。正直、まだわだかまりが残っていたからだが、そのとき、カウンターの中からも声がかかった。

「待ってるわよ！」

雅代だった。ほっこり笑顔を浮かべて鮨を握る仕草をしている。

これには素直に、うん、とうなずき返してふと見ると、さっきまでいなかった中年女性が子ども食堂の献立表を片付けはじめている。

もうじき午後八時になる。大人向けの時間には給仕スタッフがやってきて、卓蔵は調理に専念するらしかった。

2

夜風に当たりながら東上野のアパートに帰り着いて見上げると、今日も二階の角部屋には電気が点《つ》いていない。

まだお母さんは帰ってない。がっかりしながら一階入口の集合ポストを確認してみた。

デリバリーや水道修理のチラシと一緒に茶封筒の手紙が入っていた。郵便ではなく直接投函していったらしく、〝松崎《まつざき》・ティ・リエン様〟と母親の名前が記されている。

ベトナム人の名前は〝姓・ミドルネーム・名〟の順になっていて、母親は離婚後も元夫の松崎姓を名乗っている。舞依も正式には松崎・ティ・舞依で、マイという名はベトナムでも女性名として通じるから命名したらしいが、学校ではミドルネームなしで松崎舞依と書いている。

だれが投函したんだろう。母親宛ての茶封筒の裏には〝リラクホテルチェーン　榛名《はるな》〟と書いてある。母親はそのチェーンのひとつ、リラクホテル神田《かんだ》で働いているのだが、わざわざ会社の人が訪ねてきたということは、会社にも連絡がいってないんだろうか。

緊急事態と察した舞依は二階の部屋に上がり、急いで開封するとホテルの便箋に走り書きした手紙が入っていた。

『リエンさん、その後、どうされていますか？　母国からの帰国予定日が過ぎたのに無断欠勤が続いていて、電話もメールも繋がらないので心配して訪ねてきました。もし何かあったのなら早急に連絡をください。このまま無断欠勤が続くと解雇される可能性もあります。よろしくお願いします。リラクホテルチェーン本社人事課　榛名千里《ちさと》』

そんな文面とともに人事課の電話番号とメールアドレスも書き添えられている。

大変なことになった。舞依は焦った。質素ながらも母娘生活を続けてこられたのは、リラクホテル神田の仕事があってこそだとわかっているからだ。

そもそも母親は十二年前、語学留学で来日した。リラクホテル神田で客室清掃やベッドメイキングのアルバイトをしながら日本語学校で学んでいたのだが、ホテルに出入りしていたリネン業者の松崎と出会って、翌年には入籍して出産。育児中も舞依を背負って仕事に打ち込む真面目な勤務ぶりが評価され、やがてパートに昇格し、舞依が三歳になったときには外国人ながら契約社員に登用された。

　松崎とはその一年後に離婚したのだが、舞依と二人暮らしになってからも、母親は同じホテルにいる外国人のパートやバイトを束ねる主任として働き続けてきた。

「だからお母さんは、リラクホテルには心から感謝してるの。お父さんと別れても舞依と日本で暮らせているのは、契約社員にしてもらったおかげだし」

　最近になって母親からそう言われて図書館で調べてみたら、外国人は日本人と結婚しても帰化申請しないと日本国籍を取得できず、帰化申請前に離婚した母親は日本の在留資格を失う可能性があった。ただし、日本国籍の子どもを養育していれば定住できる規定があるため、舞依とともに日本に住み続けられるとわかったのだが、問題はお金だった。

　外国人労働者の待遇は日本人よりワンランク低く、バイトやパートで子育てするのは並大抵ではない。ところが、リラクホテルは母親を契約社員に引き上げてくれていた。おかげでパートよりは給料が良くなり、六畳一間に台所とユニットバストイレだけの安アパートながら母娘で暮らせてきたのだが、もしホテルを解雇されたらまたバイトからやり直しになって母娘生活が成り立たなくなる。

　今日ほど携帯電話がほしいと思ったことはない。最近は高学年になればクラスの半数以上が持っているのだが、いまの舞依ほど携帯を持つべき小五はいないと思う。

　でも、ないものは仕方ない。また上野駅の公衆電話から母親に連絡してみよう。それで繋がらなければ人事課の人に電話して事情を説明しよう。そう思い立って、舞依は再び上野駅へ向かった。

汗を拭いながら辿《たど》り着いた公衆電話から、まずは母親に電話してみた。やはり繋がらない。いったん切って人事課の人にも十回以上コールしてみたものの、こっちは出ない。どうしよう。このままだと母親がクビになる。

もう一度、人事課の人に電話してみよう、とダイヤルしかけて、はっと思い出した。

母親みたいな現場の社員はシフト制で昼も夜も働くが、本社勤務の正社員は平日は昼間だけの勤務で土日は休み。そう母親から聞いたことがある。しかも考えてみれば、いまどき公衆電話からの着信に出てくれるだろうか。知らない番号に出たら危ないよ、とクラスの同級生たちが話しているのもよく耳にする。

だったら、どうすればいいのか。

混乱する頭で考えた。土日に母親が帰ってくればいいのだけれど、もし帰らなかったら月曜日に直接本社の人事課に行ったほうが早いだろうか。

あれこれ考えるほどにますます頭が混乱してくる。明日からは夏休みだというのに、それどころじゃない。結局は不安と恐怖から逃れるように布団を敷いて寝てしまった。

いつになくうなされて目覚めたのは、翌朝の五時半過ぎだった。

一時的にでも現実を忘れたくて早寝したというのに、悪夢に見舞われて汗まみれになって跳ね起きた。

いまも脳裏には不安と恐怖が渦巻いている。なんで、こんなことになったんだろう。あたしが何か悪いことをしたんだろうか。あたしのせいで置き去りにされたんだろうか。ネガティブな思いばかりが頭をもたげて、寝起き直後だというのに息遣いが荒くなってくる。

ダメだダメだ。こんなことばっか考えてても何も解決しない。いまはあたしがしっかりしなきゃ。いつまでも寝床でぐずぐずしてないで、さっさと行動しなきゃ。

突如、焦燥感に駆られた舞依はタオルケットを撥《は》ね除《の》け、バシャバシャッと顔を洗って歯を磨いた。そして洗濯機はないから溜《た》めていた洗濯物を手洗いしたり、部屋を掃除したり、早朝から忙しく家事をこなした。

それでも朝七時半にはやることがなくなってしまった。さて、どうしよう。お腹も減ったし、三枚だけ残っている食パンのうち一枚食べちゃおうか。そうも考えたが、いや、これは大事に残しとくべきだ、と思い直し、残金千二百七円と人事課の人の手紙、そして母親からもらったリラクホテル神田のパンフレットを手提げ袋に入れてアパートを出た。

こうなったらホテルに行ってみよう。人事課の人が休みでも、ホテルのだれかに相談すればどうにかなるかもしれない。引っ込み思案の舞依としては一人で訪ねるのは勇気がいるが、それでも行くしかない、と自分に言い聞かせ、山手線の高架沿いの道を辿って三駅先の神田駅へ向かって歩きはじめた。

夏の陽射《ひざ》しの中、三十分後には、神田駅から程近い十五階建てのリラクホテル神田に着いた。ところが、玄関前に佇んだ途端、改めて一人で訪ねるのが怖くなった。生来の引っ込み思案に加えて、以前、母親から注意された記憶がふとよみがえったからだ。

あれは舞依が小学校に入った直後だった。それまでは仕事のことなど話してくれなかった母親が、ある日、リラクホテル神田のパンフレットを見せてくれながら、

「いまお母さんは、このホテルの宿泊課の主任をやってるのね。舞依が小さいうちはホテルの人にお願いして勤務時間を調整してもらっていたけど、これからはフルタイム勤務で正社員を目指すから、舞依が一人でアパートにいることがもっと多くなると思う。でも、寂しいからって勝手にホテルに来ちゃダメだからね。一生懸命働いてる大人たちに迷惑をかけたら、お母さんが怒られちゃうから」

と釘を刺された。

土曜日の今日、本社人事課の人は休みだとわかっている。なのにホテルを訪ねたらどうなるか。それでなくても無断欠勤している契約社員の娘が大人たちに迷惑をかけたら、母親は怒られるどころか有無を言わせず辞めさせられるかもしれない。

本社人事課の人が出勤する月曜日まで待つべきなんじゃないのか。ひょっとしたら今日明日にも母親が帰ってくるかもしれないのに、いま勝手に動いたら逆効果になるんじゃないのか。

そう思い至った舞依は、土壇場で踵《きびす》を返し、再び三十分ほど歩いて上野に戻ってアメ横のアーチ看板をくぐった。このままアパートに帰っても、やきもきしてるしかないし、区立図書館に行くには早すぎる。だったら、しばらくアメ横をぶらついて時間を潰し、旨々庵の子ども食堂が開く十一時になったら百円鮨を食べて、それから図書館へ行こうと思った。

ところが、この時間、アメ横には開いている店がチラホラしかない。人通りもあまりなく、ぶらついていてもつまらない。上野公園に行ってみようか。仕方なくまた歩きはじめた先に旨々庵が見えた。まだ開店前のはずだが気になって近くに行ってみると、店内に明かりが点《とも》っている。

早くも仕込みをはじめているらしい。雅代はいるだろうか。今日は鮨が目当てとあって、ガラス格子越しにそっと店内のカウンターを覗いてみると、そこには若い女性が立っていた。細長い包丁を手にして仕込みをしている。

今日はあの人が握るんだろうか。気になってじっと見つめていると、背後からぽんと肩を叩かれた。どきりとして振り返ると、

「早いわねえ」

ジャージ姿の雅代がいた。

「いま近所の海苔《のり》屋さんに行ってきたの」

うっかり海苔を買い忘れちゃってて、と竹編みの買い物籠を掲げて見せながら、お名前は？と聞く。

「舞依。ちょっと時間が余っちゃったんで」

バツが悪くなって弁明すると、雅代はうんうんとうなずいてガラガラッと引き戸を開け、

「ねえ佑衣《ゆい》、いますぐ一人前だけ握りたいんだけど大丈夫？」

カウンターの中にいる女性に声をかけた。

「大丈夫ですけど、どうかしました？」

「この子、舞依ちゃんっていうんだけど、お腹がぺこぺこみたいだから先に握ってあげたいの」

「あら、佑衣と舞依って、あたしたち姉妹みたいね」

佑衣はふふっと笑い、佑衣姉って呼んで、と笑いかけてくれると、

「さ、座って」

カウンターの真ん中の席に角皿を一枚置いてくれた。

ぽつんと一人でカウンターに座っていると、調理場から店主の卓蔵が現れた。

土曜日は午前十一時から午後二時までが子ども食堂だから卓蔵も仕込みに追われていたようだが、

「昨日はすまなかったなあ、雅代さんに叱られちまってよ」

恐縮顔で謝りながら湯呑《ゆの》みにお茶を注ぎ、舞依の前に置いてくれた。

でも舞依は黙っていた。まだ卓蔵へのわだかまりが残っていて言葉を交わしたくなかった。そんな態度に困惑してか、

「いやほんとにすまなかった、ゆっくり食べていきな」

卓蔵は再び詫《わ》びながら頭を下げて、調理場へ戻っていった。

途端に自己嫌悪に見舞われた。雅代がちゃんと叱ってくれて、卓蔵も謝ってくれたのに、いつまでも心を閉ざしている自分が嫌な女子に思えてきた。

雅代の鮨を食べたらすぐ帰ろう。そう決めてふとカウンターの隅に目をやると、〝写真撮影 ネット掲載 お断り〟と書かれた小さなカードが立てられている。

四日前に食べたビストロでは、お客がみんなパシャパシャ写真を撮っていたのに、こういう店もあるんだ。驚いていると、和食白衣に着替えてきた雅代が、

「鮨は握り立てが一番おいしいから、写真なんか撮るよりすぐ食べてほしいの。あと、ふだんあたしは一人で切り盛りしてるのね。一度に六人しか相手にできないからネットで騒がれてたくさん押しかけられても困るし」

と説明してカウンターの中に入り、おしぼりを出してくれるなり、

「さあ、握るわよ。まだ仕込めてない種《たね》もあるけど、それは勘弁ね」

「あの、種って？」

舞依は首をかしげた。

「〝種〟はネタのこと。昔ながらの江戸前鮨職人はそう呼ぶの。カウンターは〝付け台〟、カウンターの中の調理場は〝付け場〟、鮨屋の店主は大将じゃなく〝親方〟、とかね」

へえ、じゃあ雅代親方なんだ、と思いながらお茶を飲んでいると、

「ちなみに、子ども食堂だと鮪《まぐろ》二貫、鯵《あじ》二貫、鯛《たい》二貫、海老《えび》二貫、干瓢《かんぴょう》巻き一本の〝お決まり〟で握ってるんだけど、今日は特別に〝おまかせ〟で握ったげよっか」

「おまかせ？」

「夜の大人の時間は、おまかせとお好み、両方やってるのね」

おまかせは鮨職人が仕入れに応じて種の順番を組み立てて握る。お好みは客に好きな種を選んでもらって握る。

「ただ鮨に詳しくない人は、おまかせのほうが鮨の楽しさがわかると思って。どうする？」

「あの、おまかせで」

回転鮨しか知らない舞依としては、まかせるほかない。

「山葵《わさび》は抜く？」

「あ、いえ、好きなので」

舞依は幼稚園の頃から唐辛子も山葵も好きな妙な子だった。そうと聞いて佑衣姉が本山葵をシ

ヤリシャリとおろしはじめ、雅代親方は角皿に酢漬けの生姜を盛りつけてくれると、

「じゃあ、大人とは違うからつまみは抜きにして、まずは千葉の竹岡《たけおか》の漁師さんが直送してくれた太刀魚の昆布締めからいくね」

「たちうお？」

「銀色に輝く刀みたいな細長い白身魚。とくに夏場に獲《と》れる二メートル近いやつは、脂がのっておいしいから〝夏太刀〟って呼ばれてるの。それを鮨種用に切りつけて、板昆布で挟んで旨みを含ませたのが昆布締め」

ほかにも酢締めや漬《づ》けといった仕事をした魚を握るのが本来の江戸前鮨だそうで、雅代親方は昆布で薄っすら色づいた太刀魚の身に、おろした山葵をちょんとつけ、赤茶色のシャリと合わせて手早く握った。そして最後に、刷毛《はけ》で醬油のようなものをさっと塗って、舞依の角皿にひょいと置く。

美しい形をした握り鮨だった。舞依がしげしげと眺めていると、

「回転鮨だと、機械で握った四角っぽいシャリに鮨種をペタッとのせるだけの〝のっけ鮨〟だけど、江戸前の握りは地紙の形に握るのが基本なの」

と教えてくれた。地紙とは扇を開いたときの紙部分のことで、確かにそういう形をしている。

ただ、ひとつ謎なのはシャリが赤茶色なのはなぜだろう。

「ああ、それは江戸の昔から使われてる〝赤酢〟で味つけしてる赤シャリなのね。酒粕《さけかす》を長く熟成させた酢だから、米酢よりも酸みがまろやかで香り高い旨みがあって、江戸前仕事をした種に馴染《なじ》むのよ。赤酢のほかは塩しか入れてないから、甘みを利かせた白シャリに慣れてる人は驚く

みたいだけど、さあ、握り立てが一番だから食べて」

手でも箸でも好きなほうで、と言われて、舞依は手でつまんで口に入れた。

その直後に形よく握られていたシャリが、はらりとほどけた。そこに、ほどよく脂がのった太刀魚と昆布の旨みと香りがふわりと広がり、思わずとろんと頬が緩んだ。

「あら、いい顔してくれるわねえ」

さっきまでとは大違い、と雅代親方が微笑んでいる。隣で仕込みを続けている佑衣姉も、うんうんとうなずきながら微笑んでいる。

あたし、さっきはどんな顔してたんだろう。不思議に思いながらも、

「あの、刷毛で塗った醤油みたいなのは？」

もうひとつ聞いてしまった。引っ込み思案を自覚しているのに、雅代親方相手だとなぜか話しやすい。

「いい質問ねえ。これは醤油と酒を合わせて火にかけてアルコールを飛ばした調味料で〝煮切り〟っていうの。江戸の昔、鮨を屋台で売ってたときからの仕事なんだけど、生《き》醤油よりもやわらかくて鮨に合うのよ。じゃ、つぎは小鰭《こはだ》。一昨日、酢締めにして寝かせといたやつ」

「一昨日？」

鮨って鮮度が命じゃないんだろうか。それでなくても小鰭は苦手なのに。

「そんな顔しないでよ。これは一昨日、獲れたばかりの小鰭を酢で締めたやつ。酢締めの小鰭は最低でもひと晩は寝かせたほうがおいしいの。一週間寝かせる職人もいるほどだけど、あたしの場合は二日寝かせて旨みと香りを立たせてる」

にっこり笑って、回転鮨では見たこともない美しい銀色に輝く皮目にすっすっと飾り包丁を入れて握ってくれた。

すぐさま口に運んだ舞依は衝撃を受けた。小鰭ってこんなにおいしかったんだ。心地よい酸みの奥に独特の旨みと香りが潜んでいて、赤シャリと合わさると震えるほどの旨みが炸裂《さくれつ》する。回転鮨とは別物のおいしさに恍惚《こうこつ》としていると、そんな舞依を煽《あお》り立てるように、

「さあ、ここからはどんどん握るから、途中でおかわりしたい種があったら遠慮なく言ってちょうだい」

雅代親方が満面に笑みを浮かべて言うと、墨《すみ》烏賊《いか》、真鯛、鳥貝、鮪赤身、鮪中トロと、つぎつぎに握って、ひょい、ひょいと角皿に置いていく。

一貫また一貫と夢中で食べた。こんな幸せな時間があるだろうか。途中、おかわりもしながら一心不乱に食べ続けていると、やがて玉子の握りに続いて干瓢巻きを巻いてくれたところで、

「はい、これでおしまい」

まあよく食べたわね、と雅代親方は笑った。

振り返ってみれば、おかわりも含めて二十貫近く。大食いの舞依も大満足のおまかせ握りだった。これで百円だなんて信じられない、と食後の余韻に浸っていると、

「おいしかった？」

改めて聞かれた。うん、と大きくうなずき返した。雅代親方は、ありがとう、と礼を言うなり、ふと真顔になって、

「だけど舞依ちゃん、今日は何があったの？」

首をかしげて目を覗き込んできた。

　突然の問いかけに戸惑いながらも、別に、と首を横に振った。

「あら、何にもないのにあんな哀《かな》しそうな顔になるわけ？　おばちゃん、これでも心配してるの。いいからちゃんと話してごらん」

　諭すようにたたみかけられた瞬間、ふっと心が揺さぶられ、

「お母さんが帰ってこないの」

　ぽつりと打ち明けてしまった。

3

　雅代親方が付け場から出てきて、舞依の隣に腰を下ろした。佑衣姉は舞依を気遣うように、付け場で黙々と仕込みを続けている。

「よかったら、ちゃんと話してごらん」

　いたわるような雅代親方の声に促され、舞依は重い口を開いた。

　母親のベトナム行きの経緯から、これ以上帰国が遅れたらホテルを解雇されかねない切羽詰まった事情まで。どうしていいかわからなくなってる、と正直に打ち明けた。

「舞依ちゃん、ほかに身内の人はいないの？」

　雅代親方が聞く。黙って首を横に振った。

「別れたお父さんとかその家族とかも？」

また首を振った。実際、いま父親がどこにいるのか、父親の身内がだれなのか、本当に舞依は知らない。

「だったらすぐに、ホテルの人にお母さんの状況を伝えたほうがいいんじゃないかな」

「でもホテルの人に迷惑かけるかもしれないし、どう話していいかわからない」

それが怖くて今日は帰ってきてしまった、と言い添えると、

「だったらそのホテルに、あたしもついてってあげよっか。大人が一緒のほうがホテルの人も安心するだろうし」

雅代親方が思わぬことを言いだした。昨日会ったばかりなのにそこまでしてもらっても、と気が引けて舞依が黙っていると、佑衣姉が口を挟んできた。

「舞依ちゃん、遠慮しちゃダメよ。あたしも昔、雅代さんに助けてもらったおかげで、いまもお店をやっていられるの。こういうときは思いっきり甘えちゃいなさい」

「そうそう、困ったときはお互い様だし」

雅代親方にも諭されて、そこまで言ってくれるなら、と子ども食堂が終わる午後二時に雅代親方とホテルへ行く約束をした。

午後二時までは、いつもの区立図書館で調べものをしたり鮨の本を読んだりしていた。頃合いを見て皆々庵に戻ってくると、佑衣姉が店先で子ども食堂の小さな看板を片付けていた。

「あらお帰り。いま終わって雅代さんは着替えてるから、ちょっと待ってて」

そう言いながら佑衣姉はふと、舞依の手提げ袋に目を留めた。

「何の本？」

たくさん入ってるわね、と覗き込んでいる。

「お鮨の本、図書館で借りてきた」

「へえ、五冊も借りたんだ」

「雅代親方のお鮨がおいしかったから」

あんなにおいしい鮨は、どうやれば作れるんだろう。そんな興味が湧いて初めて鮨の本を手にしたのだが、とても読みきれなくて、あれこれ借りてきたのだった。

「そっかあ。あたしも雅代さんのお鮨に感動して、魚の仕込みを習いはじめたんだよね。夫と一緒に人形町でやってるバスク料理店でも、いろんな魚を使ってるから、魚の勉強も兼ねて子ども食堂が昼営業の土曜だけ手伝いにきてるの」

正直、舞依はバスク料理がどんなものか知らなかったが、スペイン北部にあるバスク地方の料理だそうで、

「よかったら今度、食べにおいでよ」

と嬉しいことを言ってくれる。雅代親方も佑衣姉も店主の卓蔵とは大違いだ。昨日の一件をまだ根に持っていると、

「舞依ちゃん、お待たせ」

ジャージ姿の雅代親方が店から出てきた。

「すみません、よろしくお願いします」

舞依がぺこりと会釈すると、うまくいくといいね、と佑衣姉が手を振ってくれた。

今日も神田まで歩くことにして、舞依が道案内がてら先導していくと、雅代親方は散歩気分な

のか、

「いい天気ねえ」

にこにこしながら後をついてくる。

こんな感じで大丈夫だろうか。ホテルの人の機嫌を損ねないだろうか。急にまた不安に駆られた。もしホテルの人の機嫌を損ねたら即刻、母親のクビが飛ぶかもしれない。そうなったら母親が無事に帰ってきたとしても、今度は母娘生活が崖っぷちに立たされてしまう。

どうしよう。今日があたしとお母さんの運命の分かれ道になったら、どうしよう。

怖い想像に怯《おび》えながら背中を丸めてとぼとぼ歩いていると、

「ねえ舞依ちゃん、お鮨に興味があるの？　さっき握るとこ、じっと見てたでしょ」

と雅代親方に聞かれた。

「うん、興味ある。雅代親方のお鮨がすっごくおいしかったから、本もたくさん借りたし」

手提げ袋を見せて照れ笑いした。

「あらありがと。お鮨って食べておいしくて、握っても楽しいから、あたしも大好き。でも不思議な話なんだけど、大丈夫かな、おいしくできるかな、って心配しながら握ると、おいしくならないの。おいしく握るぞ、あたしならおいしく握れるぞ、って自分に自信を持って握ると、ほんとにおいしく握れちゃうんだよね」

いまひとつわからない話だったが、一応、うなずいてみせると、

「世の中も、それとおんなじ。こうと決めたら、大丈夫かな、うまくいくかな、って心配してや

るより、大丈夫、うまくいく、って自分に自信を持ってやれば、きっとうまくいく。だから舞依ちゃん、しゃんと背筋を伸ばして元気よく歩こ」

と微笑みかけられた。

そういうものなんだろうか。半信半疑ながらも背筋を伸ばして歩いていくと、神田駅の向こうにリラクホテル神田が見えてきた。

いよいよだ。こうなったら引っ込み思案どころじゃない。大丈夫、うまくいく、と雅代親方に言われたばかりの言葉を呪文のように唱えながら玄関の自動ドアを抜け、ソファーが並んでいるロビーに足を踏み入れた。

「いらっしゃいませ」

フロントにいる女性が声をかけてきた。でも、その目は舞依の背後を見ている。雅代親方がお客さんだと思っているようだ。これには怯《ひる》んだが、雅代親方は黙っている。舞依ちゃんが話しなさい、と促している。

「あの、松崎・ティ・リエンの娘、舞依です」

どきどきしながら告げた。フロント女性は一瞬、きょとんとしてから、

「ああ、宿泊課のリエンさんの」

ちょっと待ってて、と電話の受話器を取ってだれかと話している。

ほどなくしてフロント脇のドアが開いて作業着姿のおばさんが姿を現した。そのベトナム人っぽい顔を見てとっさに舞依は、

「シンチャオ」

こんにちは、と挨拶した。するとおばさんも舞依の顔に気づいて、シンチャオ、と返してきてベトナム語でしゃべりはじめた。

「あ、ごめんなさい。あたし、ベトナム語はしゃべれないの」

慌てて日本語で謝った。おばさんは、一瞬、戸惑いを見せたものの、すぐに日本語に切り換えて、

「わたしはホアです。こっちの部屋に行って話するです」

たどたどしく言って、フロントの左手にあるスタッフ休憩室へ促す。舞依がついていくとホアはふと振り返り、

「あなた、だれですか？」

舞依の後ろにいる雅代親方に質《ただ》した。

「あたしは鮨まさよの雅代。鮨を食べにきた舞依ちゃんが困っていたから、一緒についてきてあげたの」

雅代親方がやさしい言葉で自己紹介した。それでもホアは訝しげな表情を崩さないままスタッフ休憩室に導いてくれて、打ち合わせテーブルの椅子を勧めてくれた。

ホアは母親の指揮下で働いているルーム清掃員だそうで、すぐに舞依は人事課の人が書いた手紙を見せて、お母さんの帰りが遅れてるの、と雅代親方を真似《まね》てやさしい言葉を選びながら説明した。

それで来訪の目的は伝わったようで、ホアはうんとうなずき、

「わたしも心配してるです。リエンさんいないと外国人、困るですからリエンさんのケータイに

電話しましたが出ないです。早く帰ってほしいです。だって早く帰らないと」

言葉を止めて周囲を見回し、声をひそめて、

「早く帰らないと、人事課の榛名さん、いい人だけど、人事課長さん、怖いです」

と眉を寄せる。何が言いたいんだろう。人事課長は怖いから母親がクビになる、ということだろうか。だとしたら大変だ。

「あたし、榛名さんに会いたいの。どこに行けば会えるの？」

身を乗りだして舞依は聞いた。

「リラクホテルチェーンの、品川《しながわ》本社です。でも榛名さんは今日、休み。明日の午前中、神田に来るです」

彼女は墨田《すみだ》区、台東《たいとう》区、葛飾《かつしか》区など城東エリアの担当で、明日は日曜だけれど午前中、今回の件のために休日出勤してくるという。

「午前中の何時？」

舞依がたたみかけると、

「わからない」

ホアが首を横に振った。正確な時間は言われていないらしく、そうと聞いて雅代親方が口を開いた。

「ホアさん、念のため、榛名さんの携帯番号を教えてくれない？」

「それは」

ホアが困っている。勝手に教えられないようだ。

「だったらあたしたち、明日は朝からホテルの近くで待ってるんで、もし榛名さんが来る時間がわかったら電話をくれると助かるんだけど。舞依ちゃんは携帯を持ってないから、これ、あたしの携帯番号。よろしくね」

雅代はメモ用紙に携帯番号を書いて差しだした。それでもホアは雅代親方を警戒している。すかさず舞依は頭を下げ、

「ホアさん、お願い。雅代親方はいい人なの。大丈夫だから、ほんとにお願い！」

と泣きついた。それでようやくホアは雅代親方の携帯番号を受け取ってくれた。

リラクホテル神田を後にした舞依の背中は、再び丸まっていた。

ホアに会えたときは、多少なりとも不安が薄まったのだが、

〝人事課長さん、怖いです〟

あの一言が重くのしかかっていた。

品川本社では、すでにそんな事態になっている。榛名さん、いい人です、と言われはしたものの、この先のことを考えると怖くなって身がすくんでしまう。

お母さん、早く帰ってきて。でないとあたし、おかしくなっちゃう。

思わず立ち止まって天を仰いでいると、

「舞依ちゃん、遅くなったけどお昼ご飯、一緒に食べよっか」

雅代親方が微笑みかけてきた。街角の時計は午後三時半を回っている。確かにお腹は空いているが、返事に詰まっていると、

「ほらほら、そんな顔してないで、おいしいものを食べながら話そ」

何食べたい？　と舞依の手を引っ張り、そのまま神田の飲食店街に連れていかれた。

悩んだ末に、町中華にしてもらった。上野にも町中華はたくさんあって、母親と何度か行ったことがある。ベトナム料理にも炒め物や麺類はあるものの、日本の町中華にはまた違ったおいしさがある、と母親も好んで食べていた。

「だったら、あたしが知ってる店に行ってみよっか」

雅代親方が飲食店街の外れにある小さな町中華屋に連れていってくれた。通し営業の店らしく、この時間、ほぼ客のいないテーブル席に向かい合って座るなり、

「さあ、好きなものをじゃんじゃん頼んでちょうだい。お腹が空いてると元気がでないから、遠慮しちゃダメよ」

と急《せ》かされて、舞依は回鍋肉《ホイコーロー》定食を注文した。ゲン担ぎではないけれど、回鍋肉は母親が好きでよく頼んでいた。

雅代親方は炒飯と餃子《ギョーザ》を二皿頼んで、一皿は舞依ちゃんのぶんね、と笑いかけてきた。

そんなに食べきれないよ、と思ったものの、いざ料理が出てきて箸を手にしたら、豚肉とキャベツの旨みに味噌と油の香ばしさが溶け合う回鍋肉のおいしさの彼方に、ふっと母親の姿が浮かんだ。上野でもお母さんと一緒にもりもり食べたっけ。そんな思い出に浸りながら回鍋肉と餃子を交互に頬張っていたら、瞬く間に完食できてしまった。

「舞依ちゃんったら、ほんとに食べるのが好きなんだね。小五の頃は、あたしも食欲が爆発してたけど、いいなあ、若いって」

雅代親方がほっこりしている。

ようやく人心地がついた舞依も、お腹をさすりながら頬を緩めていると、雅代親方がポケットから携帯電話を取りだして画面をタップして、

「これ、けさネット検索して見つけたサイトなんだけど」

と画面を差しだしてきた。

家族が行方不明になったとき、どう対応したらいいのか。その方法を専門家が教えてくれているサイトだそうで、もしそうなったら、やるべきことは四つあるという。
一、当人の携帯に何度も電話し続ける。
二、自宅にある当人の持ち物を調べて手掛かりを探し、親族や友人知人、職場など心当たりに連絡してみる。
三、事件や事故に巻き込まれていないかニュースなどでチェックする。
四、それでもわからない場合は警察に行方不明者届を提出する。
しかも、これらは行方不明になって一週間以内にやらないと、行方不明者が見つかる可能性が低くなる、と書いてある。行方不明、事件、事故、警察といった生々しい言葉の羅列に胸が締めつけられ、とっさに舞依は、

「警察は嫌」

と声を上げ、

「だってお母さんは、帰りが遅れてるだけなの。行方不明なんかじゃないの」

「それでも、お母さんの手掛かりは探しておいたほうが」

と言いかけた雅代親方に、

「とにかく警察は嫌！」

声高に言い返して嫌々をするように首を左右に振った。

これまで舞依は母娘で外出中、母親が警察官から職務質問される現場を何度か見てきた。国はどこだ、在留カードは持ってるか、どこに住んでるんだ、と質問攻めにされている母親の傍らで、何も悪いことしてないのに何て失礼な人たちなんだろ、と腹を立てたものだった。

そんな記憶もあって、今日は図書館で鮨の本だけでなく法律関係の本も手にしてみた。親が姿を消したとき、警察に届けると子どもはどうなるのか。調べた結果、親が行方知れずになって頼れる親族もいない子どもは、児童相談所に通報されて児童養護施設に入れられる。そうなったら十八歳まで施設で養育され続けるらしく、

「そんなの嫌なの。絶対嫌なの」

舞依は拳を握り締めて訴えかけた。すると雅代親方は微かな困惑を見せながらも、やさしい眼差しは崩さないまま言った。

「ごめんね、もう調べてたんだね。だけど現実を見つめれば、お母さんの帰国予定日から二日半も過ぎてるわけだし、少なくとも、このサイトに載ってる一から三までのことはやっておくべきだと思うのね」

「でも携帯ないから何度も電話できないし」

「だったら、あたしがときどきお母さんに確認の電話をしてみる。それでも行方がわからない場合は、警察に届ければ捜索してくれるかもしれないし」

「だけど事件や事故でなきゃ捜索してくれないって本に書いてあったし、警察は絶対に嫌」

「うーん、だったらこうしよっか。ホテルの人事課の人に会う前に、家に残されてる手掛かりは探しておくべきだと思うのね。先の心配ばっかりしててもしょうがないから、心を強く持ってお母さんの友人知人にも当たってみるべきだし、一歩一歩やっていこうよ」

「まあそれならいいけど」

「よし決まり。あたしも精一杯応援する」

そう励まされて思わず舞依は言い返した。

「だったら、あたしのアパートに来て。雅代親方と一緒に手掛かりを探したい」

雅代親方は夜八時から旨々庵の大人のお客さんにも鮨を握らなければならない。そうとわかっていながら我がままを言ったのは、一人で母親の手掛かりを探すと思ったら息苦しいほどの怖さがこみ上げてきたからだ。

するとと確認するように問われた。

「だけど、ホアさんにも怪しまれてたあたしが、舞依ちゃんの家に行って大丈夫なの？　手掛かりを探すってことは、お母さんと舞依ちゃんのプライバシーを覗き見るってことなのよ。出会って間もないあたしがそんなことして、ほんとに大丈夫？」

それでも舞依は、うん、と大きくうなずき返し、

「あたし、雅代親方だったら大丈夫って信じてる。だからお願い！」

テーブルに手を突いて懇願した。小五の舞依にここまでされては雅代親方も拒みきれなかったのだろう。

「わかった。じゃあ、こうしよっか。夜の営業前に小一時間ほど行くから、住所を教えてもらえる？」

と携帯電話を取りだした。

「ありがとう！」

ほっとするあまり涙がこみ上げそうになったが、舞依はぐっと堪《こら》えてアパートの住所を伝えた。

4

雅代親方と別れてそそくさと六畳一間のアパートに帰ってきた舞依は、水道の水をコップに注いでごくごくごくと飲み干した。

ふう、と息をつくなり六畳間の古びたちゃぶ台を隅に退《ど》かし、擦り切れた畳の上にごろんと寝転がって天井を眺めた。

なんだかもう今日は、いろんなことがありすぎた。ひとつひとつ問題を整理しなきゃ、とは思うのだけれど、混乱した頭を休めてからでないと心の収拾がつかない。

雅代親方からは別れ際に、

「午後七時頃にはアパートに行けると思うから、舞依ちゃんなりに、お母さんの手掛かりになりそうなものを探しておいてちょうだい。それをもとに、明日からどうしたらいいか、二人で考えよ」

と言われている。

まずはそこから手をつけるべきなのは舞依もわかっているものの、いま改めて母親の私物を物色しなければならないと思うと、やはり気が進まない。

ちょっと頭をほぐしてからにしようか。舞依は図書館で借りてきた江戸前鮨の本を手にした。江戸前鮨の歴史、江戸前の魚、江戸前の仕込みなど、横になったまま興味の趣《おもむ》くままにページをめくりはじめたら一気に鮨の世界へ引き込まれた。

そのまま夢中で読み耽《ふけ》り、ふと気がつくと本棚の目覚まし時計が午後六時半近くになっている。ヤバっ。雅代親方が来るまで三十分しかない。

こうしてはいられない、と追い立てられるように畳から身を起こし、テレビの横に置かれている三段チェストに、にじり寄った。

「ここには、お母さんの大事なものが入れてあるから、勝手に開けちゃダメよ」

物心ついた頃から言われ続けてきた舞依にとっては聖域のようなチェストだが、手掛かりがあるとしたらここしかない気がする。

疚《やま》しさに駆られながらも手を伸ばし、一段目の引出しを開けた。ノート型のアルバムが入っていた。これは舞依も見せてもらったことがある。パラパラとめくってみると、母親のベトナム時代から来日当初までの写真が収められている。

お母さん、けっこう若かったな。感慨を覚えながらアルバムを脇に退けると、ブック型のクリアファイルがあった。開いてみるとアパートの賃貸契約書、舞依の母子手帳、在日ベトナム人向けの子育てガイドブックや就学案内といった書類がきちんと整理されている。ほかにもベトナム時代の卒業証書らしき書類や日本語学校の卒業証書、リラクホテルとの雇用契約書などの書類を入れたクリアファイルも出てきたが、母親の友人知人やベトナムの実家に繋がる手掛かりは見つからない。

二段目には、ささやかなアクセサリーや小物類のほか肌着や下着。三段目にはシャツやブラウスが積み重ねてある。やっぱ手掛かりはないか。落胆しながら念のため、二段目三段目の衣類を退かしてみると、三段目の奥にプラスチック製の平たい収納ケースが隠してあった。

預金通帳と印鑑が入っていた。どきどきしながら通帳を開くと、残高は二十万円ちょっと。舞依にとっては大金だが、我が家の財産として多いのか少ないのかはわからない。ほかに何かないか。改めて一段目と二段目の引出しの奥も確かめてみたが、それ以上のものは出てこなかった。

結局、手掛かりらしいものは何もなかった。せっかく雅代親方が来てくれるのに、どうしよう。ため息をついていると、急にまた空腹を覚えた。中華を食べてからさほど経《た》っていないのに、つぎはいつ食べられるかわからないと思うと、無意識のうちに体がほしがるんだろうか。

雅代親方が来る前に食パン一枚の半分だけ食べちゃお、と台所に行きかけると、ブーッとブザー音が鳴った。築四十五年の安アパートにはインターホンもドアチャイムもない。

はい、とドア越しに応答すると、

「鮨まさよでーす、出前をお持ちしましたー」

明るい声が返ってきた。ほっとして鍵を開けると同時に、

「はい、江戸前太巻き。出掛けに巻いてきた」

と手提げの紙袋を手渡された。

「ありがとう」

「あと、これは蛤《はまぐり》のお吸い物。卓さんのお手製よ」

　携帯用ポットも差しだしてくる。

「卓蔵さんが？」

「そう、夜の営業前に舞依ちゃんちに江戸前太巻きを持ってく、って卓さんに話したら、蛤の吸い物も持ってけ、って作ってくれたの」

　しかも、今夜は大人向けの鮨まさよは休んでいい、と言ってくれたという。いまも卓蔵にわだかまりを残している舞依としては、信じられない気持ちだったが、

「卓さんって、こういう気遣いができる人なのね。だからあたし、江戸前太巻きを追加で何本も巻いて、お客さんに振る舞って、って置いてきたの。今夜は舞依ちゃんと同じ太巻きを大人のお客さんも食べてるわよ」

　と雅代親方は輪切りにした江戸前太巻きを皿に盛りつけ、かつて母親が粗大ゴミ置場で拾ってきたちゃぶ台に配膳してくれた。

「ごめんなさい、みんなに迷惑かけちゃって」

「謝ることなんてないわよ。いまは舞依ちゃんのほうが大変なんだから、とりあえずおいしいうちにお食べ」

　そう言われて舞依は、ぺこりと会釈してちゃぶ台に向かった。幼い頃から食事にも宿題にもお絵描きにも使ってきた昭和が薫るちゃぶ台が、漬け鮪、海老、真鯛、穴子、玉子焼き、干瓢、おぼろといった色鮮やかな江戸前の鮨種が顔を覗かせる太巻きの断面と相まって、眩《まばゆ》いほど輝いて見える。

「あ、これは白いシャリだね」

　ふと気づいて舞依が言うと、

「巻き鮨には、ほんのり甘みを含ませた白シャリのほうが合うと思うから、そうしてるの」

　何が何でも赤シャリって決めつけてるわけじゃないの、と雅代が微笑む。

　そう言われてますます食欲に駆られた舞依は、ごくりと喉を鳴らし、吸い寄せられるように具沢山の一切れにかぶりついた。海苔の香りと心地よい甘さの白シャリに包まれた魚介と玉子と干瓢の味わいが渾然《こんぜん》一体となって弾け、口一杯に広がっていく。

　これ、おいしい万華鏡だな。

　舞依が夢見心地で旨みの余韻を楽しんでいると、雅代親方が台所からお椀《わん》を持ってきて蛤の吸い物も注いでくれた。ほのかに白濁した湯気が立ち昇るその汁を啜《すす》ると、磯の香りがふんわりと鼻腔《びこう》に抜け、蛤の出汁《だし》が潮騒のごとく滲《し》み入ってくる。

　なんておいしいんだろう。太巻きにも吸い物にも目から鱗の旨みが満ちていて、沈み込んでいた心がじんわりと癒される。

　思わず頬を緩めて陶然としていると、

「舞依ちゃん、いい顔してるよ。その顔を忘れないようにしなきゃね。いまは不安とか心配とか尽きないだろうけど、つらそうな顔ばっかりしてると、もっとつらいほうに心が引っ張られちゃうからね」

　と穏やかに諭してくれた。

　雅代親方は、けさと同じことを言ってくれている。

〝大丈夫、うまくいく、って自分に自信を持ってやれば、きっとうまくいく〟

そう、そうなんだ。あたしはもっと自分に自信を持たなきゃいけないんだ。そう自分に言い聞かせていると、

「じゃ、そろそろ手掛かりについて話そっか」

雅代親方がちゃぶ台の上を片付けはじめた。

どこから話せばいいんだろう。

改めて雅代親方と向き合った舞依は、逡巡《しゅんじゅん》しながらも、

「さっきお母さんの手掛かりを探してみたんだけど、何にもなかったの」

と切りだした。母親が使っているチェストには、アパートの賃貸契約書や日本語学校の卒業証書といった書類のほかに預金通帳と印鑑も入っていたが、友人知人からの手紙とか住所録とかは一切なかった。

「ちなみに、本棚の本の合間とか、冷蔵庫の奥とか、押入れの上の天袋とかも探してみた？」

雅代親方に聞かれた。黙って首を横に振った。

「だったらそういうところも探そっか。大人って、いろんなところに隠すんだよね」

へえ、と思いながら、まずは本棚に入っている日本語の料理本、日本語辞典、漢字練習帳といった母親の本を一冊ずつめくって調べてみたが、何もない。続いて小さな冷蔵庫を開けて味噌やマヨネーズなどの調味料を退かしてみると、棚の奥にビニール袋に包んだ茶封筒が貼りつけてあった。一万円札が三枚入っている。続いて天袋も開けてみると、積み重ねた冬物の衣類の下に、

一万円札を十枚入れた茶封筒があった。

これで預金通帳の分と合わせて三十三万円ほど。ずいぶんあるなあ、と驚いたが、やはり手掛かりになるものはなかった。

がっかりしながら、三十三万円見つけた、と報告した途端、雅代親方が表情を曇らせた。

「ダメよ、具体的な金額を他人にしゃべったら。もしあたしが悪い人だったら何をされるかわからないでしょ」

いつもやさしい雅代親方のきつい言葉にしゅんとしていると、

「ごめんね、厳しい言い方して。でも、こういうときこそ自分の身を守る意識を強く持たないと何が起こるかわからないの。いまどきの悪い人たちは小学生だからって容赦しないから、ホテルで会ったホアさんが最後まであたしを警戒してたように、何事も慎重に行動していかないとね」

と言い添えてくれた。

親身なアドバイスのもと、さらに家捜しを続けた。でも結局、母親の友人知人に繋がる手掛かりは何もなかった。三十三万円もあれば、当面、生活の心配はないとわかったけれど、せめて住所録の一冊でもあれば、ベトナムの実家や別れた父親の連絡先ぐらいはわかるのに、それもなかったのが残念だった。

「そういえばお母さんは、携帯でキャッシュレス決済とかしてた？」

ふと聞かれた。言われてみれば、何年か前に母親が、買い物代も公共料金も携帯電話で支払えるようになったから便利よね、と喜んでいたことがある。しかも母親は外国籍だから、在留カードは常に携帯していないと罰金を取られるそうで、いつも大きめの財布に入れて持ち歩いていた。

「だとすると、住所録やスケジュールも携帯に入れて管理してたのかもね。いまの世の中、いろいろと便利になったぶん、大事なものをまとめて持ち歩く人が多くなったけど、こういうときに困るわよねえ」

雅代親方は肩をすくめると、

「舞依ちゃんは大人の本も読んでるって言ってたから、またちょっと生々しい話をしていいかな」

と目を見据えてくる。今度は何を言われるんだろう。不安に駆られながらも小さくうなずき返すと、雅代親方は言葉を繋いだ。

「これは佑衣がネットで調べてくれたことなんだけど、大人の女性が行方不明になった場合、一般的には事故、犯罪のほかに男性関係、借金、子どもへの虐待といったトラブルが関わってることが多いらしいのね。もちろん、舞依ちゃんのお母さんに限ってそんなことはないと思うけど、いまは緊急事態だから失礼を承知で聞かせてね。そういう心当たりはない？」

雅代親方としてもやむにやまれず聞いたのだろうが、本当に生々しい話だったことが舞依にはショックで眩暈《めまい》がしそうなほどだった。

でも、母親は犯罪に手を染めるような人じゃない。男性関係や借金とは無縁だと思うし、もちろん舞依が虐待を受けていることもない。といって、舞依が知らない裏の顔がないとも言い切れなくて、

「お母さんはそんな人じゃないって信じてる」

と答えた。すかさず雅代親方は頭《こうべ》を垂れて、

「ごめんね、失礼なこと聞いちゃって。だけど、もしこのまま明日もお母さんが帰らなかったら、やっぱりあたしは警察に届けたほうがいいと思うの。そうしないと最悪の場合、民間の探偵事務所に探してもらうぐらいしか方法がないらしいのね。けっして不安を煽るわけじゃないんだけど、これからどう動くべきなのか、舞依ちゃん自身が考えといたほうがいいと思うし、あたしとしても決着がつくまでは舞依ちゃんに寄り添っていたいと思ってるの」

だからめげずに一緒に頑張ろうね、と励まされた。それでも舞依は、

「やっぱ警察は嫌」

意地になって言い張った。

雅代親方は困ったように目を伏せてしまった。ここまで親身に気遣ってくれている人に、なぜあたしは意地を張ってるんだろう。なんだか自分がわからなくなってきたが、ひとつ確認したくなった。

「けど、どうして雅代親方はあたしだけ助けようとしてるの？」

子ども食堂には、ほかにもたくさん困っている子どもが来ているはずだ。昨日出会ったばかりの舞依に、どうしてそこまで肩入れしてくれるのか。ベトナム顔をしているからか、日本顔の子とは違う目で見ているのか、わけを知りたくなった。

「人助けに理由なんてないわよ。いますぐ助けなきゃならない人が目の前にいたら、その人から先に助けるのは当たり前のことでしょう。舞依ちゃん一人じゃ乗り越えられないことも、あたしと二人だったら何とかなるかもしれないし、ただそれだけのこと。だから警察のことも無理強いはしないけど、よかれと思って言ってるだけで他意がないことはわかってほしい」

雅代親方は微笑みながらそう言って静かに立ち上がると、舞依の傍らにやってくるなり、そっと両手を伸ばし、いたわるように抱き締めてくれた。

気がつけば舞依は涙目になっていた。でも、そんな自分を見られるのが嫌で、とっさに雅代親方の腕の中で身をすくめた。

5

その晩、雅代親方は夜遅くまでアパートにいてくれた。

母親の話は掘り下げすぎないほうがいいと思ったのだろう。舞依が借りてきた鮨の本に目を留めると、さりげなく鮨の話に切り換えてくれて楽しく盛り上がったのだが、目まぐるしかった一日の疲れのせいか、途中から舞依はうつらうつらしはじめた。

気づいた雅代親方が、

「そろそろ布団に入んなさい、今日も疲れたろうし」

とちゃぶ台を部屋の隅に寄せて、押し入れから布団を出して敷いてくれた。

「雅代親方はどうするの？」

「あたしは、そうだな、ほんとのこと言うと今夜は遠くへ出掛ける予定だったんだけど、そうもいかないから、予定を変更して羽田の家に帰って寝ようかな」

「羽田空港に住んでるの？」

「そうじゃなくて、羽田って昔は漁師町で、あたしの亡くなったお父さんも漁師だったのね。羽田空港の拡張がきっかけで漁師を廃業して鮨職人として生きた人なんだけど、当時の古い実家がいまも残ってるから、都内で間借り鮨をやってるときは一人で住んでるの」

羽田からは毎朝、軽トラックを飛ばし、午前六時には豊洲《とよす》市場で魚を仕入れて上野まで来ているそうで、ほかに房総《ぼうそう》半島の竹岡と能登《のと》半島の輪島《わじま》の親しい漁師も魚を直送してくれているという。

「ただ、あたしは地方の街で間借りして握ることも多いから、そのときは現地の安いアパートを借りて仮住まいしてるの」

「じゃあ、そのうちに上野からもいなくなっちゃうの？」

「そんな寂しそうな顔しないでよ。舞依ちゃんがお母さんに会えるまでは旨々庵で握らせてもらうつもりだし、卓さんもそのほうがいいって言ってくれたから安心して」

「だったらよかった。あたし、雅代親方がいなくなったら」

「ほらまたそんな顔しないの。今夜は舞依ちゃんが寝つくまで一緒にいてあげるから」

「ほんとに？　ほんとにいてくれる？」

「うん、いてあげる。そのかわり玄関の鍵を貸して。舞依ちゃんが寝たら外から施錠して、鍵はドアポストに放り込んどくから」

「わかった」

なんてやりとりをしているうちに、いつしか舞依は寝入ってしまったのだが、ふと目覚めると一夜が明けていて、雅代親方はいなくなっていた。

いつ帰ったんだろう。目を擦りながら布団から起き上がると、ちゃぶ台の上に置き手紙があった。

『おはよう！　よく眠れたかな。今日は榛名さんがいつ来るかわからないから、朝八時半にホテルの前で会いましょう。リエンさんの娘だとわかるように母子手帳とか学校の名札とかを持ってきてちょうだい。あと、お母さんが帰ってきたときのために〝いま外出してるからここに電話して〟とあたしの携帯番号を添えてちゃぶ台の上に置いてきてね。一緒に頑張ろう！　雅代』

時計は早くも七時半を回ろうとしている。慌てて食パンを一枚、焼かずに食べて外出着に着替え、ドアポストに入っていた鍵で施錠してアパートを飛びだした。

この時間、上野の街はまだ静まり返っている。日曜だからだろう、高架沿いの道にも、ぽつりぽつりとしか人がいない。

今日はどうなるんだろう。不意に不安がこみ上げてきたが、そのとき、雅代親方の言葉がよみがえった。

〝大丈夫、うまくいく、って自分に自信を持ってやれば、きっとうまくいく〟

舞依は背筋を伸ばした。大丈夫、あたしはうまくいく。そう自分に言い聞かせながらさくさく歩いていくと、やがてリラクホテル神田が見えてきた。

街角の時計はまだ朝八時前。思いのほか早く着いてしまったが、いざホテルに近づいて驚いた。玄関の前にジャージ姿の雅代親方が立っている。もう着いてるんだ。慌てて駆け寄ると、いつ人事課の人が来てもいいように朝七時から待っていたのだという。

「七時から！」

舞依が目を丸くしていると、

「そんなに驚かないでよ。いつも朝六時には豊洲市場で魚を仕入れてるって言ったでしょ。今日は日曜で市場も旨々庵も休みだから、これでもふだんよりゆっくり来たんだから」

と笑っている。

鮨職人って毎朝、早くから働いてるんだ。偉いなあ、と感心しつつ雅代親方とおしゃべりしながら待っていると、三十分後、長い髪をポニーテールに結んだスーツ姿の女性がホテルに向かって歩いてきた。

宿泊客とは違うっぽいな、と思いながら見ていると、

「この人かもよ」

雅代親方に、ぽんと背中を叩かれた。舞依は思いきって女性に歩み寄り、

「あの、人事課の榛名さんですか？」

恐る恐る声をかけた。はい、と答えて女性が立ち止まった。

「あたし、松崎・ティ・リエンの娘、舞依です」

神妙に名乗って榛名さんからの手紙を見せた。途端に女性は、あなたが娘さんなの、と目を瞬かせた。

すかさず雅代親方も自己紹介して鮨まさよのショップカードを手渡し、わざわざ運転免許証も見せながら、子ども食堂で舞依と出会った経緯を説明した。

「ああ、それで昨日も舞依さんと一緒にいらしたんですね。ホアから聞きました」

榛名さんも名刺を差しだし、とりあえず館内へどうぞ、と昨日のスタッフ休憩室の隣にあるオフィスへ通された。

パソコンを置いた事務デスクが並ぶオフィスの会議テーブルに向かい合い、念のため、舞依が持参した母子手帳や図書館利用カード、学校の名札も確認してもらうと、

「ちなみに昨日、リエンさんは帰られましたか？」

榛名さんに問われた。

「まだ遅れてるの。でも、明日はきっと帰ってくると思うので、お母さんをクビにしないでください。お母さんは無断欠勤するような人じゃないです。何か事情があったんです」

舞依が懸命に訴えかけると、雅代親方が補足してくれた。

「実はゆうべ、リエンさんの手掛かりがないか、この子の自宅アパートを一緒に探してみたんですね。でも、ベトナムの実家や親しい友人知人の連絡先は、彼女が携帯に入れて管理してるみたいで」

せめて覚え書きのメモでもあれば、と思ったんですけど、と雅代親方が嘆息すると、

「まあ、いまどきは全部携帯に入れてる方も多いですしね」

榛名係長がうなずいた。すかさず雅代親方はたたみかけた。

「あたしも舞依ちゃんをしっかりフォローして動いてみるので、いまは緊急事態ということで、どうかリエンさんの解雇を急がずに猶予をもらえればと」

お願いします、と頭を下げると、榛名さんはポニーテールを揺らしながら居住まいを正して言った。

「わかりました。いまお二人ともご本人確認ができて、詳しい事情も話してくださったので、私としてもリエンさんの処遇については保留できるよう善処したいと思います。ただ、念のため上

司の判断を仰がなくてはならない決まりになっているので、正式なお返事は明日、もしくは明後日までお時間をいただければと思います」

すみません、と恐縮した面持ちで謝ってから舞依に向き直り、

「いろいろと大変だと思うけど負けないでね」

と最後に元気づけてくれた。


ほどなくして雅代親方とリラクホテル神田を後にした。

都会のビジネスウーマン、といった垢《あか》抜けたルックスの榛名さんから、思いのほか前向きな言葉をもらえた。これにはちょっとばかり安堵《あんど》したが、でもまだ安心はできない。

〝人事課長さん、怖いです〟

あの言葉がまだ引っかかっていた。明日か明後日には正式に処遇が決まる。そうは言われたものの、上司の人事課長の判断がどう転ぶか、それが怖かった。

どっちにしても待つしかないのが哀しいところだけれど、お母さん、早く帰ってきて、お願いだから早く、と祈るような気持ちで神田の街を歩きはじめると、

「ねえ舞依ちゃん、まだ早めだけど、今日もお昼、一緒に食べよっか」

と雅代親方に誘われた。

そういえば、けさは食パン一枚しか食べてないから、かなりお腹が空いている。アパートには雅代親方の携帯番号を書き置いてきたことだし、うん、食べたい、と答えた。

「だったら、ちょっと気分を変えて遠出しない？　中華そばがおいしい店があるの」

あたしの軽トラで行こ、とアメ横の近くにある駐車場に連れていかれた。

雅代親方としては、相変わらず浮かない顔でいる舞依に気分転換させようとしているのだろう。その気遣いに感謝しながら軽トラに乗り込み、助手席のドアを閉めると同時に雅代親方がアクセルを踏んだ。

車窓越しに見る上野の街は、朝方とは一転、休日の賑《にぎ》わいを見せはじめていた。行きかう人波をぼんやり眺めているうちにも軽トラは通りを進み、

「ここから高速に乗っちゃうね」

雅代親方は楽しそうに言って首都高に駆け上がり、軽快に飛ばしていく。

舞依は車窓に釘づけになっていた。高速に乗ったのは初めてだからだ。松崎家に車はないし、家計がきつくて母親と旅行したこともない。友だちがいない舞依にとって学校の遠足は苦痛だし、家計を助けるためにも行ったことがない。遠出といったら休日に一度だけ、一人で歩いて浅草《あさくさ》へ行ったことがあるが、ベトナム顔ゆえに外国人観光客扱いされてうんざりして以来、上野周辺しか出歩かないようになった。

これが東京の街かあ。

東京に住んでいるくせにしげしげと車窓の景色に見入っていると、そんな舞依に気づいた雅代親方が、

「もうじき佑衣夫婦のバスク料理店がある人形町に入るわよ。その先は、日本橋《にほんばし》から銀座《ぎんざ》へ抜けていくから見ててごらん」

観光案内のように解説してくれた。

これまでテレビでしか見たことがない都心の繁華街に見惚《みと》れているうちに、やがて左手に海が見えてきた。これまた舞依は初めて見た光景とあって、さっきまでの憂いも忘れて、

「海だ！」

思わず声を上げてしまった。

「これは、あたしがお世話になってる東京湾。穴子、太刀魚、黄金鯵、細魚《さより》、勘八とかいろんな魚をあたしが握れてるのは、この東京湾のおかげなの。ほら、レインボーブリッジも見えてきた」

雅代親方が指差した直後に軽トラはモノレールと並走しはじめ、しばらくして再び街中に入り、その先の羽田インターチェンジでようやく一般道に下りた。

「ここがあたしの故郷、羽田の街。この先には羽田神社があって、毎年夏には大漁旗を掲げて海の安全と大漁を祈願するお祭りをいまもやってるのね。漁師は数少なくなったけど、そのお祭りこそが羽田が漁師町だった証なの」

そう説明しながら雅代親方はハンドルを切り、小さな商店街に入って年季の入った一軒の店の駐車場に軽トラを駐《と》めた。

「さあ、ここよ」

店頭には『中華そば羽田』と看板が掲げられている。雅代親方が引き戸を開けて、ガンちゃん、久しぶり！　とタオル鉢巻の若い料理人に挨拶し、

「中華そば二つね。この子のは大盛り」

と勝手に注文してテーブルに着いた。

三分としないうちに運ばれてきたのは、鶏ガラ醤油味のスープに細縮れ麺を沈めて叉焼《チャーシュー》と法蓮《ほうれん》草《そう》とナルトをのせた、小五女子の目にも懐かしく映る中華そばだった。

早速、舞依はスープと麺を啜り、にんまり笑ってしまった。

「おいしいでしょう。あたしの父親は漁師を廃業して鮨屋を開いたんだけど、この店も同じ羽田の元漁師がはじめたのね。いまは二代目のガンちゃんがやってるけど、地元の名店」

雅代親方はにっこり笑い、自分も勢いよく麺を啜って、みるみる食べ進んでいく。その食べっぷりに刺激されて舞依も大盛りに挑み、自分でも予想外の早さでスープまで全部飲み干してしまった。

「やっぱ食いしん坊ねえ、舞依ちゃんは」

雅代親方は嬉しそうに微笑むと、じゃ、腹ごなしに散歩しよっか、と早々に席を立ち、

「ガンちゃん、しばらく駐めさせて」

と軽トラを置いたまま下町の民家が密集する羽田の路地を歩きだした。

どこへ行くんだろう。ついていくと、ほどなくして路地は土手に突き当たり、斜面に造られた階段を上がっていくと川があった。川というより河と表現したくなるほど広々とした川面には風がそよぎ、夏の陽射しに煌《きら》めきながらさざ波が立っている。

「このあたりは多摩《たま》川の河口に近い場所なのね。向こう岸は神奈川県の川崎《かわさき》で、左の川下には、ほら、羽田空港が見えるでしょ。その先が東京湾で、昔、あたしの父親は毎朝、ここから出漁して穴子や蛤を獲ってたの」

雅代親方が遠い目になって説明してくれた。

そのとき、上空に旅客機が飛んできた。どこから帰ってきたのか、徐々に高度を下げてきて、海の上に浮かんでいる滑走路に舞い降りていく。

お母さん。

突如、舞依は現実に引き戻された。予定の帰国便で帰らなかった母親は、まだ帰っていないんだろうか。首都ハノイから遠く離れた地方の町にある実家に帰ったままなのか、あるいは、どこかに消えてしまったのか。

再び川面に目を落として舞依が沈み込んでいると、

「ちょっと座ろっか」

雅代親方が土手に腰を下ろした。舞依も黙って土手に腰を下ろし、対岸の川崎の街に目をやりながら、

「やっぱあたし、捨てられたのかな」

独り言のように呟《つぶや》いた。

あたしの何がいけなかったんだろう。学校や友だちに馴染めないあたしがお母さんの重荷になったのか。図書館にばっかり行ってるあたしがうざくなったのか。日本人として生まれたあたしなんか無視して母国で生きていきたくなったのか。考えるほどに自分自身に嫌気が差してきた。

結局、あたしのせいなんだ。あたしなんかが生まれてきたのがいけなかったんだ。

気がつけば川崎の街が滲《にじ》んできた。多摩川沿いの風景もみるみる霞《かす》んでくる。慌てて涙を堪えた。でも堪えきれそうにない、と思った瞬間、

「泣いていいよ」

雅代親方が言った。それでも懸命に堪えていると、

「舞依ちゃん、あなたはいつも自分の感情を押し殺しているでしょう。どうせあたしのことなんかだれもわかってくれないし、って。でもね、感情って、ときどき自分で弾けさせてやらないと、知らず知らずのうちに心が壊れちゃうの。だから、こういうときは泣いていいのよ。思いっきり声を上げて泣いちゃいなさい」

やさしく語りかける雅代親方の声にも、いつしか嗚咽《おえつ》が滲んでいる。

そうと気づいた途端、涙腺が決壊した。涙が怒濤《どとう》のように溢《あふ》れて止まらなくなり、舞依は初めて人前で、わんわん声を上げて泣いた。

中華そば羽田の駐車場から五分と走らないうちに、細い路地に面した雅代親方の家に到着した。

多摩川の川端で泣き腫らした舞依に、

「ごめんね、気分転換のつもりだったのに飛行機まで気が回らなくて」

帰りは上野まで送るから、ちょっとあたしんちに寄っていこ、とわざわざ生まれ育った実家に連れてきてくれた。

古い木造の二階家。間口が二間《けん》、二メートルほどしかない狭い玄関前に軽トラを駐めて、さあどうぞ、と引き戸を開けてくれた雅代の家に入ると、そこは小さな店になっていた。

「ここは昔、漁師をやめた父親が自宅の一階を改装して開いた鮨屋だったの。店が繁盛してからは、近所にもっと広い店舗を買って亡くなる寸前まで付け場に立ってたんだけど、原点はここなのよね」

懐かしそうに言って、いまは台所として使っている元の付け場で、暑い季節もお湯で淹《い》れた緑茶のほうが体にいいのよ、と急須で淹れてくれた。

元の付け台に雅代親方と肩を並べ、温かいお茶で喉を潤した舞依は、ふうと小さく息をついた。もしあのまま東上野のアパートに帰って一人きりになっていたら、本当に心が壊れてしまったかもしれない。そんな舞依に雅代親方はやわらかな眼差しを向けながら、

「少しは落ち着いたかな」

また微笑みを浮かべた。舞依はこくりとうなずいて、

「泣きたいときは泣いたほうがいいんだね」

照れ笑いしながら言った。

感情を見せたら笑われる、馬鹿にされる、いじめられる。そればかり考えて生きてきた舞依にとっては新鮮な体験だった。感情を弾けさせるって大事なことなんだ、と思わぬ発見をした気分だった。

「そう、そうなのよ。舞依ちゃんは大人の本が読めるほど賢い子だけど、子どもの無邪気さと繊細さもちゃんと持ち合わせている。だから今日の舞依ちゃんを見てたら、気持ちの置きどころがわからなくなってるんだと思ったのね。いつも楽しく笑いながら生きていくためには、つらいときは泣く、腹が立ったら怒る。それが自然なことなんだから恥ずかしいことでも何でもないの。そこに気づいてくれたんなら、舞依ちゃんはもう大丈夫だと思うから、この際、もうひとつ大事な話をしていいかな？」

舞依の目を見つめてくる。その目を見つめ返して小さくうなずくと、雅代親方はおもむろに続

ける。

「いま舞依ちゃんは、過ぎたことよりも先のことを考えたほうがいいと思うから話すんだけど、お母さんが見つかる可能性はまだ九割方あると思うのね。ただ、残り一割の不安に揺さぶられて舞依ちゃんの心が押し潰されちゃったら大変だから、いまのうちにひとつ大事なことを言っとくね。万が一、このまま舞依ちゃんのお母さんが帰らなかったときは、あたし、舞依ちゃんの里親になりたいと思ったの」

え？　と舞依は小首をかしげた。里親の意味がわからなかった。

「この国には、親と離れ離れになった子どもを親に代わって養育していける里親っていう制度があるのね。ややこしい条件とか段取りとかはあるみたいだけど、うまく運べば、あたしが舞依ちゃんの里親になれる可能性があるの。ほかにも養子縁組するとか、いくつか方法があるみたいだから、もしものときも舞依ちゃんが一人ぼっちになることはない。そのことはぜひ頭に置いといてほしいのね。それが頭の片隅にあるだけで、残り一割の不安が多少ともやわらぐと思うし」

わかってくれるかな、と目顔で確認された。

でも正直、舞依は戸惑っていた。里親の意味も雅代親方が言いたいことも理解できた。理解はできたが、出会って二日半のあたしの里親になろうなんて、そんな大変なことをなぜ雅代親方は決断してくれたんだろう。ひょっとして何か裏でもあるんじゃないのか。

急に疑心暗鬼になった舞依は、

「どうしてそこまでしてくれるの？」

慎重に問い返した。すると雅代親方は、それはね、とだけ言って、ゆっくりとお茶を差し替えはじめた。

　二杯目のお茶は最初よりちょっと苦かった。

　でも、いまのあたしにはちょうどいい濃さかも、と思いながら啜っていると、しばらく宙を見つめて考えていた雅代親方が、

「里親になろうと思った理由は二つあるの」

　さっきの話に戻した。

「一つは、あたしも昔は心を閉じてたから、いまの舞依ちゃんの気持ちは痛いほどわかるし、他《ひ》人事《とごと》と思えないの」

「でも雅代親方は日本顔だし」

　あたしはベトナム顔でいじめられてきたの、と初めて打ち明けた。

「そうだったんだ。そんなことでいじめられるなんて、つらかったろうね。でもね、ベトナム顔に生まれたのは舞依ちゃんの素敵な個性なの。料理がどれも同じ味だったらつまんないように、みんなが同じ顔だったらつまんないじゃない。国も人種も考え方も夢も、それぞれ違うから楽しいのよ。なのに馬鹿にするなんて理不尽なことされたら、舞依ちゃんでなくたって心を閉じちゃう」

　ほんとに酷《ひど》い話よね、と共感してくれて、

「ただ、あたしの場合は違う原因で心を閉じちゃったの。舞依ちゃんと同じ小学生の頃、漁師をやめた父親が、この場所に母親と鮨屋を開いたのがきっかけなのね。鮨屋の仕事は二人とも初め

てだったから、それはもう毎日必死だった。早朝の仕入れから夜の酔ったお客さんの相手まで、店にかかりきりになっちゃって、あたしはいつも二階の四畳半で一人だった」

たまに両親と顔を合わせても慣れない客商売に疲れてピリついているし、しかも学校で仲がよかった友だちは親の漁師廃業で羽田を離れて続々と転校していく。漁師町だった頃とは街の雰囲気も子どもたちの生活も一変して、のほほんとした性格だった雅代親方は、殺伐とした学校でいじめに遭うようになった。

やがて昼は学校をさぼって二階の四畳半でぼんやり過ごし、夜になるとさっきの多摩川の土手に上って川崎の街明かりを眺める日々。あたしって何のために生きてるんだろう。あたしって必要な存在？　と卑屈に考えてばかりだったという。

「もちろん、舞依ちゃんとはまったく違う原因で心を閉ざしてたわけだけど、自分を蔑んだり絶望したりした苦しみは同じだったと思う。それでもあたしが立ち直れたのは、あたしの異変に気づいた父親が鮨屋の接客に引っ張りだしてくれたおかげなのね。最初は嫌々やってたんだけど、開けっぴろげに笑いながら酔っ払ってるお客さんたちに接しているうちに、だんだん楽しくなってきて、気づいたら心を開けるようになっていた。だから」

言葉を止めて舞依に向き直り、

「だから、内向きの葛藤に苦しんでる舞依ちゃんを見てたら居ても立ってもいられなくなっちゃったの。といって、気ままに間借り先を変えながら生きてるあたしが舞依ちゃんの人生を背負うのは難しい。じゃあ、どうすればいいのか、って昨日、卓さんに相談してみたのね。あたしは昔、夫に逃げられたから独り身だし、幸か不幸か子どもは授からなかったから、万一のときは舞依ちゃんの里親になってあげたくなった。だから万一そうなったら、舞依ちゃんが成人するまでは旨々庵で握らせてほしい、って」

卓蔵は快諾してくれた。そこまで腹を括ったんなら、と二つ返事だったばかりか、雅代親方がスムーズに里親になれるよう、これまで卓蔵が培ってきた人脈に働きかけてみる、とまで言ってくれたそうで、

「それが、あたしが里親になろうと思ったもう一つの理由なの。卓さんも舞依ちゃんのことを心配してて、だったらおれもとことん応援する、って言ってくれたから、それも含めて今日はぜひ舞依ちゃんに伝えたかったの」

わかってくれる？　とまた舞依を見る。

わかったというよりは、雅代親方に身内のような近しさを覚えた。雅代親方も昔は心を閉ざしていた。大人になっても夫に逃げられたりした苦難を乗り越えてきたからこそ、里親という大人の決断をしてくれた。

そして、そんな雅代親方と舞依を応援する、と卓蔵が言ってくれた。蛤の吸い物を作ってくれたときと同じようなやさしさで、卓蔵もまた大人の決断をしてくれた。

「あたし、恥ずかしい。あたしって何にもわかってなかった」

雅代親方も卓蔵さんも、すごい人すぎて自己嫌悪、とうなだれていると、

「それはあたしもおんなじよ。だって卓さんのすごさったら生半可じゃないんだから」

雅代親方はそう強調して続ける。

「人って第一印象が大きいから、舞依ちゃんがわだかまってた気持ちはあたしにもわかる。でも

卓さんって、一見、粗雑っぽいようで根はやさしい人なの。だからあのとき、やさしさのつもりで舞依ちゃんを傷つけちゃったことを、馬鹿なこと言っちまった、ってずっと悔やんでるのね。でも彼の名誉のためにはっきり言っとくけど、卓さんは国や人種や学歴や貧富で差別する人とは真逆な人なの。だって彼は、子ども食堂をやるためだけに旨々庵を立ち上げたんだから。大人向けの時間の営業利益をそっくり子ども食堂に注ぎ込んで、しかも店主の彼は無報酬で働いてるわけ。それを知ってるから大人のお客さんたちも、飲食代金に子ども食堂への寄付金を上乗せして払ってくれている。おかげで、どんな境遇の子でも、どこの国籍の子でも、おいしい和食や鮨を百円で食べれてるんだよね」

そもそも卓蔵は、東京神楽坂《かぐらざか》の老舗《しにせ》料亭『神楽庵』の二代目社長兼総料理長だった。神楽坂本店のほか札幌、京都、大阪、博多《はかた》にも出店して、和食の世界では一目置かれてきた存在だったが、そんな卓蔵に三年前、転機が訪れた。三十余年連れ添ってきた妻が病魔に侵されて先立ってしまった。

それを契機に卓蔵は、利益優先の商売は卒業して、これからは困ってる子どもたちのために生きていく、と決意した。社長の座は一人息子に譲って相談役に退き、料亭の味を気楽に食べられるセミ高級料理店と子ども食堂を合体させた旨々庵を開店して、店主兼料理人として無償奉仕を続けている。

「だから旨々庵の料理がおいしいのは当たり前なんだけど、それだけじゃ飽き足らない卓さんは、ゲスト料理人を呼ぶことを思いついたの。イタリアンの名店を引退した元シェフとか老舗鰻《うなぎ》屋の元料理長とかを自腹で招いて、自分の料理と一緒に提供するようにしたわけ」

雅代親方もそんなゲスト料理人の一人で、もともと鮨まさよの常連客だった卓蔵から声をかけられたのだという。

鮨まさよには追っかけのような常連客がたくさんいる。新たな間借り先に移転しても常連客同士が連絡を取り合って間借り先を見つけて、たとえ遠方だろうと鮨をつまみにくる。卓蔵もそんな一人だったのだが、三年前のある日を境にパッタリ顔を見せなくなった。

何かあったんだろうか。雅代親方が心配していると、去年、熱海《あたみ》で間借りしていた店にひょっこり現れて、旨々庵のゲスト料理人として期間限定で握ってほしい、と頼まれた。

ただし大人向けは高めの価格にしていいので、子ども食堂は一人前百円でお願いしたい。そのかわり間借り賃は無料にするから、子どもたちを喜ばせてやってくれ、という条件だった。

「ここまで話せばわかるでしょ。世の中、いじめる人や意地悪をする人ばっかりじゃないの。初対面の卓さんは軽率だったけど、それだけで彼を決めつけないでほしいし、結局、こういうことって運命なのよね。あたしも卓さんも、たまたま出会った舞依ちゃんを応援したくなった。それが運命だったんだから、舞依ちゃんも遠慮なく受け入れてほしいの。もちろん、明日にでもお母さんが帰ってくれば願ってもないし、それが一番。でも、仮に帰ってこなかったとしても絶望しないで、じゃあ、つぎにどうするか、と一緒に考えて前向きな一手を打っていけばいいと思うの。里子でも養子縁組でも、もっと違う方法でもいいから、楽しく生きていかなきゃつまんないじゃない」

そう思わない？　と問いかけられた。

そこまで言ってくれるとは思わなかった。舞依は感謝を込めて、うん、と答えた。

「ありがとう、舞依ちゃん。それがわかってくれたんなら、この際、もうひとつ聞くけど、お母さんの帰りが遅れて今日で何日目かな？」

「三日目」

「そう、三日目なの。となれば、あと三日しかないのね。ぎりぎりあと三日間、六日目まで手を尽くして待っていてもお母さんが帰らなかったら、どうなるんだっけ」

「一週間以上過ぎると見つかる可能性が低くなる」

「だから？」

　やさしく問われた。

「だから、その、警察に届ける」

「そう。舞依ちゃん、自分で調べたって言ってたものね。でも、それだけじゃまだ足りない。もうひとつ、あたしが里親になるために行くべきところがあるわよね」

「児童相談所？」

「正解。児童相談所に登録してからでないとあたしは里親になれないし、舞依ちゃんは児童養護施設に入らなきゃならなくなる。となれば、もうどうすればいいかわかるわよね」

「それは」

　一瞬、言葉に詰まったものの、もはや言うべきことはこれしかない。

「あと三日待ってもお母さんが帰らなかったら、警察と児童相談所に行く」

　雅代親方が大きくうなずいた。

6

翌月曜日の朝五時過ぎ、威勢のいい声に叩き起こされた。

「ほらほら、早く起きな！　いつまで寝てんのよ！」

寝ぼけ眼の舞依は、どこにいるんだろう、と周囲を見回した。

羽田の家の二階だった。かつて雅代親方が閉じ籠っていた四畳半の部屋でぐっすり寝入っていた。

それで思い出した。ゆうべは雅代の手料理で夕飯を食べ終えたところで、そろそろ上野のアパートに帰らなきゃね、と雅代親方から告げられた。

「やだ、ここに泊めて」

舞依は我がままを言ったが、

「それはダメ。お母さんが帰ってくるかもしれないし」

やんわりたしなめられた。

「でも雅代親方は、明日の朝、豊洲の市場に寄ってから上野に行くんでしょ？　だったら二度手間になるから、あたしが泊まったほうが楽でしょ。お母さんがアパートに帰ってきたときは書き置きを見て雅代親方に電話がかかってくるんだし、とにかく泊めて」

駄々っ子のように言い張った。

これには雅代親方も根負けしたのだろう。最後は、早くも里子になった気分で四畳半の床に就かせてもらったのだが、一夜明けたいま、舞依の中で何かが吹っ切れていた。

　あと三日待って帰らなかったら警察と児童相談所に行く。そう腹を括れたのは、けっして雅代親方に押しつけられたからじゃない。不安に駆られたり、怒りにまみれたり、愕然《がくぜん》としたり、号泣したり、さまざまな感情に翻弄されてきた舞依に雅代親方はひたすら寄り添ってくれた。そして雅代親方自身のこと、卓蔵のことも含めて、子ども相手に包み隠さずさらけだしてくれた上に、万一のときは里親になる、とまで言ってくれた。

　世の中には、こんなにもあたしのことを考えてくれる人がいるんだ。そう肌で実感した途端、いつまでも心を閉じている自分がちっぽけに思えてきた。まだまだ先行きは不透明ではあるものの、知らず知らずのうちに舞依は腹を括れていた。

　雅代親方に出会えてよかった。寝起きの頭でぼんやり考えていると、

「さあさあ、早くしな！　いい魚は早いもの勝ちなんだよ！」

　当の雅代親方に尻を叩かれた。

　ゆうべとは一転、その手荒い扱いが嬉しくて、舞依はバシャバシャッと顔を洗って身繕いするなり軽トラに乗り込んだ。

「ちょいと飛ばすからね」

　ハンドルを握った雅代親方はべらんめえ調で宣言して、朝靄《あさもや》に煙る羽田の街を走り抜け、昨日と逆コースを辿って羽田インターから首都高に乗った。

　早朝の首都高から望む東京湾は朝の陽を眩く反射して、昨日とはまた違う美しさだった。さっきまでの眠気も吹き飛んで思わず見惚れていると、雅代親方が今日は江戸前の話をしてくれた。

「そろそろ大森《おおもり》に入るけど、ここらへんは江戸時代に海苔の養殖が発祥した地で、当時は全国一の海苔の産地だったのよね。そして、この先の芝浦《しばうら》は、埋め立て前は芝浜《しばはま》っていう地名で、そのあたりでたくさん獲れてた海老は〝芝海老〟って名付けられた。ほかにも昔からいろんな魚介が獲れた東京湾は、江戸前って呼ばれてて、だから江戸前の魚介で握った鮨は〝江戸前鮨〟って呼ばれるようになったわけ。でも、それもいまは昔で、東京の湾岸はほぼ埋め立てられちゃったでしょ。高層ビルやタワーマンションを建てるのもいいだろうけど、なんか残念よね」

　雅代親方が嘆息している。

　江戸前のことは鮨の本でも読んだけれど、いま東京湾を目の当たりにしながらそうした話を聞いていると、机上の知識以上のものがリアルに迫ってくる。

　それは豊洲市場に着いてからも同様だった。

　皮肉にも晴海《はるみ》沖の埋め立て地に建てられた水産仲卸売場棟の一階フロアには、四百店以上の仲買店がひしめき、数多《あまた》の飲食店が仕入れにやってくる。店々の店頭にはぴかぴかに光る魚介が並べられ、その合間を歩きながら、

「こんなに魚ばっかり売ってるとこは初めて」

　舞依が興奮していると、

「でもね、ほんとにいい魚は店先には置いてなくて、奥の冷蔵庫に隠してあるの」

と雅代親方が教えてくれた。その言葉通り、雅代親方の馴染みの仲買店に入ると若い仲買人がさりげなく声をかけてきた。

「姐《ねえ》さん、今日は白鱚《しろぎす》。持ってってよ」

市場では姐さんと呼ばれている雅代親方が、

「見せて」

と返すなり仲買人が奥の冷蔵庫から白鱚が入ったトロ箱を持ってきた。すかさず雅代親方は一尾ずつ手にして感触を確かめながら素早く選《よ》り分《わ》け、

「ありがと、十本もらってく」

と告げて、すぐまた別の店へ向かう。

それで売買が成立したらしく、あまりの早さに驚きながら舞依は聞いた。

「どうして奥に隠してあったの？　みんなに売ってあげればいいのに」

「だって、ほんとにいい魚って数が少ないでしょ。だから真っ当な仲買さんほど、ほんとにいい魚がわかる人に売っておいしい料理に仕立ててほしい、っていう気持ちで買い手を選ぶわけ。それでなくても最近は、海水温の変化とかの影響で魚が減ってて旬もズレちゃってるから、なおさらそうなってる」

「え、じゃあ白鱚の旬もズレてるの？」

図書館の本には六月から九月が旬と書いてあった。

「まあ昔はそうだったけど、今年はもう終わりが近い〝名残《なごり》〟って感じなの。だからあたしは昔の旬だけで判断しないで、自分がいいと思える魚があったときが旬、って考えて仕入れてる」

要は、そこまでわかっている雅代親方だからこそ仲買人は奥の冷蔵庫から出してくれたわけで、結局、この仕事は本の知識だけじゃダメなの、と暗に教えてくれたのだった。

ひと通り仕入れたところで水産仲卸売場棟三階の食堂に上がった。雅代親方はビーフカレー、

舞依はハヤシライス。二人ともがっつり食べたところで、いろんな魚を入れたトロ箱とブロック買いした本鮪を軽トラに積んで上野に帰ってきた。

時刻は朝七時半。店に一番乗りかと思ったら、シャッターが半開きになっている。すでに卓蔵が出勤しているらしく、

「舞依ちゃん、魚を店に入れといてくれる？」

と雅代親方はトロ箱を下ろして、軽トラを駐車場に置きにいった。

急に鮨職人になった気分で重たいトロ箱と本鮪を店内に運び入れていると、

「おう、おはよう！」

調理場から卓蔵が出てきた。雅代が豊洲の食堂で電話していたから舞依も一緒だと知っている。

「あ、おはようございます」

ゆうべ雅代親方から卓蔵のことを聞いたばかりとあって、バツが悪い思いで挨拶を返すなり、

「これ、持っていきな」

手提げの紙袋を突きだされた。

「え？」

「昼の弁当、作っといた」

それだけ言って、さて、仕込み仕込み、とまた調理場に引っ込んでしまった。

やっぱ雅代親方が言ってた通りの人なんだ。嬉しさを嚙《か》み締めながら魚を付け場に運び終えると、雅代親方が駐車場から戻ってきた。

「あら、まだいたの？　早くアパートに帰りなさい。お母さんが帰ってくるかどうか、三日間が

勝負なんだから」

　ぽんと背中を叩かれたが、

「あたし、仕込みを手伝いたい」

　舞依は告げた。

「何よ突然」

「だってあたし、鮨職人になるって決めたから」

　豊洲市場で仲買人とやりとりしてる雅代親方を見ているとき、あたしも雅代親方みたいになる、と天啓のごとく閃《ひらめ》いたのだ。

「それはいいけど、まだ早いわよ。お母さんのことだってあるし」

「でもあたしは鮨職人になるの」

　だから手伝わせて、と今日もまた駄々をこねると雅代親方が苦笑いして、

「わかったわかった、じゃあ、とにかく午後七時まではアパートにいて。それでもお母さんが帰らなかったら、ここに来てちょうだい。子ども食堂の鮨種を残しとくから、それを食べ終わったら、大人向けの時間の付け場に入れたげる。あたしは修業中に親方の仕事を見て覚えたんだけど、同じように近くで見てなさい」

「ほんとに！　ありがとう！」

　東上野のアパートは静まり返っていた。

　松崎家のほかにも住人はいるのだが、上野界隈の夜の仕事の若い人が多いみたいで、朝方はい

つも寝静まっている。

足音を抑えて二階に上がり、玄関ドアの鍵を開けた。もしかして、と期待したものの部屋に母親の姿はなく、出掛けにちゃぶ台に置いていった書き置きもそのままだ。

まずは窓を開けた。建物が密集している街だから夏の陽射しは入ってこないものの、風通しが悪いためけっこう蒸し暑い。エアコンはないから扇風機を回して畳に寝転がり、ふう、と息をついた。けさ起きたときに、何かが吹っ切れた、と感じたものだが、何があたしを変えたんだろう、と改めて考えた。

〝国も人種も考え方も夢も、それぞれ違うから楽しいのよ〟

あの言葉が響いたからかもしれない。雅代親方はさらりと言っていたけれど、あんな言い方をしてくれた人は初めてだった。

あたしはあたしで、みんなと違っていいんだ。いつまでも卑屈になったり自分を蔑んだりしてどうする。ベトナム顔で江戸前鮨職人を夢見てる小五女子なんて、むしろかっこいいじゃん。万が一、お母さんが帰ってこなかったとしても、雅代親方みたいにのほほんと笑いながら生きていける大人にならなきゃ、つまんないじゃん。

舞依はふと身を起こして、図書館で借りた江戸前仕事の本を手に取った。

昨日の午前中、大人仕様のおまかせで鮨を握ってもらったとき、昆布締めという江戸前仕事が大好きになったが、今日もまた子ども食堂の鮨が食べられる。それまでに鮨種のことや魚の捌《さば》き方など、ほかの江戸前仕事についても調べておこう、と思いついて読みはじめたら瞬く間にのめり込んだ。

昼には卓蔵が作ってくれた弁当を食べた。いざ包みを開けたら、豚ロース生姜焼きに帆立フライ、白滝の明太子和えに海老と胡瓜《きゅうり》のサラダが添えられた豪華版で仰天したが、その味もさすが高級料亭の元総料理長だった。一品一品のおいしさにうっとりしながらぺろりと平らげて、再び鮨の本に舞い戻り、わくわくしながら読み進んでいるうちに午後七時過ぎになってしまった。

ヤバっ、とばかりに旨々庵に飛んでいき、子ども食堂のお決まり鮨を食べさせてもらった。大人向けのおまかせよりは鮨種の種類が少ないながらも、鮨種の質もシャリも握り方も大人向けと変わらない絶品のおいしさだった。この本物の鮨が百円だなんて卓蔵の太っ腹に感謝しなきゃ、と肩を並べて黙々と食べているほかの子どもたちに言ってやりたくなった。

午後八時前になると、今夜も給仕スタッフがやってきた。種子《たねこ》さんと呼ばれている中年女性で、子どもが帰るたびに店内を徐々に大人仕様に模様替えしていく。やがて八時を回ると待ちかねたように大人の客が、おう、と声をかけながらつぎつぎに入ってきた。

直前まで百円だった料理が一転、ここからは気張った大人価格になるだけに、客は中高年が中心で、卓蔵の料亭料理を堪能《たんのう》したい人は二、三人連れ立ってテーブル席へ。雅代親方の鮨をつまみたい人は一人または二人組で付け台に収まり、気がつけば店内は満席になっている。

「さあ舞依ちゃん、付け場に入んな。どこから見てもいいけど、ちゃんと見える？」

雅代親方に聞かれたが、いまどきの小五女子は成長が早い。舞依は身長百五十センチあるから、大丈夫、見える、と答えて雅代親方の手元が見やすい場所に陣取った。

テーブル席では種子さんが注文を取りはじめている。一方、雅代親方は付け場の隅の充電器に携帯電話を差してから、付け台を埋めた六人におしぼりを配りながら聞いていく。

「今日はどうしましょう」

つまみからおまかせでお酒、と四人の中年男が答え、髪を派手な赤メッシュに染めた女性が、握りのみでお茶、と答え、残り一人は、

「つまみで何か切ってくれるか」

と告げておしぼりで手を拭いている。白髪頭に白い口髭《くちひげ》を生やしたそのおじさんは、お好みで食べるらしい。

すると雅代親方は、一升瓶の酒を手にして五つの湯吞みに注ぎはじめた。え、と目を疑っていると、つまみからおまかせの四人と白髪白髭おじさんには湯吞み酒を差しだし、握りのみの赤メッシュの女性にだけお茶を注いで置いた。

舞依は聞きたいことがありすぎて、うずうずしていた。そうと知ってか知らずか、雅代親方は握りのみの赤メッシュ女性に真鯛を握り、つまみからおまかせの四人に太刀魚の昆布締めを二枚ずつ、白髪白髭おじさんには朝仕入れた白鱚を二枚切り、角皿に手際よく盛りつけて塩とおろし山葵を添える。

すかさず白髪白髭おじさんが白鱚に塩と山葵をつけて食べ、追いかけるように湯吞み酒を口にしてから、ふと雅代親方に尋ねた。

「その子はだれだい？」

舞依のことを言っている。

「未来の名親方、舞依ちゃん。山藤《やまふじ》さん、いまから目をつけといたほうがいいわよ」

雅代親方がにやりと笑った。山藤はどうやら鮨まさよの常連らしく、

「こんな小学生みたいな子を働かせたら労働基準法に抵触するだろう」

と指摘して二枚目の白鱚を口に運ぶ。

「働かせてなんかいないわよ、校外学習の一環として見学してるだけ。まだ小五なのにあたしの鮨が気に入って、鮨職人になる！　って宣言したんだから」

すごいでしょ、あたしって、と軽口を叩きながら足りなくなった山葵をシャリシャリと円を描きながらおろし、赤メッシュの女性に障泥《あおり》烏賊を握りはじめる。

舞依は惚れ惚れとしていた。常連と話しつつ、ほかの客にも段取りよくつまみや握りを出していく仕事っぷりがかっこよすぎて、じっと見つめていると、赤メッシュ女性が、

「ねえ雅代さん、校外学習だったら実習をしてもいいわけよね。だから舞依ちゃん、山葵おろし、親方を手本にやってみたら？」

にっこり笑いかけてくれた。この女性も常連らしい、と見ていると、山藤が負けじと親方が使った白い皮張りの山葵おろしを指差し、

「ちなみに、その皮は何だと思う？」

と舞依に聞く。

「鮫皮《さめがわ》」

それぐらい知ってる、とばかりに答えると、

「そう、名前は鮫皮なんだけど、ほんとは何の皮だか知ってるかい？」

「え、鮫じゃないの？」

舞依は首をかしげた。鮫皮には細かいざらざらがついているから、山葵をおろすと空気をたっ

ぷり含んでクリーミーな粘りが生まれて、爽やかな香りと辛みが立ち上がる。今日読んだ本にはそう書いてあった。

　ほかの客もわからないらしく、じゃあ何の皮だ？　と言い合っている。

「いや実はね、山葵おろしは厳密に言うと、鱏《エイ》の皮でね。江戸時代は鱏の皮も鮫皮って呼んでたから、いまもそう呼ばれてるってわけだ」

　山藤が丁寧に解説してくれると、へえ、さすがだなあ、とほかの客も感心している。

　雅代親方が小さくうんうんとうなずいている。あ、親方も知ってたんだ、と思った。知っていながら山藤に語ってもらって場を盛り上げる。これがプロの接客なんだ。こうやっておいしい鮨を楽しく食べさせて、みんなが居心地のいい店にしてるんだ。

　そう気づいて、ますます嬉しくなって舞依がにやにやしていると、付け場の隅から振動音が聞こえた。充電中の携帯が着信している。

　当然、親方は出ないだろうと思っていたら、携帯の画面をチラリと見やるなり六人に黙礼し、携帯の傍らにいって応答した。

「はい、そうです。いいえ、こちらこそすみません。はい、はい、ありがとうございます」

　控えめな声でやりとりして携帯を切ると、舞依を手招きして小声で言った。

「人事課の榛名さんから。明日の十一時、品川本社に行けば人事課長が会ってくれるって」

7

翌日の午前十時。雅代親方と待ち合わせた上野駅の中央改札前に行くと、卓蔵も一緒に待っていた。

「卓蔵さんも来てくれたの?」

雅代親方は昨日、仕込みは佑衣に頼むから大丈夫、と言っていたのだが、卓蔵の仕込みはどうするんだろう。

「社長を譲った息子に、たまには親孝行しろ、って料亭の板前をよこしてもらったんだ。舞依ちゃんの正念場に立ち会わねえわけにゃいかねえからよ」

心配すんな、と笑ってみせる。

「ありがとう」

舞依が神妙に礼を言うと、

「さあさあ、早く行かないと」

雅代親方からICカードを渡された。

「え、いいの?」

「いいのいいの、ケチって千円しか入れてないし」

肩をすくめて微笑むなり改札を通り抜け、三人で山手線に乗り込んだ。

今日はどうなるんだろう。

電車のドア際の車窓からビル街を眺めながら、ふと思った。一昨日、神田のホテルで榛名さんは、母親が働き続けられるように善処したい、と言ってくれた。あえて品川本社まで呼ばれたからには、上司の人事課長も了解してくれたとは思うものの、

〝人事課長さん、怖いです〟

ホアの言葉がまだ脳裏に貼りついている。

でも、いまさらうじうじ考えたところでしょうがない。雅代親方も卓蔵も、わざわざついてきてくれたんだし、ここであたしが怯んだり怖がったりしてたら申し訳ない。

〝大丈夫、うまくいく、って自分に自信を持ってやれば、きっとうまくいく〟

向かいのドア際に立っている雅代親方のふっくら丸い顔を見ながら自分に言い聞かせ、舞依は背筋を伸ばした。

リラクホテルチェーンの本社ビルは、品川駅から歩いて十分ほどの運河沿いにあった。早めに着いてしまったから近くのカフェでしばらく時間を潰し、十一時ちょうどに本社ビル一階の受付で名乗ると、ロビー裏手のミーティングルームに通された。

打ち合わせテーブルで五分ほど待っていると先日の榛名さんが現れ、ちょっと遅れて髪をセンター分けにした中年男がやってきた。

「うちの人事課長、田淵《たぶち》です」

榛名さんから紹介されたが、のっけから仏頂面で名刺も出さない。

不穏な気配を感じながらも舞依は自己紹介し、付き添いの雅代親方と卓蔵を紹介した。田淵課長は挨拶もせずに椅子に座るなり、ぎろりと舞依の目を見据えて、

「在留カードは持ってるかな」

いきなり聞いてきた。職務質問さながらの第一声にかちんときて、

「あたし、日本人」

課長を睨《にら》みつけてしまった。とっさに卓蔵が場を和ませようと、

「いや私も最初、間違えちゃいましてね」

照れ笑いしながら、舞依が日本国籍である理由を説明してくれた。しかし田淵課長は無表情に受け流して舞依に告げた。

「時間がないんで手短に言うが、松崎・ティ・リエン契約社員は、五日間にわたって無断欠勤している。従って当社の規定により懲戒解雇とする」

以上、と席を立とうとする。

「ちょ、ちょっと待って」

雅代親方が引き留めて言葉を繋いだ。

「リエンさんはベトナムに旅立ったきり行方がわからないの。一人で留守番してた舞依ちゃんと手掛かりを探してみたけど、いまもどこでどうしてるかわからないままなの。だから明日には警察に届けるので、その結果がわかるまで待ってほしいの。もしリエンさんが帰ってきても、いまの仕事を失ったら母娘二人の生活が続けられなくなるから、寛大な心で二人を助けてほしいの」

それでも田淵課長は仏頂面を崩すことなく、忌々しげに舌打ちしている。たまりかねた様子で榛名さんが割って入った。

「課長、私からもお願いします。リエンさんは優秀な社員です。彼女が主任として外国人清掃員

をまとめてくれるようになってから、客室清掃のトラブルも、外国人の退職率も、格段に減ったんです。そんな彼女の消息がわかるまでは休職扱いとかにして、貴重な人材を守ってあげてください」

途端に田淵課長がいきり立った。部下からの反発に面子を潰されたと思ったのか、

「ったく、仕事を投げだして母国に逃げ帰った外国人が、これまで何人いると思ってんだ。会社ってもんはルールで動いてんだ。何があろうとルールはルールだ」

と吐き捨てた。これには卓蔵も黙っていられなくなったのだろう。

「あんた、外国人を何だと思ってんだ。異国の職場で頑張ってる彼女たちは、労働力という名の奴隷じゃない。一人の社員であり母親であり人間なんだ」

その言葉に榛名さんも大きくうなずき、

「私もルールが人間に優先するなんてあり得ないと思います。舞依ちゃんはまだ十歳です。そのお母さんの行方がわからなくなったのに、課長には人間の情というものがないんですか」

目を潤ませて迫ったものの、田淵課長は意地になって言い募る。

「人間だったらルールに従うのが筋だろうが。ルールに従わない人間を人間扱いする必要はない。それでもつべこべ言うなら、榛名、おまえを連座させることも厭《いと》わない！」

ついに恫喝《どうかつ》に打ってでた田淵課長を前に、榛名さんが唇を震わせている。もはや情も道理も通じる相手じゃない。そう悟ったのか卓蔵と雅代親方も呆《あき》れ顔で押し黙っている。

結局、子どもの世界も大人の世界も同じなんだ、と舞依は思った。大人の言葉を使っていても、言ってることは舞依をいじめる子たちの理不尽な理屈と何も変わらない。杓子《しゃくし》定規なルールにか

こつけて差別してるだけの話で、こんな大人にどんな言葉を投げたところで不毛な時間が続くだけだ。

　そう思い至った舞依は、意を決して椅子から立ち上がり、醒《さ》めた目で田淵課長を睨みつけて言い放った。

「もういいです。もういいからどうぞお母さんをクビにして。もしお母さんが帰ってきても、あたし、もうこんなホテルで働いてほしくない！」

「ちょっと待って舞依ちゃん」

　榛名さんが慌てている。すかさず舞依は、

「ごめんなさい、せっかく榛名さんが頑張ってくれたのに。あたしのお母さんのために、ありがとう」

　深々と腰を折ってお辞儀をすると、田淵課長にくるりと背を向けて部屋を飛びだした。

　品川駅の近くまで歩いてきたところで、

「めしでも食って帰るか、腹減ったよな」

と卓蔵が言った。

　ここまでずっと三人とも押し黙っていたのだが、

「うん、お腹減った」

　舞依が賛同すると雅代親方もうなずき、ちょうど目に留まった食堂に入った。

　大人二人は鯖《さば》塩焼き定食、舞依はミックスフライ定食を頼んだところで、

「舞依ちゃん、かっこよかったよ」

雅代親方が微笑みかけてくれた。卓蔵も相好《そうごう》を崩し、

「うん、見事な啖呵《たんか》だった」

と舞依を讃《たた》えてくれる。

「ただ卓さん、どうしようかね」

雅代親方がめずらしく憂いを覗かせた。もし舞依の母親が帰ってきたらきたで、新たな事態に追い込まれる。それが確定してしまっただけに、道すがら、ずっと考えていたそうだが、舞依は明るく返した。

「大丈夫。そうなったら、あたしもこっそりバイトして稼ぐから、何とかやってける」

実際、最低な課長相手に啖呵を切ったことで、もう何も怖くない気分だった。

「ダメよ、バイトは。ゆうべも言ったけど、小学生を働かせたら法律違反なんだから」

「でも習うんだったらいいんでしょ？」

「あれは大人の冗談」

雅代親方は舞依をたしなめ、けどほんとにどうしようかねえ、と眉を寄せて宙を見つめている。

すると卓蔵が白髪角刈り頭を撫《な》でつけながら、

「まあでも大丈夫だ」

あっさり言い切る。

「そんな無責任なこと言わないでよ」

雅代親方が手で叩く真似をしたものの、

「まあ聞いてくれ。舞依ちゃんが啖呵切ったときに閃いたんだが、リエンさんをスカウトしたらどうかと思ってよ」

「旨々庵に？」

「いやいや、旨々庵は持ちだし経営だから種子さんを雇うだけで精一杯だ。ただ忘れてるかもしれんが、これでもまだ神楽庵の相談役なんだよな。現社長の息子に談判して、正社員としてスカウトさせたらどうかと思ってよ」

「コネ入社させるってこと？」

「コネじゃねえって、スカウトだ。さっき榛名さんが言ってたじゃねえか。リエンさんが主任になってから客室清掃のトラブルも外国人の退職率も格段に減った、って。あんだけ気骨のある女性に評価されて契約社員に取り立てられた人材なんだぞ。うちみてえな料亭の接客リーダーに打ってつけじゃねえか」

　卓蔵が社長だった当時も、リーダーシップのある人材が採れなくて困っていたそうで、それは息子の代になっても変わらないという。

「だけど逆に、リエンさん、料亭の仕事にうんって言ってくれるかな」

「だからスカウトするって言ってんじゃねえか。娘の舞依ちゃんを見てればわかることだが、こっちが誠意をもってお願いすれば、よし、と決断してくれる人だと思うんだよな。舞依ちゃんはどう思う？」

　さらりと振られた。

「それはあたしにもわかんない。お母さんは大好きだけど、接客リーダーをやりたいかどうかは何とも言えない」

「うーん、そうかあ」

「でも、あたしとしてはやってほしい。卓蔵さんのことは最初、誤解しちゃったけど、卓蔵さんが創った料亭グループだったら、ちゃんとしてると思うし」

「おおそうか、そいつは嬉しいなあ」

小五女子の褒《ほ》め言葉に、老舗料亭グループの相談役が喜んでいる。

卓蔵さんって意外とかわいい。なんだか微笑ましい気持ちになっているところに、お待たせしました、と定食が運ばれてきた。

「よし、食うか」

卓蔵が真っ先に箸を手にして味噌汁を啜った。そのとき携帯の振動音が鳴った。

「あ、あたしだ」

雅代親方がポケットから携帯を取りだし、もしもし、と小声で応答した。

「ああ、ホアさん、一昨日はありがとう。いま品川本社に行ってきたところなんだけど、え？いま舞依ちゃんも一緒よ、ちょっと待って」

奇《く》しくもリラクホテル神田のルーム清掃員、ホアからだそうで、はい、舞依ちゃん話して、と雅代親方から携帯を渡された。

そういえばホテルでホアに会ったとき、別れ際に舞依が泣きついたら雅代親方の携帯番号を受け取ってくれた。それで電話をくれたとなると、ひょっとして。

どきどきしながら、舞依です、と名乗ると、

「わたしはホアです。ほんとに舞依さんですか？」

「はい、ほんとに松崎・ティ・舞依です」

「そうですか、お母さんのリエンさんのファミリーから電話ありました。もうすぐリエンさん、ベトナムの家に帰るそうです」

「え、ほんとに！」

「ハノイのエアポートで、財布とケータイを入れたバッグ、盗まれたです。ベトナム、日本より泥棒、多いです。ベトナムの家、エアポートからすごく遠くて、お母さん、なかなか帰れなかったです。ストリートでお金借りてパブリック電話からファミリーに電話して、ファミリーからリラクホテルに電話きて、わたしが話を聞いて雅代さんに電話したです。だから、お母さんのファミリーの携帯番号を言います。すぐ電話してください」

「あ、ありがとう！　本当に、ありがとう！」

喉を詰まらせながら礼を告げるなり舞依は泣き崩れた。


午後の羽田空港は出迎え客で溢れ返っていた。到着ロビーに早めに着いた舞依が、待ち人を探してきょろきょろしていると、

「おう、お待たせ」

約束の時間より十分ほど遅れて卓蔵が駆け寄ってきた。その背後からは、なんと佑衣姉も走っ

てくる。

「え、佑衣姉も来てくれたの？」

「舞依ちゃんのお母さんを見たかったから」

そう言って微笑む佑衣姉に、ありがとう、と思わず抱きついてしまった。

品川に行ったあの日から数えて五日後の日曜日。今日、旨々庵は休みだから、卓蔵と到着ロビーで待ち合わせたのだが、

「実は、出迎えたいって人が、もう二人いてよ。そっちと待ち合わせた場所をおれが間違えたもんだから遅れちまって」

いやすまん、と白髪角刈り頭を掻《か》きながら後ろを振り向き、

「おーい、こっちだこっち！」

と手招きした。

あとから来たのは、なんと榛名さんだった。隣にはベトナム人の清掃員、ホアがいる。二人とも笑顔で手を振りながらこっちにやってくる。

「わざわざありがとうございます」

舞依は恐縮しながら頭を下げ、

「でも、今日はどうして？」

小首をかしげて聞いた。すると卓蔵は、はっはっはと笑いながら、

「この二人も息子にスカウトさせたんだ」

よろしく頼むな、と二人に会釈してみせる。

舞依の母親のために上司と闘ってくれた榛名さんには、あの翌日に電話して息子と引き合わせたのだという。この人はあんな会社に埋もれてるような人材じゃない。ぜひ神楽庵グループの人事課長にスカウトしてやってくれ、と捻《ね》じ込んだそうで、

「まあ結局は卓蔵さんにスカウトされたって感じで、リラクホテルは即刻辞めちゃったの」

と榛名さんは笑った。

一方のホアは、雅代親方のたっての希望で卓蔵の息子に引き合わせたという。仲良くしていた舞依の母親リエンがクビになり、やさしい榛名も辞めてしまったら、きっと会社でいじめられる。ベトナムの実家と雅代親方を電話で取り結んでくれた恩もあることだし、ホアもリエンと一緒に働ける神楽庵に入れてあげて、とスカウトしてもらったのだという。

「そうだったんだ、お母さんもきっと喜んでくれると思う。ありがとう」

重ねて感謝を伝えた舞依は、そういえば雅代親方は？　と気づいた。

卓蔵と雅代親方にはあれから四日間、毎日、子ども食堂で会っていた。今日は卓蔵と同じく雅代親方も休みだから、同じ時間に来てくれると思い込んでいたのだが、

「雅代さんは急遽《きゅうきょ》、来られなくなっちまったんだ。だからほれ、いま電話してみろ」

と携帯を手渡された。訝りながら電話すると、十回コールしてやっと雅代親方が出た。

「ねえ、何かあったの？」

挨拶抜きで聞いた。

「ごめんね舞依ちゃん、けさ軽トラで出発して、もう東京から離れた場所にいるの」

「え、どこにいるの？」

「それは内緒だけど、羽田には行けなくなっちゃったから、お母さんによろしくね」

じゃ、また、と電話を切ろうとする。

「ちょっと待ってよ。こんなのないよ、もっともっとお鮨のこと教わりたかったのに」

「仕方なかったのよ。ほんとのことを言うと、初めてホアさんと会った日の夜、出発する予定だったのね。だけど、舞依ちゃんが大変なときに放っておけないじゃない。だから今日まで出発を延期してたの」

そう言われて、あの晩、雅代親方が言っていたことを思い出した。今夜は遠くに出掛ける予定があったけど、予定を変更して羽田に帰って寝る、と。

「じゃあ、明日からそっちで握るの？」

「そう、こっちにも待っててくれてた人がいるから」

「何で昨日言ってくれなかったのよ、酷いよ」

「だって言ったら舞依ちゃん、泣いちゃうでしょ」

「もう泣いちゃってるよ。こういうときは感情を弾けさせなきゃダメ、って教えてくれたの、雅代親方じゃん」

「だったら舞依ちゃんは、もう大丈夫。最初に会った日からホアさんが電話をくれた日までの五日間で、舞依ちゃんはびっくりするほど成長した。だから昨日までの四日間は、できる限りお鮨のことを教えてあげたつもりなのよね。それも含めて、たった九日間だったけど、舞依ちゃんにとっては長い長い九日間だったと思うから、今回のことを忘れなければ、舞依ちゃんはこれからも絶対に大丈夫」

「けど、雅代親方のお鮨、もっと食べたかったし、また会いたい」

「もちろん、いつかまた会えるわよ。これからもあたしは、この国のどこかで、のほほんと楽しく笑いながら握ってるから」

「やだやだ、まだ切らないで」

「んもう、長電話してるとお母さんが着いちゃうぞ。けど、この際だから、最後にもうひとつだけ教えちゃう。初めて舞依ちゃんにおまかせで握ってあげたとき、太刀魚の昆布締めを食べて、とろんといい顔してたよね」

「うん、すっごくおいしかった」

「あれって、どうしておいしかったかわかる？」

「いい太刀魚だったから？」

「それもあるけど、実はね、昆布の旨み成分ってグルタミン酸なの。その昆布と同じぐらいの濃度のグルタミン酸が、母乳にも含まれてるんだって。つまり昆布締めって、お母さんのおっぱいと同じ味だからおいしいって感じるわけ」

「へえ、そうなんだ」

「だから今日は、大好きなお母さんに思いっきり甘えちゃいなさいね」

じゃ、また、と最後の言葉を残して電話は切れた。

思いのほかさらりと別れを告げられた舞依は鼻を啜り上げ、涙を拭いながらふうとため息をついた。

そのとき、ぽんと肩を叩かれた。はっとして涙を拭いながら顔を上げると、卓蔵だった。

「ほれ、あっちを見てみろ。舞依ちゃんそっくりな人がいるぞ」

指差されたほうに目をやるなり、

「お母さん！」

舞依は声を上げ、同じベトナム顔の母親に向かって一目散に駆けだした。

第二貫　ファイナルステージ

1

タクシーが会場の裏手に回り込んだところで、車窓越しに目を凝らした。

楽屋口でファンが入り待ちしていたら混乱が生じる。以前は警備員が同行してくれたのだが、今回の全国ツアー〝ファイナルステージ〟が決まったのは十か月前。急なことゆえスポンサー協賛金の集まりが悪かった。結果的に音響、照明、舞台設営、物販、警備といったツアースタッフを三十人ほどに絞ったため、警備員は本番中だけにしたのよ、と事務所の女性社長、結麻《ゆま》から告げられた。

仕方なく大事をとって一時間早く午前十時半に楽屋入りしたのだが、正解だった。楽屋口にファンらしき人影は見当たらない。

ほっとしながらタクシーから降り、楽屋口の受付のおやじに片手を上げて入りかけると、

「どなた様？」

事務的な口調で止められた。

「ＫＡＺ《かず》だけど」

ロン毛の金髪を掻き上げながら答えた。

「ＫＡＺ？」

「スクレイパーズのＫＡＺだ」

仕方なく名入りのスタッフパスを見せると、

「ああ、スクレイ、パーズ、の人ね」

たどたどしくバンド名を口にして通してくれたものの、この扱いはないだろう。

スリーピースバンドのスクレイパーズは、十年前、ＫＡＺが二十六歳のときにブレイクした。あれから十年、〝名古屋《なごや》市民ホール〟でも何度も公演したのに、おれを知らないとはあんまりだ。金髪頭にまだ寝ぐせがついてるからか、と苛《いら》つきながら〝スクレイパーズ様〟と書かれた楽屋のドアを開けた。


思った通り一番乗りだった。ほか二人のバンドメンバーは、どうせ今日も遅刻してくるに決まっている。なにしろブレイクして以来、ファンの視線はボーカルとギター担当のＫＡＺにばかり向けられてきた。そのやっかみもあってか、いまやメンバー二人とは夫婦の倦怠期《けんたいき》のような距離が生まれ、修復しがたい仲になっている。

おかげで、すでに終わった福岡公演、松山《まつやま》公演、そして三日前の大阪公演でも、二人の演奏には気合いも情熱もまるで感じられず、ダラダラと音を垂れ流して平然としていた。

たまらずＫＡＺが文句を言ったら、

「しょうがねえだろ。こんな慌ただしく連れ回されてたら演奏どころじゃねえよ。ホテルも狭えビジネスばっかしだし」

とモヒカン頭のベース、ヲタにキレられた。

それはスキンヘッドのドラムス、モリタカも同様で、要は二人にとって今回のファイナルステージは消化試合なのだ。最後にひと稼ぎすれば御の字、とばかりに投げやりな態度でいる。

ただ、ＫＡＺにとっては、これが最後ではない。ファイナルステージを終えて九月下旬にバンドを解散したら、来夏にはソロデビューが待っている。それだけに今日の名古屋に続いて開催される横浜《よこはま》、東京、仙台《せんだい》、札幌《さつぽろ》、帯広《おびひろ》も含めて、残り六都市の公演は、ソロ活動へ向けての前哨戦《ぜんしょうせん》といっていい。

その意味で、もはやメンバー二人はトチらずに演奏してくれれば十分だ。現状こそファンクラブも衰退の一途だが、おれが独り立ちした暁には、再び人気が盛り返してくれるはずだから、それまでは辛抱するしかない。

そう自分に言い聞かせながら楽屋のテーブルに着いたＫＡＺは、一枚のチラシに目を留めた。事務所社長の結麻が手書きで作ったものらしく、

『ファイナルステージ記念ケータリング

——握り鮨やってま〜す！』

と大きくタイトリングされ、今後、帯広までの六公演全部でプロの鮨職人が屋台で握ってくれる、と書き添えられている。

ケータリングとは、多忙なスタッフのために楽屋の廊下に用意される軽食や茶菓子のことだ。ふつうは、おにぎり、焼きそば、パン、カップ麺のほかポテチ、チョコ菓子、ソフトドリンクなどが定番なのだが、予算削減ツアーにしては奮発したものだ。

結麻とスタッフにとっても、このファイナルステージは最後ではない。ＫＡＺのソロ活動でも

よろしく、といった意味を込めた気遣いなのかもしれないが、鮨となればＫＡＺも気になる。屋台を探してみると、楽屋廊下の給湯室前に白木の付け台がセットされ、ぽっちゃり丸顔のおばさんが包丁を使っている。

　このおばさんが握るんだろうか。かつてＫＡＺは音楽サイトで〝ロッキン旅グルメ〟という連載を持っていたほど食にはうるさいだけに、がっかりしたが、

「すぐ握れる？」

　一応、声をかけてみた。おばさんは包丁を止めて丸顔を上げ、

「ごめんね、十二時からなの」

　と肩をすくめる。

「じゃあ午後一時半に予約しとく」

　おれ、鮨好きなんで、と言い添えると、

「ああ、それもごめんね、結麻さんの意向で、予約できるのはバンドメンバーだけ」

　スタッフさんは先着順なの、と告げられた。またもやおれを知らないらしい。

「おれ、ＫＡＺ。バンドメンバーなんだけど」

　むっとしながら名乗った。

「あら、あなたがＫＡＺさんなの。金髪で背も高いし、モテるでしょう。あたしは雅代。じゃ、午後一時半に待ってるね」

　ほっこり笑ってみせると、また包丁を動かしはじめた。

ＫＡＺには公演前のルーティンがある。

まずはストレッチで体をほぐして発声練習をしたら、愛用のギター、一九六一年製のテレキャスターで指慣らし。続いてテレキャスを弾きながら代表曲『ラブに飢えてる場合か』を歌って、締めにファン向けの写真を撮ってＳＮＳにアップしたらひと通り。携帯に着信があっても無視して一時間半から二時間かけてやるのだが、ただし、あくまでも本番前に心身の下地を作る作業だから、やりすぎには注意している。

それでなくても初日から三日前の大阪までの三公演は空席が目立ち、客のノリも悪かっただけに、心身ともにかなり疲弊している。この先も五都市で公演することを考えると、今日のルーティンは小一時間で軽く終わらせ、残りの時間はソロデビュー用の曲作りに当てようと思ったのだが、これがまた難航している。ツアー中に十曲は仕上げる、と結麻には豪語したのに、スクレイパーズ用の曲とは勝手が違いすぎて、いまだ一曲もできていない。

スクレイパーズというバンド名には、塗料や錆《さび》を引き剝がす道具スクレイパーのように〝世の嘘やインチキをひっぺがす〟という意味がある。ひっぺがすとは北海道弁で引き剝がすことで、強気なワードと熱いビートでガンガン攻める曲ばかりなのだが、ソロとなったら別な一面も見せなければならない。

となると、どこに軸足を置くべきか。考えはじめたら泥沼に嵌《は》まってしまい、あれこれ捏《こ》ねくり回しても一向にまとまらない。

まいったなあ。今日もまた壁にぶち当たって金髪頭を抱えていると、

「どうっすか、調子は」

ツーブロックヘアで決めたマネージャーの昌也《まさや》が楽屋に姿を見せた。

「おう、絶好調だ」

苦悩を押し隠して笑いかけ、時計を見ると早くも正午になっている。正午からはバンドミーティングの予定で、髪を赤メッシュに染めた結麻も時間通りにやってきた。

なのに、まだヲタとモリタカが姿を見せていない。本番に向けた大事な打ち合わせだというのに二十分過ぎても現れない。

「ねえ昌也、電話してみて」

結麻が苛ついている。

「何度電話しても二人とも出ないんすよ」

昌也は露骨に舌打ちしている。

仕方なく三人だけで打ち合わせして昌也が舞台の準備に駆け戻っていった午後一時過ぎ、結麻と今後の予定について話していると、メンバー二人がしれっと楽屋に入ってきた。

「何してたんだ！」

とっさにＫＡＺは怒鳴りつけた。ところが二人とも悪びれることなく、

「朝まで飲んでた」

二日酔い顔でふて腐れている。

「冗談じゃねえよ。おれなんか入り待ち対策も兼ねて十時半に来たんだぜ」

それでも二人はどこ吹く風で、

「入り待ち対策って、入り待ちどころか最近は出待ちのファンだっていねえだろうが」

ヲタがモヒカン頭を撫でつけながら悪態をついた。これにはＫＡＺもかちんときた。

「なあ結麻、これじゃツアーが成り立たねえから、こいつらのギャラ三割カットしてくれ」

「おいおい、そりゃねえだろう！　ステージにはちゃんと立ってんだしよ」

ヲタが色をなした。

「だれがちゃんと立ってんだよ。大阪公演なんかリズムがわちゃわちゃで、やりづれえったらなかったぜ！」

ＫＡＺが言い返すとヲタも負けずに、

「だったらもういい、おれたちは東京に帰る！」

威嚇するように言い放つ。

「じゃあ契約違反で違約金、倍返しだ」

そういう契約だったよな、と結麻に確認すると黙ってうなずいている。

「マジかよ！」

いつも無口なモリタカも声を上げたが、

「とにかくそういうことだから、二人とも四時からのリハに備えて体調を整えとけ！」

ＫＡＺが脅しつけると、二人は憤然と楽屋から出ていった。結麻も困惑した様子で、そそくさと受付の準備に戻っていく。

やれやれ、と嘆息しながら時計を見た。早くも一時半を回ろうとしている。ヤバっ、今度はおれが遅刻しちまう。楽屋を飛びだして給湯室前へ飛んでいくと、さっきの付け台の上に『鮨まさよ』と白抜きされた紺の暖簾が掲げられていた。その下では雅代がスタッフ四人を相手に鮨を一貫一貫握り、各人の角皿に握り立てをひょい、ひょいと置いている。

意外にまともな鮨屋かもしれない、と予約札が立っている席に座るなり、

「大騒ぎだったわねえ」

雅代に笑いかけられた。

「は？」

「あなたたちの声、廊下に響き渡ってた」

丸聞こえだったわよね、と付け台にいる四人のスタッフに笑いかける。

四人がバツの悪そうな顔をしている。ＫＡＺは焦った。あのやりとりが全スタッフに伝わるのは時間の問題だろうし、現場の士気にかかわりそうだ、と内心舌打ちしていると、

「まあとりあえずお鮨で口直しして、いいステージを見せてちょうだい」

雅代はなだめるように言って、お好みでいく？　おまかせでいく？　と聞いてきた。

2

バンドがブレイクして以来、鮨屋にはけっこう通ってきたつもりでいる。

プロを目指していた頃は回転鮨すら食べられない金欠状態が続いていたのに、ブレイク後には仰天するほどの印税が転がり込んできた。とりわけＫＡＺには作詞作曲の印税に加えてアーティスト印税もあるから、通帳に記帳するたびに桁違いの数字が印字されて舞い上がったものだった。

以来、フレンチ、イタリアン、中華、日本料理、鮨など、高級と謳《うた》われている有名店には片っ

端から足を運んできた。なかでも一人客でも入りやすい高級鮨店は大のお気に入りで、コロナ騒ぎ前までは東京の銀座、赤坂《あかさか》、六本木《ろっぽんぎ》、麻布《あざぶ》などの一流店はもちろん、金沢、京都、大阪、博多といった地方の名店にも足繁《あししげ》く通っていた。

それだけに舌には自信がある。金髪ロック野郎に何がわかる、と舐《な》めてくる店も多いが、鮨の何たるかは知り尽くしているから、ケータリングの鮨など二、三貫もつまめば程度が知れる。本番前は食べすぎないほうがいいこともあってお好みを選び、軽い気持ちで最初の一貫、鮪の赤身を注文したら、

「今日は漬《づ》けにしたけど、いい？」

と確認された。うん、と返すと雅代は種箱から鮪の柵を取りだした。

その表面は薄茶っぽい色で覆われている。回転鮨の漬け鮪は、鮨種用に切りつけた赤身を醤油ダレに漬けているが、これは昔ながらの漬けだ。鮪の柵に熱湯をかけてすぐ氷水で冷やす〝湯引き〟で軽く熱を入れ、表面だけ白くなった柵ごと〝漬け地〟という醤油ダレに漬ける。それを客前で切りつけ、山葵ではなく和芥子《がらし》で握る江戸前の漬けが、まさかケータリングで食べられるとは思わなかった。

これはファンにも見せてやろう、とSNS用に写真を撮ろうとした途端、

「写真撮影とネット掲載はお断り」

雅代からぴしりと告げられた。見ると付け台の隅にそう書かれたカードが立ててある。

慌てて携帯を引っ込めると、

「ありがと」

雅代は再び笑みを浮かべ、漬けにした柵を包丁で切りつけた。すかさず右手で赤シャリを丸め、左手で薄茶色に縁取られた漬け鮪をつまんで和芥子をちょんとつけて小手返しで握り、煮切りを塗ってＫＡＺの角皿に置いた。

間髪を容《い》れず指でつまんで口に入れると、ほろっとシャリが崩れてしっとり漬かった赤身の旨みと溶け合い、上等な本鮪こと黒鮪ならではの心地よい酸みがふっと鼻腔に抜けた。

ＫＡＺはうっとりと余韻に浸りながら、

「これ、延縄《はえなわ》？」

漁法を聞いた。

「今日のは定置」

雅代が即答した。

「この旨さで定置？」

ＫＡＺは首をかしげた。一般には延縄漁と一本釣り漁で獲《と》った鮪は、定置網漁のものより上物とされているのだが、

「あたしは漁法に捉われないの。延縄は身焼けしにくいとか、定置は乱獲が防げるとか、漁法には一長一短があるでしょ。だから漁法より個体それぞれの色と艶と手触りで、あたし好みだ、と直感した鮪を買うようにしてる」

へえ、と思った。その自信に満ちた言葉からは、鮨職人としての矜持《きょうじ》が伝わってくる。

この人はなんでケータリングなんかで握ってるんだろう。そのギャップに戸惑っていると、握りを食べ終えた四人のスタッフが、

「ごちそうさま」

旨かったっす、と満足げに席を立ち、ＫＡＺに黙礼して持ち場に戻っていった。

これで気兼ねせずに話せる。もっと雅代と鮨談義をしたくて、つぎは烏賊《いか》を注文した。

「はいよ、今日は走りの新烏賊」

雅代が種箱からくるりと丸まった小さな白い身を取りだした。新烏賊は墨烏賊の子どもで、さくりとした独特の食感がＫＡＺは好きなのだが、雅代は手早くシャリと合わせ、さっきとは違う縦返しで握った。

「縦返しも使うんだね」

ＫＡＺは言った。鮨の握り方には小手返し、本手返し、縦返しのほか大阪には一手でギュッとつかんで握る〝つかみずし〟まであるのだが、

「あたしはシャリにくっつきにくい烏賊とか蛸《たこ》とかだけ縦返しで握ってるんだけど、あなたって野暮なことばっかり聞くわね」

ほっこり笑いながらからかわれた。笑顔のわりに当たりがきつい。

「ていうか、おれ、飲食店のオーナーをやってるぐらい食べることが好きなんで」

弁明のつもりで、つい口を滑らせてしまった。実際、子どもの頃から音楽にも増して食べることが大好きだから言ったのに、

「あらら、ロックスターが副業やってるんだ」

目を瞬かせている雅代を見て、ＫＡＺは声をひそめた。

「実はバンドメンバーにも事務所にも内緒の話なんだけど、故郷の帯広で『トカッチーナ』って

いう十勝《とかち》産のチーズ料理で飲めるチーズバルをやってんだよね。店の切り盛りは地元の高校で一緒だった仲間にまかせてるけど、けっこう知られた店でね」

「へえ、そうなんだ。顧客の個人情報を守るのは飲食店の基本だからだれにも言わないけど、そっか、だから帯広が最終公演地なのね」

「これでも郷土愛が強いからね。ちなみに雅代さんは、ふだんどこでお店やってんの？」

ついしゃべりすぎた、と思い話を変えた。

「あたしは決まった店は持ってない」

「は？」

「今回は特別バージョンだけど、独立してからは、ずっと間借り専門で握ってきた」

「それはもったいないなあ。それだけの腕があれば、東京の銀座とかでやってけるのに」

「ありがと。でもあたしは、これからも間借り専門で、のほほんと笑いながら好きな場所を転々として握っていきたいの」

こんな鮨職人もいるんだ、とびっくりした。

「じゃあ、このケータリングも間借りの一環ってこと？」

「ていうか結麻さんと縁があったの。彼女は鮨まさよの常連で、金沢とか東京の上野とかで間借りしてるときも食べにきてくれたし」

「え、結麻も鮨好きなの？」

まったく知らなかった。鮨好きのＫＡＺが蘊蓄《うんちく》を語っても、いつも黙って聞いていた。

「まあうちの常連さんは特殊だからね。さっきのあなたみたく野暮じゃないし」

苦笑まじりにまたからかわれてしまったが、結麻は鮨まさよの常連仲間を通じて雅代の間借り先を探して依頼してきたのだという。

ただ、当初は福岡公演から同行する予定だったのだが、のっぴきならない事情で雅代が上野から離れられなくなり、名古屋公演から合流したのだという。

「ああ見えて結麻さんは、鮨好きのあなたに配慮してるのよ」

感謝なさい、と言い添える。

結麻がそんな気遣いをしてくれたなんて。半信半疑ながらも、つぎは雅代のお薦めを頼むと、名古屋公演にちなんで仕入れた知多《ちた》半島産の高級魚、真鯒《まごち》を握ってくれた。シコっとした食感とじんわり滲みだす白身の旨みを堪能したところで、あとは真鯵、春子《かすご》、中トロ、小鰭、青柳《あおやぎ》、車《くるま》海老《えび》などつぎつぎに頼んで、漬け鮪から数えて二十貫以上。夜の公演に備えて軽くつまむつもりが満腹になるまで食べてしまい、

「いや旨かった」

腹をさすりながら席を立った。

一服したら、いつもよりしっかり運動して腹ごなししとかないと、結麻に怒られるな。

ちょっと後ろめたい気持ちを抱えて楽屋に戻った。なにしろ結麻の聴覚は恐ろしく鋭い。軽く歌っただけで、その日の体調から精神状態まで見抜かれてしまう。

そんな彼女との付き合いは、すでに十五年近くになる。そもそもは大学の同期生だったのだが、同じ音楽サークルに所属していた縁で、スクレイパーズを結成した際、

「うちのバンドをライブハウスに売り込みたいんだけど、手伝ってくれない？」
と声をかけたら快く引き受けてくれた。

以来、絶対プロになる、と意気込んでいたＫＡＺたちのために、ライブハウスはもちろんメディアへの売り込みまで卓越したマネジメント能力を発揮してくれた。おかげで、ほどなくしてレコード会社から声がかかり、メジャーデビューが決まると同時に、結麻も自ら音楽事務所を立ち上げて社長に就任した。

その後は、ほかの若手アーティストも発掘しはじめてみるみる業績を伸ばし、降って湧いたコロナ禍もＳＮＳをフル活用して乗り切り、いまや赤メッシュ髪で飛び回る敏腕女性社長として異色の存在感を示している。

ただ、近年は若手アーティストにかかりきりで、ＫＡＺたちにはおいしい仕事が回ってこない。見限られたのか、と苛ついているうちにバンド内の不和が膨らみはじめ、気がつけば解散に追い込まれていた。すると現金なもので、結麻は最後のひと稼ぎとばかりにファイナルステージを企画。ＫＡＺのソロデビューを前提に、低予算の中、ケータリング鮨まで帯同させてくれたのだが、予想に反して初回から観客動員数が伸び悩んでいる。

この状況で名古屋公演も不調だと、結麻のことだ、ツアーを途中で打ち切りにしかねない。今日こそメンバー二人に気合いを入れさせないとソロデビューにも響くかもしれない。

本番まであと四時間ほどしかないが、まずはＫＡＺ自身の調子を上げながらメンバー二人の尻も叩いて、何としてもステージを盛り上げよう。そして明日から中二日の移動日には、懸案のソロ曲作りに集中して一曲でも二曲でも書き上げよう。

よし、とばかりに楽屋に戻ろうとしたそのとき、携帯が振動した。噂《うわさ》をすればというやつで、さっき雅代に話した帯広の店からだった。慌ててＫＡＺはトイレに走った。周囲の耳を憚《はばか》って声をひそめて応答すると、

「あ、和人《かずと》さん、公演中にすみません。トカッチーナの美央《みお》です」

帯広のチーズバルの女性料理長だった。

和人とはＫＡＺの本名だ。もともと美央は高校の二年後輩で、同じ軽音楽部で組んだバンドでキーボードを弾いていた。けっこうかわいくて当時から好きだったのだが、恋愛には発展しないまま彼女はいまも和人さんと呼んでくれている。

高校卒業後は調理師学校に進み、地元のビストロで働いていた美央だが、トカッチーナのオープンを決めた五年前、どうせなら好きだった美央を、とビストロから引き抜いて料理長に抜擢した。ただ店のことについては、いつも店長の聡志《さとし》から直接電話がくるのに、今日はどうしたのか。

「実は、仕入れができなくなっちゃいまして」

「は？」

「食材卸の業者さんから、先月分の支払いが遅れてるから納品できない、って言われて店を開けられないんです」

「マジかよ」

こんな事態は初めてだった。支払いだったら聡志に言えばいいのに、なぜＫＡＺに電話してきたのか。オーナーの口から聡志に注意しろと言うのか。訝しく思いながらも、

「ちょっと聡志と電話を代わってくれ」

ため息まじりに告げた。

「いえ、聡志さんは一昨日、札幌へ視察に行くって言って出掛けたままで」

「札幌へ？」

　そういえば福岡公演のとき、聡志から初日祝いの電話をもらったのだが、そのときＫＡＺは〝おれも来年はソロデビューだから、トカッチーナもそろそろ、札幌とか函館《はこだて》とかにも出店して飛躍したいもんだよな〟と発破をかけた覚えがある。

　ＫＡＺとしては景気づけで言ったつもりだったが、聡志は真に受けて札幌出店に動きだし、その重圧で日常業務にミスが生じたのかもしれない。

「わかった、聡志に電話して叱っとく」

　それでいいだろ、と電話を切りかけると、

「でも聡志さんの携帯、繋がらないんです」

「充電忘れとか圏外とかじゃないのか？」

「そう思って一昨日からずっと電話してるんですけど、全然繋がらないんです。店の帳簿とか調べたくても見当たらないし、これって、おかしいと思いません？」

　思わせぶりに問われて、

「まさか」

　ＫＡＺは声を上げた。

「そのまさかじゃないかと疑ってます。でも確証がないから、あたし、どうしていいかわからなくて」

3

翌朝、ＫＡＺはタクシーで中部国際空港へ向かい、羽田《はねだ》空港経由で帯広空港へ飛んだ。

こうなったら、ソロ曲作りの予定だった中二日の移動日を使って帯広に往復してくるしかない。帯広空港までは待ち時間も含めて五時間余り。現地に一泊して翌日の直行便で羽田空港に飛び、そこから横浜入りして一泊すれば余裕で横浜公演に間に合う。

午後一時過ぎ、三年ぶりの帯広空港に降り立ち、相変わらずの田舎っぷりを湛《たた》えた空港ビルの車寄せに佇んだ。ゆうべ改めて美央に電話したら、あたしの車で送り迎えします、と言ってくれたのだが、ほどなくして赤い軽自動車が近寄ってきた。

おう、と片手を挙げて助手席に乗り込むと、

「すみません、ツアー中なのに」

美央は栗色のポニーテールを揺らして会釈するなり車を発進させ、

「どうでした？　名古屋公演は」

と聞く。ＫＡＺが東京で成功して以来、美央も何度か公演に足を運んでくれているが、ここ最近は足が遠退《とおの》いている。

「名古屋もけっこう盛り上がったよ」

笑顔で答えたものの、嘘だった。

名古屋市民ホールのキャパは千五百人なのだが、二階席はガラガラで一階席も空席が目立った。

どう贔屓目《ひいきめ》に見ても千人を切っていただけに、幕開けから客席は冷え切っていた。

おまけにＫＡＺは雅代の鮨で満腹だった。本番前に運動はしたものの焼け石に水で、いざマイクの前に立ったら声は出ないわ、体の切れは悪いわで最悪のステージになった。当然ながらメンバー二人もおざなりな演奏で、冷え切っていた客席は凍りつき、福岡、松山、大阪に続いて今夜もまた本編の曲が終わるなり観客が席を立ちはじめた。

ヒット曲を連発していた頃は熱狂したファンの喝采が鳴り止まず、二度三度とアンコールに応えたものだが、最後は予定したアンコール曲を無理やり演《や》って幕を閉じたのだった。

当然ながらグッズ類も売れるわけがなく、客が捌《は》けた会場には白けた空気が流れていた。スタッフは憮然《ぶぜん》とした面持ちでバラシをはじめ、メンバー二人は昨夜に続いて繁華街に繰りだすつもりでいるらしい。居たたまれなくなったＫＡＺは逃げるように楽屋を後にしたが、案の定、楽屋口に出待ちのファンは一人もいなかった。

おれも焼きが回ったもんだよな。

遥《はる》か遠くまで牧草地が続いている十勝平野を助手席の窓越しに見やりながら、ＫＡＺはいつにない焦燥感に駆られた。といって美央に弱みを見せるわけにはいかない。

「明後日からは、いよいよ横浜公演だから、ますます盛り上げていこうぜ、ってメンバー二人にも気合いを入れてんだよな」

カラ元気を振るって笑ってみせたものの、さらなる虚《むな》しさが募るばかりだった。

三十分ほどで十勝平野の中心地、帯広駅の北口に着いた。この先に広がる繁華街の一画、ビストロやダイニングバーが軒を連ねる街路沿いにトカッチーナはあるのだが、久しぶりに訪れた帯広の街は、やけに寂れて見えた。

人口より牛の数が多いと言われる土地柄とはいえ、上京前はもちろん店を開いた五年前も、もっと栄えていた気がする。なのに、多くの地方都市と同じく数年前のコロナ騒ぎに翻弄されたのだろう。駅の裏手、南口にある無駄に豪華な公共施設とは裏腹に、街全体に倦怠感と諦観が漂っているように見える。

ほどなくしてトカッチーナに到着した。裏手の駐車場に車を駐めて表に回ると、店のシャッターには〝臨時休業〟と貼り紙されていた。美央がシャッターを半分だけ開けて店内の明かりを点けると、十勝平野をイメージした緑の牧草地と晴れ上がった青空を描いた内装が浮かび上がった。

開店時にはかなり予算をかけた内装だが、やけにうらぶれて見えた。本業がパッとしないと副業もこうなるのか、と両手を腰に当てて店内を見回していると、

「和人さん、もうひとつ報告があるんですけど、けさ、バイトの征矢《せいや》から、いつ再開するんですか、って電話があって困っちゃってます」

臨時休業して三日目になるが、いまも聡志さんの居場所がわからないし途方に暮れてます、と美央は眉を寄せる。

「そうか、困ったやつだなあ」

ＫＡＺは舌打ちしながら、客席のテーブルで美央と向かい合い、

「だが、心配しないでくれ。卸業者にはおれが直接出向いて謝罪して、滞納金を現金払いして納品を再開してもらう。征矢にもそう伝えて明日から以前通り営業してほしいんだが、ついてはお願いがある」

言葉を切って間を置いてから、

「店長になってくれないか」

穏やかに告げた。ゆうべ名古屋のホテルで考えた対応策だった。美央はぴくりと瞼《まぶた》を動かしたものの黙っている。唐突すぎたかもしれない、と察してＫＡＺは言葉を繋いだ。

「まあ何があったか知らないが、こんな事態になったからには聡志は懲戒解雇する。今日からは美央が店長兼料理長として店を仕切ってほしい。もちろん、兼任業務となれば、これまで以上に大変なことはおれも承知してる。そのぶん給料は上乗せするし、バイトも増やして美央の負担軽減を図るつもりだ」

どうだろう、と美央の反応を窺《うかが》った。

美央はふと目を逸《そ》らして席を立ち、調理場の冷蔵庫からパックのアイスコーヒーを取りだし、二つのグラスに注いできた。

ＫＡＺは黙ってアイスコーヒーを口にして再び美央の目を見た。その視線に応えるように、ようやく美央が口を開いた。

「いまの返事をする前に、ひとつ聞きたいんですけど、聡志さんと何かあったんですか？　だとしたら、あたし、何も知らないまま店長は引き受けられないです」

後輩ながら昔からはっきりものを言う美央らしく、単刀直入な問いかけだった。

「いや、おれも寝耳に水で、何があったかわからない。ツアー中は聡志から初日祝いの電話があっただけだし、逆に、こっちで何か変わったことがなかったか聞きたいぐらいだ」

思い当たることはないかな、と問い返すと美央が表情を引き締めた。

「あたし、ひとつ不思議に思ってたんですけど、うちの店って何で儲《もう》からないんですか？」

は？　とＫＡＺは首をかしげた。言われた意味がわからなかった。

「だって聡志さんはいつも、うちは儲けが薄いって言ってたんですよね。でもコロナ禍を別にすれば、トカッチーナは地元客にも観光客にも人気だったし、料理もワインもけっこう売れてたんです。なのに儲けが薄いって、これはもう、だれかが売上げを操作してたとしか思えないんですよね。じゃあ、だれが操作してたのかといえば、毎日売上げを締めてたのも帳簿を管理してたのも、聡志さんです」

そこまで言われてやっとわかった。

「早い話が、聡志が売上げをピンハネしてて、それも持ち逃げしたって言いたいのか？」

「だって、そうとしか思えないじゃないですか。もちろん、仕入れ代とか維持費とか人件費とかも聡志さんが管理してたから、そっちの経費が高くついてた可能性もなくはないですけど、やっぱおかしいと思いません？」

目を覗き込まれた。ＫＡＺは、うーん、と唸《うな》ったまま固まってしまった。

マネージャーに金を持ち逃げされた。そんな業界話は昔からよく聞くが、今回の件も似たようなもので、何かの事情で金に困った聡志が、つい魔が差して先月の仕入れ代金に手をつけてしまったのだと最初は思った。

ただ、その手の単純な図式ならまだしも、仮にも聡志が日々の売上げから中抜きしていたとなると、魔が差したレベルの犯行ではない。高校時代の友だちだった聡志を信頼して店を託したのに、計画的に横領したとなれば情状酌量の余地などまったくない。

　そもそも聡志は、軽音楽部のＫＡＺのバンドでベースを担当していた。当時からプロの夢を追っていたＫＡＺとは違い、担当楽器と同じく地に足をつけて着実に下支えしてくれるタイプだった。

　その後は地元の家電量販店に就職し、やがて主任に昇格して地道に働いていたのだが、ＫＡＺは店を立ち上げる際、真っ先に声をかけた。かつてはバンドかぶれの跳ねっ返りと馬鹿にされていたＫＡＺだけに、東京で成功した証《あかし》として開く店は失敗できない。その店長を託すとなれば根っから生真面目で責任感の強い聡志しかいない、と見込んで家電量販店の三割増しの給料で引き抜いたのだった。

　以来、聡志は、なかなか地元に帰れないＫＡＺの期待に応えて手堅く店を回してくれていた。コロナ禍の時期こそ苦戦したものの、忙しいＫＡＺに代わって五年間、愚痴のひとつもこぼすことなく店を支えてくれていた。というより、少なくともＫＡＺはそう信じていたのだが、もし聡志が売上げを計画的にピンハネしたあげくに仕入れ代金もろとも持ち逃げしたとなれば、生真面目だったはずの彼に何か起きたのか。

「ったく聡志のやつ、恩を仇《あだ》で返しやがって」

　考えるほどに腹が立ってきて、

「あいつ、プライベートで何かあったのか？」

　と美央に尋ねた。

「わからないです。あたしだってまだ信じられない気持ちだし」

「そうだよなあ、あんな真面目なやつが」

　ＫＡＺが腕を組むと、

「ただ和人さん、この際、言っときますけど、もし本当に聡志さんが裏切ったんだとしたら、和人さんにも責任があると思います」

　急に矛先を向けられた。

「だって和人さんは名ばかりのオーナーで、店のことは聡志さんに丸投げしてましたよね」

「丸投げって言い方はないだろう。おれは聡志に全幅の信頼を寄せてたんだ」

「ものは言いようです。聡志さんは牧場のことでも本当に苦労してたし」

「それとこれとは別の話だ」

「別じゃないです。元はといえば和人さんが弟の彰人《あきと》さんに家業を押しつけたせいじゃないですか」

　痛いところを衝《つ》かれた。ＫＡＺの実家は帯広市内で牧場とチーズ工房を営んでいて、父親は長男の和人を後継者と考えていた。ところが、当の和人は田舎暮らしを嫌って東京の大学に進学し、学業は放棄してアーティストを目指してブレイクに至った。

　父親が突然死したのは、その一年後だった。虚血性心疾患という病気だったが、葬儀のときに母親から、牧場を継いでくれるよね、と言われた。しかし当時、バンド活動が絶頂期を迎えていたＫＡＺは、ツアーだレコーディングだテレビ出演だと追われまくっていて牧場どころではなかった。

　母親は嘆き悲しんだ。見かねた地元の銀行勤めだった弟の彰人が苦悩の末に銀行を辞めて牧場を継いでくれたのだが、正直、ＫＡＺとしては後ろめたかった。そこで、それから四年後、違うかたちで母親を喜ばせよう、と故郷帯広への出店を決めた。

ただ本音を言えば、親孝行だけで出店を決めたわけではない。その頃、スクレイパーズは全盛期の人気が陰りはじめ、公演やメディア露出も大幅に減っていた。不安を覚えたＫＡＺは、この先、音楽一本では不安定極まりない、将来を見据えて親孝行がてら、こっそり地元に店を開こう、と思いついた。

そのとき閃いたのがチーズバルだった。牧場王国帯広産のチーズのみを使った料理とワインの店なら、地元客も観光客も集めやすい。しかも、実家の牧場で絞った生乳を使い、併設工房で手作りしたチーズだけを売る店となれば、牧場を継いでくれた彰人にも、兄だって父の遺志を忘れてないぞ、とアピールできる。

これはいける、とＫＡＺは帯広へ飛んだ。亡父の葬儀後、初の帰郷だったが、彰人に会ってチーズバル構想を打ち明けたところ、

「いまさら虫のいいこと言うな！」

怒鳴りつけられた。兄貴が放棄した牧場を元銀行員が継いで、どんだけ苦労したと思ってんだ！　と実家から叩きだされた。

といって、すでに聡志が出店準備を進めているから、いまさら引き下がれない。仕方なく実家と親しい地元の牧場主にも声をかけたが、地縁の強い土地柄だけに、彰人との確執を知る彼らの怒りも買ってあっさり断られた。

追い詰められたＫＡＺは困ったあげくに、

「地元以外の牧場からチーズを仕入れろ」

と聡志に命じた。聡志にとっても困難極まりない仕事だったが、店長の意地で苦労を重ねた末に現在の卸業者に渡りをつけてくれた。

そんな経緯を目の当たりにしてきた美央だけに、仮に聡志が裏切ったとしても、その責任はＫＡＺにもある、と憤っているのだった。

「だが、それはおれと彰人の問題であって、聡志の裏切りとは関係ない」

「どうしてそう言い切れるんですか？　聡志さんは愚痴とかこぼさない人だから、どんな苦労をしてきたか詳しくは知らないけど、このままあたしが店長になったとしても同じことの繰り返しになっちゃうと思うし」

「それは考えすぎだって。取り越し苦労はしないでくれ」

「取り越し苦労じゃないです。だって和人さんは、ずっとバンドのことしか頭になかったじゃないですか。しかも来年にはソロデビューするっていう噂がありますよね」

「そのつもりでいる」

　途端に美央は大きなため息をついた。

「だったら、ますます店どころじゃないじゃないですか」

「店どころじゃないやつが、ツアー中にわざわざ帯広まで飛んでくるか？」

「だから、こうなっちゃってから飛んできても遅いんです。聡志さんのことも牧場のことも含めて、和人さんはいまの自分の立ち位置、わかってるんですか？　そろそろ足元を見つめ直してください」

叱りつけるように言う。

「何が立ち位置だ、美央こそ自分の立ち位置ってもんを考えろ！」

「んもう、まだわからないんですか。あたし、やっぱ店長はやれません。ていうか、このままじゃ、もうこの店にもいられません！」

苦渋も露《あら》わに吐き捨てた美央の目には涙が浮かんでいた。

4

小一時間後、美央の車で卸業者の事務所に出向いた。

いつまでも美央とやり合っていても埒《らち》が明かない。卸業者に仕入れ代金を持参して謝ってから改めて話そう、と美央をなだめてＫＡＺの個人口座から現金を下ろし、卸業者を訪ねて丁寧に謝罪して先月の仕入れ代金を支払った。

ところが卸業者は代金を受け取るなり、

「この取り引きはそもそも店長から、ほかに仕入れ先がないって泣きつかれて善意で受けたんですよ。なのに入金が遅れた上に店長と音信不通とあっては、もう卸せません」

と取引中止を告げてきた。これには慌てて、そこを何とか、と食い下がったものの、

「金髪のスターさんは店なんかやめて歌ってればいいんじゃないですか？」

最後は皮肉を飛ばされた。

結局は、新たな卸業者を探さなければ店は再開できないはめになり、一気に閉店の危機に追い

込まれてしまった。

それでもＫＡＺは、卸業者からの帰り道、

「まあ心配するな。横浜公演が終わったら別の仕入れ先を探すから、しばらく待っててくれ。当面、美央は有給休暇扱いで来月の給料と店の賃貸料も前払いで振り込むから、頼む」

と頭を下げて引き留めたものの、美央は、考えさせてほしい、としか言わなかった。

わざわざ帯広まで来たのに最悪の事態に陥ってしまった。さすがにその夜は眠れない一夜を過ごしたものの、それでも有給休暇と前払いが効いたのかもしれない。翌朝、美央は約束通り赤い軽自動車でホテルまで迎えにきてくれて、帯広空港までの車中で、

「もうしばらく聡志さんの帰りを待ってみます」

と言ってくれた。

ほっとしながら羽田空港経由で午後には横浜のホテルにチェックイン。やれやれ、とばかりに空港で買った酒とつまみで昼から部屋飲みをはじめたら、心労まみれのストレスと、とんぼ返り疲れとで早々に寝てしまった。

目覚めたときには横浜公演の当日になっていた。ホテルの朝食バイキングを食べ、身繕いを終えたＫＡＺは、タクシーを拾って〝横浜ポートアリーナ〟の楽屋口に乗りつけた。

今日もスタッフパスを見せて受付を通り抜けると、真っ先に給湯室を探した。

雅代と話したかった。いざこうなってみると、いまのＫＡＺには雅代のほかに副業について話せる相手がいない、と気づいたからだ。

トカッチーナについては、いまも結麻とマネージャーの昌也はもちろん不仲なメンバー二人に

も話していない。もしバレたら、また自分ばっかり儲けてやがって、とやっかまれ、事務所も巻き込んでゴタつくことが目に見えている。

しかし雅代だったら大丈夫だ。鮨職人の矜持を湛えた彼女なら第三者の立場をわきまえて個人情報も守ってくれる。名古屋でＫＡＺが口を滑らせたトカッチーナの話も、ほっこり笑顔で受けとめてくれて、その後、ほかに漏れた形跡はない。

雅代に聞いてもらおう。仕込み中ならスタッフも来ないだろうし、だれかに話さないことには気持ちの収拾がつかない、と楽屋の廊下を進んでいくと、名古屋と同じ給湯室前に付け台があった。その奥では雅代が包丁を手に魚を捌いている。

一瞬、邪魔にならないか逡巡したものの、

「いやまいっちゃってさあ」

あえて明るく声をかけた。

「あら、早くからどうしたの？　追い詰められちゃった？」

いきなり図星を衝かれて動揺したが、

「え、そんなふうに見える？」

平静を装って頭を掻いていると、

「長年、お客さんに接してるとわかるもんなのよ。まあ座ったら？」

屈託のない笑みを浮かべて雅代は包丁を置き、湯呑みにお茶を淹れてくれた。

それで一気に楽になれた。やっぱ雅代に会いにきてよかった、と付け台の丸椅子に座ってお茶を啜ったところで周囲を見回し、

「また内緒の話なんだけど、帯広の店がヤバいことになっちゃって」

抑えた声で切りだした。

「まあ大変、ロックスターのピンチね」

雅代は冗談めかして肩をすくめ、どうヤバいの？　と声を落として聞く。

「まかせてた店長が金を持ち逃げしたって聞いて移動日に帯広へ飛んだら、女料理長も辞めたいって言いだしちまって」

マジでまいってる、と苦笑いしながら経緯を話すと、雅代は再び包丁を握って鯵を捌きながら、

「じゃあ、もう店は閉めちゃうの？」

上目遣いで見る。

「ていうか、彼女は一応、高校の後輩なんで、なだめすかして慰留したんだけど、卸業者のほうはそうもいかなくて」

新たな仕入れ先を見つけないと店を再開できない、と打ち明けて唇を噛んだ。

「まあでも仕方ないわね、悪いのは約束通り入金しなかったほうなんだし」

「それはそうなんだけど、ほかにもいろいろ原因があるもんだから」

「いろいろって？」

「いやそれは」

ＫＡＺは口ごもった。仕入れの問題は、そもそも実家絡みで揉《も》めたせいなのだが、そこまで話すのは躊躇《ためら》われる。

「どっちにしても当面は店を臨時休業して、根本から立て直すしかないと思ってるんだよね。お

かげでステージにも影響が出ちまうし、厄介なもんだね、店を持つって」

　また苦笑しながらぼやいてみせると、

「だけど、持ち逃げした店長さんって、五年間ずっと頑張ってくれてた人なんでしょ？　何でまた突然、そんなことしたのかな」

　雅代が首をかしげた。

「そんなことわからないよ。店の経営に関しては、やつに全権を預けてたんだし」

「それにしてもオーナーが五年も気づかないなんてこと、あるかな。こうなったのは、ある意味、あなたの責任でもあるかもね」

　さらりと言われてどきりとした。何の偶然か美央と同じ言葉を投げかけられたからだが、

「どうしておれの責任になるのかな？」

　表情を硬くして問い返すと、雅代は包丁を止めて答える。

「あなたとは知り合ったばかりだから、これはあたしの直感でしかないけど、あなたは自分しか見えてない人だと思ったから」

「は？」

「だってあなたって、バンドのことも店のことも、だれかのせいで追い詰められた、って言うけど、バンドでも店でも、悪いことは全部周囲のせいだなんてあり得ないと思う。メインを張ってるあなたの責任だって当然あるわけで」

「いやそれは違う」

「違うかなあ。あたしにはそうとしか思えないし、そんなあなただから本音で話せる人もいなく

て困ってるんじゃないの？」

またまた図星を衝かれて言葉に詰まった。すると雅代は捌いた鯵を〝立て塩〟と呼ばれる海水と同濃度の塩水に浸けながら、

「この際、ヲタさんとモリタカさんに相談したらいいのに」

二人にも名古屋公演のときに鮨を握ったそうで、長年の仲間なんだから、と言い添える。

「冗談じゃない。やつらに相談なんかできるわけがないし、雅代さんだって楽屋で揉めてるの聞いてたじゃん」

「じゃあ、まだ仲直りしてないの？」

「するわけがない。仲直りできる仲だったらファイナルステージなんかやってないし」

露骨に舌打ちしてみせると、

「だったら結麻さんに話してみたら？」

ＫＡＺの目を見る。

「いや、結麻は立場が違う」

「事務所の社長だからってこと？　だけど彼女は、いつもあなたのことを心配してるし、このツアーにあたしが呼ばれたのも、彼女のあなたへの気遣いだって言ったじゃない。そこまで追い詰められてるんなら、あたしになんかぼやいてないで彼女に相談なさい」

駄々っ子を諭すように言うと、立て塩に浸けた鯵の水気を拭って種箱に収め、同じ種箱から鯖の柵を取りだした。

ＫＡＺは当惑していた。雅代からこんな突き放し方をされるとは思わなかっただけに、

「とにかくおれはもう、だれかに相談するとかじゃなくて八方塞がりなわけ」

たまらず弱音を吐いてしまった。

「あら、ＫＡＺさんらしくないわね。強気でガンガン攻めてるＫＡＺさんが大好きなファンに、がっかりされちゃうわよ」

今度はからかうように言って、あとは自分でどうにかするしかないわね、とまた突き放して鯖を切りつけている。

改めて不思議に思った。こういうときＫＡＺは弱気な自分を見せたことがない。なのに、なぜか今日は心の箍《たが》が緩んでしまった。何がそうさせたんだろう、と考えてみても、雅代という鮨職人がそうさせてしまう空気を纏《まと》っているから、としか言いようがない。

今日はこのへんにしといたほうがよさそうだ。これ以上、雅代と話していたら弱音ばかり吐いてしまいそうだ、と席を立ちかけると、

「ちょっと待って。これ、横浜公演イチ押しの相模《さがみ》湾の胡麻《ごま》鯖なんだけど、味見してって」

と一貫握って差しだし、

「あとでリハーサル観《み》にいくから頑張ってね」

にっこり微笑みかけられた。


午後七時、ファイナルステージ五都市目の横浜公演がはじまった。

近頃は凝った演出で登場するバンドも多いが、ストロングスタイルが売りのスクレイパーズは暗転したステージにメンバー三人が、唐突に登場。モリタカがスティックを鳴らしてカウントを

出すと同時に、ドーンと爆音を轟《とどろ》かせて一曲目のイントロに入る。

そのまま十五秒のイントロを掻き鳴らしたらＫＡＺがスポットライトに浮かび上がり、いざ歌入り！　となるのだが、その瞬間、ＫＡＺの頭の中は真っ白になった。

冒頭の歌詞が浮かばない。今日は食べすぎなかったし、メンバー二人も無難にリズムを刻んでいる。なのに、デビュー以来、何百回と歌ってきた『舐められてナンボだぜ』の冒頭の歌詞が一瞬にして飛んでしまった。

会場がざわつきはじめた。横浜ポートアリーナのキャパは千八百人。名古屋より席数を増やしたものの、蓋を開けたらまたもや七割方しか埋まっていなかったのだが、ぽつりぽつり空席が目につく観客席の困惑がひしひしと伝わってくる。

慌ててＫＡＺは両手を広げてメンバー二人を制し、戸惑い顔の観客に、

「ごめん！」

と詫びるなり再度、爆音イントロに突入し、十五秒後には、

〽馬鹿は馬鹿なりに生きてんだ〜

冒頭の歌詞がするっと出てきた。

ほっとしたものの惨事は続いた。どうにか一曲目を歌い終えたところで観客の気持ちを立て直そうと、

「行くぜーっ、名古屋！」

思いきりシャウトしてしまった。

客席がまたざわついている。それでようやく気づいた。全国ツアーは各地を転々としてホテル

と会場の往復ばかりが続く。名所を訪ねたり街を散策したりする時間も少ないため、その日の公演場所が曖昧になるのはアーティストあるあるなのだが、このタイミングで横浜を名古屋と間違えたのは致命傷だった。

　明らかに苛ついている観客を前に歌はぼろぼろ、ギターはへろへろ、山場でジャンプしても無様にコケる始末。白けた空気のままラストまで漕《こ》ぎ着けたものの、アンコールの拍手はなく即座に観客が席を立ちはじめた。

　慌てて勝手にアンコール曲を演奏して足早に楽屋へ逃げ戻ってきたのだが、先に戻っていたヲタが聞こえよがしに言い放った。

「メインがあれじゃ、やってらんねえよな」

　何も言い返せなかった。ＫＡＺは腹いせに椅子を蹴飛ばすしかなかったが、こうなった原因はわかっている。本番前のリハが終わった直後に、美央から電話が入ったせいだ。

「今日、バイトの征矢が辞めました」

　いきなり告げられた。昨日、帯広空港に送ってくれたときは、新しい卸業者が見つかったら征矢と二人で店を再開する、と言っていたのに状況は一変。聡志からはいまだ音沙汰がないし、店の再開どころじゃないという。

「だったら早急にバイトを雇ってくれ」

「そんな予算、あるんですか？」

　いまどきバイト探しには金がかかる。

「美央の口座にすぐ送金する。これでも印税長者だからな」

冗談めかして言ったものの、美央はくすりとも笑わずにまた聞く。

「和人さん、明後日は東京公演ですよね」

「羽田空港近くの〝ザップ羽田〟でやる」

「だったら羽田に行きます。久しぶりに和人さんの公演を観てから今後の話をしたいです」

「今後の何を話すんだ」

「決まってるじゃないですか。このままじゃ店を閉めるしかないけど、それはあたしも嫌だから改めて相談したいです」

　思い詰めた声で告げられて、

「わかった。だったら飛行機代はおれが持つ」

　いつになく動揺しながら電話を切ったのだが、ますます厄介なことになってしまった。

　羽田に来るという美央を止めるわけにもいかない。といって今後、どうしたものかまるで思いつかない。料理長として頑張ってきてくれた美央の手前、ここで店を閉めるわけにもいかないし、じゃあどうすればいいのか。

〝あとは自分でどうにかするしかないわね〟

　雅代からはそう突き放されたが、考えるほどに頭の中は混沌《こんとん》とするばかりで、その直後に本番がはじまったからたまらない。歌詞は忘れるわ、横浜を名古屋と言い間違えるわで最悪のステージになってしまった。

　今夜も酒をかっ喰《く》らって寝ちまおう。終演後、金髪頭を掻きむしりながらさっさと帰ろうとしていると携帯にメッセージが入った。

『久しぶりに飲も。楽屋口で待ってる』

結麻からだった。

楽屋口のドアを開けると、出待ちのファンの代わりに結麻とタクシーが待っていた。正直、結麻とは顔を合わせたくなかったが、あの出来では断るわけにもいかない。

気まずさを押し隠してタクシーに乗ると、桜木町《さくらぎちょう》の野毛《のげ》小路に連れていかれた。まだ売れない時代、横浜のライブハウスに出演するたびに立ち寄っていた飲み屋街なのだが、結麻は当時から知る昭和テイストのバーに入った。

カウンターには蝶《ちょう》タイ姿の老店主が立っているが、この時間、ほかの客はいない。何でまたこんなしみったれた店に、と思いながら奥のボックス席に座り、二人でハイボールを口にするなり結麻に問い詰められた。

「何があったの？」

「いや、ちょっと体調が」

曖昧に答えたものの、

「いいかげんなこと言わないで、本番前から上の空だったじゃない。何があったの？」

容赦なくたたみかけてくる。

「だから、その、ヲタとモリタカがあんまりだから、おれまで変になっちまって」

途端に結麻はハイボールの残りを飲み干し、

「あなたって、どうしてそうやって嘘ついたり隠し事したりするわけ？　そういうとこって昔から全然変わってないし、大嫌い」

　いつになく声を荒らげる。

「べつに嘘も隠し事もないって」

「冗談じゃない、嘘と隠し事ばっかりだったじゃん。あたし、忘れてないからね」

　眉を吊り上げて噛みつかれた。

「だからそれとこれとは」

「それもこれもおんなじ。渋谷《しぶや》で暮らしてた頃のクリスマス、徹夜で録音してたって言ってたけど、だれかさんとお泊まりしてたじゃん」

「ちょ、ちょっと待ってくれ。あれは誤解で」

「どこが誤解よ。あの翌朝、ミチコがハイアットのロビーでばったり会ったって言ってたんだからね」

「もうわかったわかった、おれが悪かったよ」

　たじたじになって謝った。

　いまは別の男と結婚しているが、結麻はＫＡＺの元カノだ。マネジメントを託したインディーズ時代から渋谷で同棲《どうせい》をはじめ、ブレイクして一年後のある日、結麻がマンションを飛びだして男女の仲は終わった。

　その後は所属アーティストの一人として仕事面では丁寧に扱ってくれているが、ひとたび怒らせたら当時のことを持ちだされる。といって、結麻なしにＫＡＺのアーティスト人生はなかったし、今後も大切なビジネスパートナーとあって、副業のことも女性関係のことも仕事以外のことは隠し続けてきた。

だが、ここまで副業がこじれてくると、もはや本業に差《さ》し支《つか》える。美央が羽田に来たらまたひと波乱起きそうなだけに、いま結麻に見放されたらますます困ったことになる。

ここは打ち明けるしかない。そう腹を括《くく》ったKAZもハイボールの残りを飲み干し、二杯目を頼んでから切りだした。

「実は、ひとつ結麻に言ってないことがある。おれ、店を持ってんだよな」

「ああ、トカッチーナね」

しれっと返された。

「え、知ってんのか？」

「知らないわけないじゃん。いまさら言われても遅すぎるぐらいだよ」

かつて何度か帯広公演をやったとき、現地の興行主から耳に入ったそうで、本業に支障がなければ、と知らないふりをしていたという。

「マジかよ」

「だからもう秘密ごっこはおしまい。早い話が、いま店がごたついてるから本業もぐだぐだになってるってことでしょ？」

当てつけがましく言って結麻も二杯目のハイボールを注文した。

「何でそこまで知ってんだ」

「昨日、美央さんから電話で相談されたの」

「美央のことも知ってんのか」

「二年前、帯広公演のあとＫＡＺが地元の友だちと遊びに出ちゃったじゃん。あのときヲタとモリタカを誘って店に行ったの」

ひとしきり三人で盛り上がり、良くしてくれた店長と料理長が気に入って、ＫＡＺには内緒、と口止めして三人とも連絡先を交換したというから、もはや返す言葉もない。

「で、ここからが本題だけど、明後日、美央さんが東京に来るわよね」

「それも知ってんだ」

「ていうか、あたしがおいでって言ったの。もうＫＡＺの手には負えないみたいだから、ツアー後半のことも考えて、一度、美央さんと三人で話し合って、今後はあたしが動こうと思ってる。あたしが問題解決の道筋をつけるから、ＫＡＺは勝手に動かないでちょうだい。それでなくてもソロデビューを控えてるこの時期、スキャンダルは避けたいし」

「いやスキャンダルだなんて」

「甘く考えてちゃダメ。ソロデビューするＫＡＺが長年の友人に裏切られて副業失敗、なんて知れたらメディアの恰好《かっこう》の餌食じゃない」

実際、東京公演がある明後日の午前中、急遽、記者会見をセッティングしたのだという。

「いまさら記者会見やるんだ」

ブレイクした当初は、うんざりするほど会見したものだが、何のために開くのか。

「こうなったらＫＡＺのソロデビューを先行告知して、ツアー後半の観客動員に繋げるに決まってんじゃん」

ったくもう、と呆れ返っている。

記者会見の模様はファン向けのＳＮＳに緊急配信して、まだまだ余っている東京公演のチケットを売り捌く。それを起爆剤に仙台、札幌、帯広のチケットも拡売したいそうで、万が一でもスキャンダル追及の場になったら最悪の事態だという。

「だからとにかく店の件はあたしにまかせて」

「けど」

「四の五の言わない。いましくじったら事務所社長としてＫＡＺを見限るしかないし、それでよければ副業のことは放っとくけど」

どうする？　とハイボールを口に運びながら鋭い目を向けてくる。

うーん、とＫＡＺが言葉に窮していると、

「じゃ、決まり。明後日の終演後、美央さんを交えて食事しながら三者会談するからね」

いいわね、と睨みつけられた。

5

その晩は東京までタクシーを飛ばして、深夜零時すぎ、久しぶりに麻布十番の自宅マンションに帰った。

このところはツアーと店のことで疲弊している。中一日の今日だけは自宅でゆっくり過ごそうと思ったのだが、いざ自宅のベッドに横たわっても昨日の動揺が収まらない。

まさか結麻が介入してこようとは思わなかった。あたしが動く、と捻じ込まれたばかりか美央と三人で会談するはめになったが、それで事態が好転するものだろうか。かといって事務所社長に逆らったらアーティスト活動はままならない。ツアーと副業の狭間で抜き差しならない状況に追い込まれてしまっただけに、思いは千々に乱れるばかりだ。

このままでは眠れなくなる。もう考えるのはやめて寝ないと明日の公演もぐだぐだになる。そう思い至って寝酒のウィスキーを飲みはじめたら、こういうときはろくな酔い方をしない。気がつけばぐでんぐでんに酔って寝落ちしてしまったのだが、翌朝の寝覚めは最悪だった。

頭は重いし体は怠《だる》い。とてもステージを踏める体調ではなかったが、ここは腹を括って乗り切るしかない。よし！　と自分を励まして熱いシャワーを浴び、ロン毛の金髪をざばざばっと洗った。二日酔いで食欲はないから朝食抜きで身繕いして麻布十番を後にした。

東京公演は羽田空港と同じ埋立地にあるザップ羽田でやる。かつて一度だけ経験した武道館には及びもつかないが、それでも、スタンディングも合わせて二千三百人のキャパがあるから横浜のような失態は許されない。

一昨日も結麻から別れ際、

「ここまできたらメンバーとスタッフ一丸となって絶対に盛り返そうよ。店の問題はとりあえず封印して起死回生のステージにしよ！」

と発破をかけられた。

ここは勝負どころだ。ＫＡＺは自分に言い聞かせ、早々に楽屋入りした。今日はルーティンは後回しにして、まずは結麻が書いた記者会見の想定問答集を読み込み、午前十一時、ロックスター然とした衣装に着替えるなり客席の一角に設えられた記者会見場へ向かった。

ブレイク直後は三十社以上ものメディアが詰めかけたものだが、あれから十年。今日はどうなるだろう。最低でも十五社は来ると結麻は言っていたが、せめて十社は来てほしい。期待を抱きすぎないよう自戒しながら記者会見場を覗き見たＫＡＺは、愕然とした。

そこにいたのは取材記者二人とカメラマン一人。たった三人だった。

「これ、ヤベえって」

会見場を設営した昌也に耳打ちした。

「やっぱ羽田は都心から遠いっすからね」

昌也は妙な釈明をした。当初は結麻の言葉通り十社以上のメディアが出席予定だったのに、土壇場でキャンセルが続出したというから会見場の遠い近いは関係ない。そもそもが過去の人気者でしかないＫＡＺのファイナルステージの惨状が伝わったからに違いない。

これほどのショックはなかったが、結麻も駆けつけたところでＳＮＳ用の動画機材を起動させ、結麻の進行でスクレイパーズの近況を伝えた。続いて質疑応答に入ったのだが、希少な二人の記者からは、

「今回のツアーの敗因は？」

「横浜と名古屋を間違えたそうですが」

といった質問しか飛んでこない。のっけからの手厳しさに困ったあげくに、

「まあ今夜のステージを楽しみにしててください。とっておきの企画を用意してますから」

とハッタリをかましたが、一人しか来なかったカメラマンはＫＡＺの困惑顔を撮るなり、さっさと引き上げていった。

これには結麻も焦ったのだろう。

「実は、ＫＡＺにソロデビューの噂もあるんですよね」

思わせぶりに誘導したものの、記者たちは興味を示さない。見かねた昌也が、

「それでは、そろそろ公演の準備がありますので、ありがとうございました」

と会見を打ち切り、スクレイパーズのＴシャツやアクリルスタンドなどを記者二人に贈呈して愛想を振りまいたものの、二人は無言のまま帰っていった。

ＫＡＺも黙って会見場を後にして楽屋へ引き上げてきた。途中、ヲタとモリタカが嬉しそうに雅代の鮨をつまんでいるのに気づいたが、腹立たしさしか感じなかった。

こうなったらステージで見返してやる。楽屋に戻るなり後回しにしていたルーティンを黙々とこなし、二時間後、ヲタとモリタカに先んじてリハへ向かった。

忙しげに働いているスタッフの合間を擦り抜けてステージに上がると、舞台袖に和食白衣姿の雅代がいた。今日もリハを観にきてくれたらしく、ＫＡＺは黙礼で挨拶してテレキャスターを抱えてマイクの前に立った。

近くでは女性スタッフが〝ころがし〟と呼ばれる床置き型のスポットライトを両手に提げて運んでいる。

「今日の客入りは？」

傍らの昌也に尋ねた。会見場が撤収された客席がやけに広く感じられ、今日こそ埋まらないとヤバい、と不安になったからだが、

「大丈夫っすよ。記者会見のＳＮＳ配信はやめて、招待とかプレゼントとかの名目でチケットを

配りまくったんで、まあ、そこそこ埋まるんじゃないすかね」

へらへら笑っている。怒りが湧き上がった。昌也はほかに売れっ子の若手アーティストも担当しているからか他人事でいる。

結麻も本音では、もうＫＡＺはオワコンと考えているのではないか。そんな悔しさもこみ上げて奥歯を嚙み締めていると、

「キャッ！」

突如、悲鳴が響くと同時に、ガチャガチャッ！　と大きな物音が響いた。

はっとして見ると、ころがしを運んでいた女性スタッフが床を這《は》うケーブルに躓《つまず》いて転倒し、額から血を流している。

「大丈夫かい！」

真っ先に走り寄ったのは舞台袖にいた雅代だった。女性スタッフの前に跪《ひざまず》き、怪我をした額にハンカチを当てている。舞台監督の男も駆けつけてきて怪我の具合を確認するなり、

「大丈夫だ！　傷は浅い！　だれか念のため医者に連れてってくれ！」

と声を張り上げた。

そんな光景をＫＡＺは茫然《ぼうぜん》と眺めていた。ころがしの予備はあるか！　一基壊れた！　といったスタッフの声が飛びかう中、なすすべもなく突っ立っていた。

記者会見に続いて悪いことは重なるものだ。一番の見せ場となる東京公演の本番前に、この凶事。不吉な思いに駆られて立ちすくんでいると、負傷した女性スタッフが雅代に支えられて立ち上がった。そのままＫＡＺの傍らを歩きはじめるなり、ふと足を止め、

郵便はがき

料金受取人払郵便

牛込局承認

5517

差出有効期間
2025年6月
2日まで

162-8790

新宿区東五軒町3-28

㈱双葉社

文芸出版部 行

ご住所	〒		
お名前	(フリガナ)	☎	
		男・女・無回答	歳
メールアドレス			

ご購読ありがとうございます。下記の項目についてお答えください。ご記入いただきましたアンケートの内容は、よりよい本づくりの参考とさせていただきます。その他の目的では使用いたしません。また第三者には開示いたしませんので、ご協力をお願いいたします。

書名（　　　　　　　　　　　　　　　　　　　　　　　　　）

●本書をお読みになってのご意見・ご感想をお書き下さい。

※お書き頂いたご意見・ご感想を本書の帯、広告等（文庫化の時を含む）に掲載してもよろしいですか？

1. はい　　2. いいえ　　3. 事前に連絡してほしい　　4. 名前を掲載しなければよい

●ご購入の動機は？

1. 著者の作品が好きなので　　2. タイトルにひかれて　　3. 装丁にひかれて
4. 帯にひかれて　　5. 書評・紹介記事を読んで　　6. 作品のテーマに興味があったので
7.「小説推理」の連載を読んでいたので　　8. 新聞・雑誌広告（　　　　　　　　　）

●本書の定価についてどう思いますか？

1. 高い　　2. 安い　　3. 妥当

●好きな作家を挙げてください。

（　　　　　　　　　　　　　　　　　　　　　　　　　　）

●最近読んで特に面白かった本のタイトルをお書き下さい。

（　　　　　　　　　　　　　　　　　　　　　　　　　　）

●定期購読新聞および定期購読雑誌をお教えください。

（　　　　　　　　　　　　　　　　　　　　　　　　　　）

「ごめんなさい、ＫＡＺさん。ステージ頑張ってください」
弱々しく謝って舞台袖に消えていった。

午後七時に開演した東京公演のステージは、二時間もかからずに終わってしまった。

見た目は客席の九割方が埋まり、かろうじて面目は保てたものの、招待やプレゼントのチケットのおかげだと知っているＫＡＺにとっては、屈辱以外の何ものでもなかった。

それだけに、観にきてやった感全開で眺めている観客相手のステージはきつかった。白けた記者会見とスタッフの事故で気持ちも萎えていただけに、予定した曲をこなすだけで精一杯。歌もギターも曲間のＭＣも、本来の半分の力も出せない。なのに、こんな日に限ってメンバー二人はリズムの乗りがよく、決めのフレーズもぴたりと決めてくるから、ＫＡＺの不出来がさらに悪目立ちしてしまう。

見かねた客が途中から席を立ちはじめた。どうせ招待かプレゼントの客だろうが、終盤にはコロナ禍の時期さながらに客席はスカスカ。最終的には疑似アンコール一回も含めて予定時間を大幅に下回る一時間五十分で終演。正念場の東京公演だというのに、ほうほうの体《てい》でＫＡＺはステージを去ったのだった。

まいったなあ。さすがに落ち込んで楽屋の隅でうなだれていると、結麻がやってきて、

「さ、すぐ行くわよ」

と急《せ》かされた。

いろいろありすぎて忘れていたが、そういえば美央を交えて食事しながら三者会談をする約束

だった。

仕方なく私服に着替えて楽屋口を出ると、まだまだ残暑厳しい夜空のもと、タクシーと一緒に栗色ポニーテールの美央がいた。今日のステージを見られたと思うとバツが悪かったが、

「早く乗って。今夜は変わった店に行くから」

再び結麻に急かされて後部座席に収まった。

すぐに発車したタクシーは、ザップ羽田がある広大な埋立地を抜けて橋を渡った。途端に周囲の景色は町工場と民家が密集する下町に変わり、五分としないうちに細い路地沿いの古びた二階家の前で停車した。

玄関前には軽トラが駐まっている。どこかで見覚えがあると思ったら、雅代の車だという。ツアーの公演地が変わるたびに付け台やクーラーボックスなど鮨道具一式を荷台に積んで移動しているそうで、結麻はタクシーを降りるなり玄関の引き戸を開け、

「お待たせしました！」

と家の中に入っていく。わけがわからないままＫＡＺと美央も後に続くと、

「お疲れさま」

和食白衣姿の雅代が、いつものほっこり笑顔で迎えてくれた。

そこは鮨屋になっていた。見た目は民家なのに、ときょろきょろしていると、

「あたしの亡くなった父が、昔、漁師を廃業したとき自宅を鮨屋に改装して握ってたのよ」

と雅代が説明してくれた。その店が繁盛して近所に広い店舗を買ってからは、自宅の台所として使ってきたそうで、

「じゃあ雅代さん、ここに住んでるの？」

「そう、東京にいるときだけ」

へえ、と驚いていると結麻が補足する。

「今夜は内緒の三者会談だから、目立たない店ない？　って雅代さんに相談したら、あたしんちで握ったげる、って言ってくれたの」

雅代だったら諸事情を知っているし、人柄も信頼できる。この際だから特別バージョンの自宅鮨をお願いしたのだという。

「というわけで、雅代さんのお鮨で一杯やりながら、ざっくばらんに話そ」

結麻に促され、鮨屋時代の付け台に美央と結麻に挟まれて座ると、雅代が早速、

「今夜はお酒のおかわりは自由。つまみから少しずつ出すから、あたしのことは気にしないでゆっくり話してちょうだい」

と湯呑みに冷たい日本酒を注いでくれた。

ほかの酒もあるものの、雅代は湯呑み酒がお薦めだそうで、三人とも湯呑み酒にすると、水茄《みずな》子《す》を小口切りにして柚子《ゆず》塩を絡ませた前菜も一緒に出してくれた。シンプルながら、さくりとした食感と独特の甘みが辛口の湯呑み酒にぴったりで、思わず頰が緩んだ。なのに結麻ときたら、

「そういえば美央さん、今夜のステージはどうだった？」

と余計なことを聞く。あの出来では美央だって答えにくいだろうと思っていると、

「今夜は和人さんだけダメでしたね。歌もギターもMCも切れが悪いし、なにより和人さんがちっとも楽しそうじゃなかった。これでソロでもやっていけるか心配になりました」

相変わらずの忖度《そんたく》なしの物言いに慌てて、

「いや、今日は記者会見が低調だったり、スタッフが怪我したりしたもんだから調子が狂っちまってさ。ツアーも中盤に入ると、みんな気が緩んじまうのかもな」

いやまいったよ、とＫＡＺが弁明した途端、

「やめて、そういう言い方」

結麻が血相を変えた。

「なんだよ急に」

「急も何もないわよ、ＫＡＺはわかってるの？　今回のツアーは予算の都合でスタッフの数を大幅に減らしたから、みんな一人で何役もこなして頑張ってるの。怪我した照明のユキちゃんも、もともとＫＡＺのファンだったから、きついのを承知で参加してくれて、公演地が変わるたびに重いころがしを何基も運んでくれてたわけ。ほかのスタッフだってそう。福岡の初日以来、舞台を設営してバラして移動して、また舞台を設営してバラして移動しての繰り返しで、みんなくたくたなの」

「けどおれは」

ＫＡＺが反論しかけたものの、黙って聞いて、と結麻に遮られた。

「そんな状態だから雅代さんのケータリングにしても、バンドメンバーだけじゃなくてスタッフにも喜んでほしかったのに、どのスタッフも鮨どころじゃないほど忙しくなっちゃってるわけ。スタッフが押しかけすぎて混乱しないようにバンドは予約制、スタッフは先着順にしたのに、鮨を食べにくる余裕すらなくなってるの。なのによくも、みんな気が緩んでるなんて言えたもの

ね！」

憤然と吐き捨てて湯呑み酒を呷《あお》っている。

ＫＡＺは怒りを堪えていた。スタッフも疲れているだろうが、おれだって大変なんだ、と反論したかったが、そんな空気ではない。助けを求めるように美央を見たものの、美央もまたＫＡＺを腐《くさ》しにかかる。

「あたしもスタッフさんの気持ち、わかります。和人さんって昔から、そういうところが無神経だと思います。店のこともあれこれ動いてたのは最初だけで、すぐ聡志さんに丸投げしちゃった。だから今回の件も、聡志さん一人が追い込まれて魔が差した気がするんです」

「いや丸投げじゃないって。この前も言ったろう、なんで聡志を庇《かば》うんだ」

たまらず言い返したが美央は収まらない。

「庇いたくもなりますよ。怪我したスタッフさんもそうだけど、聡志さんは和人さんのために必死で頑張ってたんです。あたしは近くで見てたからよくわかるんです」

「じゃあ、頑張ってたやつは持ち逃げしてもいいっていうのか？」

「だからあたしもこの前、言ったじゃないですか。実家の牧場のことでも和人さんが彰人さんに丸投げしたせいで、聡志さんは仕入れ先を見つけるのにそれはもう苦労してました。あれからあたし、いろんな牧場主に聞いてみたんですけど、聡志さんがどれだけ苦労してたか身に染みてわかりました。そんなことも知らずに、追い詰められた聡志さんの出来心だけを責めてる和人さんは狡《ずる》いと思います。リーダーを張ってぐいぐい突き進んでる和人さんのかっこよさは、あたしも知ってます。だけど、いまの和人さんって表舞台の自分に酔ってるだけだし、だからスタッフさんに対してもそんな態度になってるんだと思います」

「なんだとお？」

思わず美央を睨み返した。実家の牧場のことまで持ちだして、帯広で会ったとき以上に噛みついてくる態度にかちんときていると、結麻に追い打ちをかけられた。

「ねえＫＡＺ、あなたには黙ってたけど、このツアーの前半で何人のスタッフがやめたか知ってる？」

わかるわけがない。

「七人よ。それでも残ってくれてる人たちは、もともとＫＡＺとスクレイパーズが大好きでツアースタッフになってくれた人たちばかりなの。なのに、リーダー張ってるＫＡＺがそこに気づいてないなんてあんまりでしょう」

「しかしリーダーだって大変なんだ」

「リーダーを支えてる人たちだって大変だし、それは美央さんも同じなの。なのにＫＡＺったら、ずっと放ったらかしといて、こんなときばっかりオーナー面して勝手なこと言うんだから、美央さんの身にもなってみなさいよ」

説教口調でぶつくさ言われてＫＡＺがふて腐れていると、しばらく見守っていた雅代が、皮目だけ炙《あぶ》った鰆《さわら》を二切れずつ、三人の皿に盛りつけてくれた。すかさず結麻が、

「すみません、雅代さん。もっと冷静に話し合うつもりだったのに」

と謝ると、雅代は首を左右に振り、

「いいのいいの。こういうときは思いの丈をぶつけ合ったほうがいいと思うし、そのためにあた

しんちに来てもらったんだから」

　と三人の湯呑みに酒を注ぎ足してから、ＫＡＺに微笑みかけてきた。

「ＫＡＺさんは幸せよね。こうやってちゃんと意見してくれる人たちがいるんだから。その人のことを本気で考えてなきゃ、ここまで言ってくれないものだし、ヲタさんとモリタカさんも似たようなことを言ってたわよ」

「やつらも？」

「そう、二人も名古屋のときから食べにきてくれてて、ほかにもいろいろ言ってた」

「どうせギャラの話だろ」

　作詞作曲の印税も入るＫＡＺと違い、メンバー二人にはアーティスト印税が三分の一ずつしか入らない。それを妬んでいるに違いないと思ったからだが、雅代は首を横に振った。

「作詞作曲の印税は、ＫＡＺの才能への当然の対価だ、ってヲタさんもモリタカさんも言ってた。だからそこじゃなくて、そんな二人の苦悩に気づけないあなたに腹を立ててるの」

「二人の苦悩って？」

「それはあたしにはわからない。でも、スタッフさんだって同じような気持ちを抱えてるかもしれないし、聡志さんと美央さんだってそう。飲食業だって生半可な気持ちでやれる仕事じゃないのよ。あなたが音楽の世界でプロを目指したときと同じぐらいの腕と努力と気力がなきゃ一年ともたない厳しい世界なの。なのに聡志さんは美央さんと二人三脚で五年も店を維持してきたんだから、本当に凄《すご》いことなのよ。だからそうしたことも含めて、あなたにはもっと気づきが必要だと思う」

諭すように言うと雅代は俎板《まないた》を拭き清め、
「さ、そろそろ握っていくね。今夜は心置きなくお腹一杯食べてちょうだい」
と赤シャリが入っているお櫃《ひつ》の蓋を開けた。

6

翌朝から仙台公演までの中二日間、ＫＡＺは麻布十番の自宅でソロ曲作りに励んだ。最低でも一曲は仕上げてやる。そう心に決めて、一日目は自宅マンションの一室を改装した防音室に籠り、半徹夜状態で作詞作曲に打ち込んだ。すると驚いたことに、二日目の朝には一曲どころか奇跡的に三曲もできてしまった。

しめたとばかりに三曲の仮演奏と仮歌を二日目の午後までかけて宅録し、午後四時過ぎにはデモ音源として結麻に送信。すかさず東京駅に駆けつけて東北新幹線に飛び乗り、午後六時半過ぎには予定通り仙台市内のホテルに入れた。

まさに異例ともいえる早業だったが、ここまで早く曲ができた理由はわかっている。

悔しかったからだ。雅代家での三者会談は、それぞれが言いたいことを言い合ったことで、雅代の鮨を食べはじめてからは和やかな空気に包まれはじめた。江戸前の技を凝らした地元東京湾産の白鱚を皮切りに、小鰭の酢締め、真鯛の昆布締め、漬け鮪といった絶品の握りに舌鼓を打ち、雅代の笑顔と湯呑み酒の酔いに癒されたおかげだろう。食後は一転、それぞれの今後について穏やかに話し合えた。

結果、トカッチーナの件は結麻が美央と連携して動き、聡志のことも含めて解決策を探る。一方、ＫＡＺはツアー最終日までステージに全力を傾け、ソロデビューに向けた曲作りや活動はツアー終了まで保留する。そんな合意ができたのだが、ＫＡＺ的にはソロに向けた話が一歩後退した気がして悔しかった。

ＫＡＺを支えている人たちのことも考えてよ、といった結麻と美央の言い分もわからなくはないが、それよりも、おれってそんなふうに見られてたんだ、という負の感情のほうが勝っていた。
ただ、そうした中、ひとつだけ救われたのは、そのとき美央が、
〝リーダーを張ってぐいぐい突き進んでる和人さんのかっこよさは、あたしも知ってます〟
とも言ってくれたことだ。

その言葉が素直に嬉しくて、せめてソロ曲作りだけでも進めておこう。いまもおれはソロデビューに向けてぐいぐい突き進んでるんだ、という前向きな姿勢を示したい気持ちが創作意欲を掻き立ててくれたのだった。

こうして仙台入りした翌朝、ＫＡＺはホテルで起床するなりメッセージアプリをチェックした。結麻に送信しておいたソロ曲の感想を知りたかったからだが、返信はなかった。

仙台公演の準備でバタバタしていて聴けないでいるのかもしれない。ステージを終えたら直接確認しよう、と思い直し、今日も朝イチでキャパ千五百人の〝プラザホール仙台〟に入ると、〝ＫＡＺ様〟とだけ書かれた個室の楽屋が用意されていた。

メンバー三人は同室、という決まりなのにめずらしいことだったが、個室だったらメンバー二人と気まずい思いをしないですむ。ほっとしながらセットリストを確認し、そうだ、雅代に三者

会談のお礼を言ってこよう、と楽屋を出ようとした瞬間、

「おはよう！」

当の雅代がやってきた。

「いま行こうとしてたんだよ」

「あらそうなの。あたしもリハの前に小一時間ほど話したいと思ったんだけど、いい？」

にこやかに問う。もちろん、と即答すると、外で話そっか、と楽屋口に連れていかれた。

そこに雅代の軽トラが駐めてあった。

「いま仙台の卸売市場で仕入れしてきて、荷下ろししたところなの」

乗って、と促されて助手席に乗り込むと、

「せっかく仙台に来たんだから、仙台の街を眺めながら話そ。行くぜーっ、羽田！　なんて叫ばないように」

と軽口を飛ばしながら仙台の街を右左折して欅《けやき》並木の大通りに入った。

「ここは青葉通り。この先、仙台市民に親しまれてる広瀬《ひろせ》川を渡って青葉山《あおばやま》の仙台城跡に上がると、仙台の街並みを見渡せるの」

行ったことある？　と問われて、ない、と答えた。実際、ＫＡＺにとって仙台は公演だけやって通り過ぎる街でしかなかった。

「もったいないわねえ。あたしは仙台一の繁華街、国分町《こくぶんちょう》でも間借り営業してたことがあるんだけど、そういうときは最初に、その街のだれもが知ってる場所に行くの。街って人が造ったものでしょ。だから、街を知ることは、その土地の人を知る第一歩なのよね」

そう説明しながら大橋《おおはし》を渡ると、曲がりくねった青葉山の山道を上りはじめ、ほどなくして中腹にある駐車場に入った。

「さあ着いたわよ」

雅代は軽トラを降りて、伊達《だて》政宗《まさむね》公が築いたという仙台城跡を歩きだした。

そこには本丸跡、本丸大広間跡など歴史的な遺構のほか土産物屋なども並んでいたが、雅代はどんどん歩を進め、やがて伊達政宗公騎馬像が鎮座する展望広場に入った。

「ほらここ、絶景でしょ」

笑顔で指差された広場の崖際には展望柵がめぐらされ、眼下には仙台の街並みがパノラマのごとく広がっている。

「すげえ」

ＫＡＺが金髪をなびかせながら声を上げると、

「ヲタさんとモリタカさんも、ここの景色が大好きだって言ってた。二人は仙台公演のたびに見に来てるんだって」

とメンバー二人の話を持ちだされた。

この絶景を前に、またやつらの苦悩を語ろうというのか。訝しんでいるＫＡＺをよそに雅代は続ける。

「実はね、あたしんちでＫＡＺさんたちが三者会談したつぎの晩、ヲタさんとモリタカさんもうちに来たの。そのときも結麻さんと美央さんが一緒で四者会談になったのね」

「四者会談？」

思わぬ話に雅代を見た。結麻と美央がメンバー二人と何を話したのか。

「ていうか、その席で四人から頼まれたことがあるの。四人で話したことを第三者のあたしの口からＫＡＺさんに伝えてほしい、って」

いま話していい？　と確認された。さすがに狼狽《うろた》えたが拒むわけにもいかない。ＫＡＺは平静を装いながら、うんとうなずいた。


雅代が真顔になった。

どう伝えたものか考えているらしく、しばし宙を見つめていたかと思うと、

「回りくどいのは嫌だから、核心から話すね」

と前置きしてから言葉を繋いだ。

「ヲタさんとモリタカさん、トカッチーナの聡志さんと会ったんだって」

「聡志と？」

仰天した。思いもかけない名前の組み合わせに混乱したが、そういえば結麻が二年前、メンバー二人とトカッチーナに行って盛り上がったと言っていた。

「そうなの、そのとき二人とも聡志さんと連絡先を交換したそうなんだけど、名古屋公演の前日になって、前乗りしてた二人に聡志さんから突然、電話が入ったそうなの」

今夜、名古屋に行くので相談に乗ってほしい、と切羽詰まった声で懇願されたという。只事《ただごと》じゃないと察した二人が名古屋一の繁華街、栄《さかえ》のダイニングバーで聡志と再会すると、

「助けてください」

怯えきった顔で泣きつかれた。

「何があったんだ？」

ヲタが問い質すと、ここ数日、札幌にいたという聡志が堰《せき》を切ったように語りはじめた。

事の発端は福岡公演の際、初日祝いの電話を入れた聡志にＫＡＺが放った言葉にあった。

〝おれも来年はソロデビューだから、トカッチーナもそろそろ、札幌とか函館とかにも出店して飛躍したいもんだよな〟

　ＫＡＺとしてはツアー前の景気づけがてら夢物語を語ってみせ、おまえも頑張れよ、と励ましたつもりだったが、生真面目な聡志は別の捉え方をした。

トカッチーナも五年目だってのに、いつまで帯広で燻《くすぶ》ってんだ、すべてをまかされた聡志の手腕が問われるぞ、と檄《げき》を飛ばされたと勘違いしてしまった。それでなくても責任感の強い聡志だ、これはまずい、まずは札幌支店だ、と慌てて出店計画を練りはじめた。

ところが、いきなり壁にぶつかった。取引銀行に出店資金の融資を個人的に打診したところ、無理、と即座に告げられた。繁盛店であれば内部留保という名の純利益が貯《た》まっているのがふつうだが、トカッチーナは、ほぼゼロ。客は入っているし、売上げもそれなりにあるのに、ろくに利益が上がっていなかったからだという。

「そんなに酷い経営状況だったんだ」

　知らなかった、とＫＡＺが驚いていると、

「オーナーがそれを知らなかったことにあたしは驚くけど、どうしてろくに利益が上がってなかったのかといえば、単純な話で、仕入れ原価が高すぎたからなのね」

銀行の担当者からも、ちゃんとオーナーに話したほうがいい、と諭されたそうだが、聡志には話せない理由があった。

仕入れ原価が高い原因は、ＫＡＺが亡父の意向に抗《あらが》い、弟の彰人が銀行を辞めてまで牧場を継がされた遺恨にあった。彰人に同情した地元の牧場主たちも、ＫＡＺには協力しない、と足並みを揃えた結果、追い詰められたＫＡＺは〝地元以外の牧場から仕入れろ〟と聡志に丸投げした。

オーナーの命だけに聡志は地元以外の仕入れ先を探しはじめたが、狭い業界ゆえ兄弟の確執が伝わっていて、厄介事は避けたいと応じてくれない。仕方なく直接仕入れは諦め、地元以外の卸業者に接触すると、この価格でよければ卸します、と高値を吹っかけられた。

要は卸業界にも確執の噂は広まっていて足元を見られたわけで、それでも、ＫＡＺから厳命された聡志としては仕入れざるを得ない。高値を呑んで卸業者と契約したのだが、以来、コロナ期も含めて常に仕入れ値が足枷《あしかせ》になった。経営努力を重ねて店は維持してきたものの、内部留保など貯まるわけがない。

「だったら、札幌支店どころじゃないって言ってくれりゃよかったのに」

ＫＡＺが不満を漏らすと、

「聡志さんは、それができない人なのよ」

仙台の街並みを見やりながら雅代は言った。

責任感が強くて生真面目な性格に加えて、聡志には東京で成功した同級生、ＫＡＺへの負い目があった。おれだって地元で頑張ってるんだ、という意地もあってＫＡＺに弱音は吐きたくなかった。

そこで聡志は窮地に追い込まれながらも、貸店舗を探しに札幌へ行くことにした。店舗を借りる保証金と前払い家賃は、家電量販店時代から貯めてきた自分の貯金を全額下ろした。ただ、札幌中心街の貸店舗は帯広より遥かに高いため、念のため、三日後に支払い予定の仕入れ代金もリュックに詰めた。万一のときは卸業者に泣きついて支払いを猶予してもらおう、と腹を括ったのだった。

ところが、物件探しの初日から聡志の思惑は外れた。帯広の店と同等の好立地と広さを確保して内装設備も整えるとなると、自身の貯金と支払い代金だけでは追いつかない。それでも掘りだし物件はないかと三日間、札幌中の不動産屋から札幌在住の友人にまで声をかけて探したものの、金融機関の融資なしに札幌出店は不可能だと思い知らされた。

「結局、聡志さんは、おれは田舎の負け組で、全国区の勝ち組になったＫＡＺを見返すことは永遠にできないんだ、って絶望して、札幌一の歓楽街、すすきのの街角で立ち尽くしちゃったの」

その直後に聡志は壊れた。生真面目に生きてきた自分にうんざりして自暴自棄になった。それはまさに魔が差したというやつで、リュックにある札束を頼りに人生で初めて、すすきのにある高級クラブに飛び込んだ。

あとはもう高級シャンパンをぽんぽん開けさせ、居合わせた客に奢《おご》りまくり、ホステスを引き連れて豪遊して歩いた。

そして最後は泥酔したあげくに風俗店に飛び込んだまでは記憶に残っているものの、目覚めたときには朝の陽射しを浴びた街角のゴミ捨て場で這いつくばっていた。だれに殴られたのか顔も手足も傷だらけで、リュックの現金はそっくりなくなっていた。

「おれの人生、終わった。このまま命を絶てば楽になれる。聡志さんはそこまで考えたそうなんだけど、そのとき、一匹の野良猫がふらりとやってきて傷だらけの顔をぺろぺろ舐めてくれたんだって」

それで聡志は我に返った。このまま死ぬわけにはいかない。仮に終止符を打つにしても、せめて、ここまで追い込まれた事実をだれかに打ち明けてからにしたい。そんな思いが湧き上がり、ヲタとモリタカに電話を入れて札幌在住の友人に金を借りて名古屋に飛んだ。

「おれと同じようにＫＡＺに従わざるを得ないメンバー二人なら、きっとおれの気持ちをわかってくれるはずだ。そう信じてすべてをぶちまけたら、メンバー二人も共感してくれて朝まで飲み明かしたそうなの」

雅代は遣《や》り切れなさそうに展望広場の鉄柵にもたれかかり、すっきり晴れ上がった仙台の空を仰ぎ見た。

そういえば、とＫＡＺは思い出した。名古屋公演の当日に大遅刻したヲタとモリタカが、朝まで飲んでた、と嘯《うそぶ》いていたが、実は聡志と飲んでいたのだ。それもあってあれ以降、二人との間にさらなる溝が生まれたのだろう。

「ちなみに、その四者会談はどんな結論に？」

恐る恐る雅代に聞いた。わざわざ四人で話し合ったからには、結麻と美央も何らかの覚悟を決めたに違いない。

「結論も何も、あとはあなたしだいだわね。あなたが変わらなきゃ、ツアーが終わったらすべてが終わる。トカッチーナはもちろんだし、そんな状況ならソロデビューも見直さざるを得ないって結麻さんが言ってた。つまり、いまの話を聞いてあなたがどう変わるか、それですべてが決まるってこと」

　きっぱり告げられた。いつにない衝撃だった。ＫＡＺは思わず背後を振り返り、伊達政宗公の騎馬像を見やりながら、

「おれ、どうしたらいいんだろ」

　ぽつりと漏らした。

　またしても雅代に弱気な自分を曝《さら》けだしてしまったが、雅代は乾いた声で言った。

「どうしたらいいか、それはあなた自身が考えることだけど、ただ、ひとつだけ言えることは、いまこそあなたは仮面を脱ぐべきね」

「え？」

「覚えてるかどうか知らないけど、いつだったかあたしが、あなたは自分しか見えてない人だって言ったことがあったでしょ。いまのあなたに見えてる自分って、見えない仮面をつけた自分なのよね。だからそろそろあなたは、見えない仮面を脱ぎ捨てて素の自分に還《かえ》るべきだと思う」

　わかったようでわからない助言だった。どう解釈したものか戸惑っていると、

「どっちにしても、あたし、ゆうべの四人はみんなやさしい人だと思った。あなたのためにわざわざ集まって話し合いして、あなたに猶予を与えてくれたんだから」

　そう付け加えるなり雅代は、さ、プラザホール仙台に戻ろ、と駐車場に向かって歩きだした。

7

見えない仮面ってなんだろう。

青葉山を下りはじめた軽トラの助手席で、ＫＡＺはぼんやり考えていた。

外面《そとづら》がよすぎると言われたのか。おのれを偽っていると指摘されたのか。あるいは、生きる姿勢について諭されたのか。わかるような気もしなくはないのだが、どこか禅問答のようでもあり、じゃあ具体的に、どうすれば見えない仮面を脱ぎ捨てられるのか、と考えるとまたわからなくなる。

　どっちにしても、おれが変わらなければ周囲も変わらない。それだけは確かなようで、これまたどう対処したものかわからないでいると、しばらく無言でハンドルを握っていた雅代が口を開いた。

「そういえば、もうひとつ結麻さんから伝言があったのを忘れてた。あなたが結麻さんに送ったソロ用の曲なんだけど、ボツだって」

　不意打ちのダメだしに仰天して、

「三曲とも？」

　食いぎみに問い返した。

「そう。本人は三曲もできたって喜んでたけど、こんな付け焼刃の曲を何百曲作ったってソロ活動は無理。ＫＡＺは音楽への情熱が薄れちゃったのかも、って嘆いてた」

打ちのめされた。忖度なしに伝えられた棘《とげ》だらけの言葉にＫＡＺは拳を握り締め、

「それ、マジで結麻からの伝言？」

震える声で問い返すと、雅代は青葉通りの交差点を左折しながら、

「もちろん結麻さんが言ったまんまだし、あたしも東京公演のリハを観たとき、アーティストとして上滑ってると思ったから、そんな姿勢がソロ曲にも覗いてたのかもね」

傷口に塩を塗るような返答だった。

「だけど、あのときはスタッフが怪我したりしてバタついてたからで」

「それは違うと思う。ああいうときこそ、あなたのアーティスト魂でみんなを盛り上げなきゃ。だからあのときもあなたの見えない仮面が見えたし、ファンだって、そういうところは鋭く見抜いてるはず」

またしても仮面を持ちだされて言葉に窮していると、通りの先にプラザホール仙台が見えてきた。

時計は午前十一時を回っている。今日のミーティングは中止、と昌也からメッセージが入っていたから時間の余裕はあるのだが、

「公演前なのに時間をとらせちゃってごめんね。でも大事なことだから、ちゃんと伝えなきゃいけないと思って」

雅代はそれだけ言って、ホール裏手の楽屋口に軽トラを横付けしてくれた。

再びＫＡＺ様と書かれた楽屋に入って一人きりになった。その瞬間、はっと気づいた。今日に限って個室が用意され、ミーティングが中止になったのも、おれがメンバー二人と顔を合わせな

いよう結麻が配慮してくれたのかもしれない。

リハの前に一人きりになって、トカッチーナのこと、今後のツアーのこと、そしてソロデビューのことも含めて、雅代から聞いた話をしっかり咀嚼《そしゃく》して考えなさい。そんな結麻からのメッセージに違いない。

冷や汗が噴きだしてきた。いまの自分の立ち位置が急に見えた気がして心がざわついたが、まだリハまで四時間近くある。ここは気持ちを切り換えて、本番前のルーティンをこなしてから改めてきちんと考えよう。

すぐにストレッチをはじめて、ギターの指慣らしをした。『ラブに飢えてる場合か』を弾き語りして、最後にＳＮＳ用の写真もアップして、二時間かけてルーティンを終えたところで、ふと思いついてドアの鍵を閉めた。

明かりを消して楽屋を闇の小部屋に変えて、裸足になった。手探りでテーブルに上がり、そのまま静かに横たわった。

ゆったりと深呼吸を繰り返した。ざわついた心が徐々に鎮まってきた。そのとき、脳裏に仙台城跡から見た仙台の街並みがふわりと広がり、どこからか雅代の声が聴こえてきた。

〝あなたに見えてる自分って、見えない仮面をつけた自分なのよね〟

その声に導かれるように、

〝あなたって、どうしてそうやって嘘ついたり隠し事したりするわけ？〟

野毛小路のバーで結麻に問い詰められた場面も浮かび上がってきた。

〝いまの和人さんって表舞台の自分に酔ってるだけだし〟

美央の辛辣な一撃も飛び込んできて、

〝あなたが変わらなきゃ、ツアーが終わったらすべてが終わる〟

雅代から突きつけられた最後通牒《つうちょう》もよみがえった。

おれにとってメジャーデビューしてからの十年って何だったんだろう。この十年がおれにもたらしたものって何なんだろう。

〝あなたは自分しか見えてない人だと思ったから〟

出会ったばかりの雅代から投げかけられた言葉が、いまさらながら、ずしりと響いた。


リハーサルのステージに上がると、モヒカン頭のヲタとスキンヘッドのモリタカはすでに楽器のスタンバイを終えていた。

直前まで食事もとらず個室の楽屋に籠っていたＫＡＺは、今日初めて二人と顔を合わせた。これまでにない恥ずかしさと後ろめたさを抱えながらテレキャスターをアンプに繋ぎ、マイクの前に立って客席を見た。

思わぬものが見えた。まだ空っぽの客席の真ん中に、もう一人の自分がぽつんと座って、ステージに立つ自分を見つめている。

いまおまえは、ちゃんと和人でいるか？　素の和人としてマイクに向かい、素の和人として自分をさらけだし、みんなを喜ばせようとしているか？

客席の自分がそう問いかけている。

ヲタとモリタカは黙って待っている。何も言わずに一曲目のキュー出しを待っている。ロックスター然とした振る舞いに酔って何かを見失ったＫＡＺは、いまどう変わろうとしているのか。固唾《かたず》を呑んで見つめているようにも思える。

再び雅代の言葉が聴こえた。

〝東京公演のリハを観たとき、アーティストとして上滑ってると思った〟

軽トラが青葉通りの交差点を左折したときだった。

〝そろそろあなたは、見えない仮面を脱ぎ捨てて素の自分に還るべきだと思う〟

ＫＡＺが伊達政宗公の騎馬像を見やっているときだった。

やはりおれは自分を偽っていたのだ。ロックスター然とした上っ面な振る舞いではもはや何も伝わらない。初めてバンドを組んだ高校時代に抱いた鳥肌が立つような無垢《むく》な昂揚《こうよう》感をいまによみがえらせ、客席で見ている自分に恥じないパフォーマンスを繰り広げてこそ本当のおれなのだ。

よし！　とＫＡＺは自分に鞭《むち》を入れ、

「みんな、よろしく！」

スタッフ全員に声をかけ、ヲタとモリタカにも目顔で、行くぜっ！　とキュー出しした。

すかさずモリタカがスティックでカウントを鳴らし、メンバー三人、ここぞの呼吸でドーンと爆音を轟かせ、『舐められてナンボだぜ』のイントロに突入した。

ヤベーっ！

テレキャスを掻き鳴らしながら叫びそうになった。いつもリハはさらりと流して段取りを確認するだけなのに、今日は三人とも本番さながらの気迫でぐいぐい突っ走っている。

その勢いに乗じて十五秒後、

〜馬鹿は、馬鹿なりに、生きてんだっ！

マイクに言葉を叩きつけた。ヲタとモリタカが繰りだす豪快なビートに背中を押され、魂をぶつける渾身《こんしん》のシャウトがＰＡスピーカーを弾けさせ、がらんとしたプラザホール仙台を揺さぶっている。

ふと気がつくと客席の自分が消えている。いま存在するのはステージ上で高校時代さながらの昂揚感に衝き動かされ、我を忘れて没入している素の和人だけだった。

まさにアスリートさながらのゾーンに入ったまま一曲目が終わった。

途端に、ステージの周囲にいるスタッフたちから拍手が沸き起こった。だれもが興奮した面持ちで歓声を上げて手を叩いている。

こんなリハは初めてだった。音響、照明、舞台設営、物販、警備も含めたスタッフたちは本来、リハの演奏中、それぞれの持ち場の最終チェックに忙しい。観客気分で演奏に耳を傾けている余裕などないはずなのに、だれもが思わず聴き入ってくれていた。

和人の中で何かが変わった。何がどう変わったのかわからないが、これが雅代の言う仮面を脱いだ自分なのかもしれない。

興奮冷めやらぬまま二曲目に入った。一曲目にも増してメンバー三人こぞって凄《すさ》まじいビートを炸裂させ、スタッフたちも再び体を揺らしはじめた。

奇跡のリハを終えて給湯室に飛んでいくと、

「観たわよ」

付け台の向こうの雅代がほっこりと笑った。今日も舞台袖からリハを観ていたそうで、若い頃を思い出して興奮しちゃった、と拳を突き上げてみせる。

「ありがとう」

和人は照れ臭さを押し隠して礼を言い、

「今日は三貫だけ握ってくれるかな」

と注文した。腹ごしらえというよりは、ようやく覚醒したスクレイパーズの本番に向けたゲン担ぎのつもりだったが、

「はいよ」

雅代は二つ返事で仙台近郊の塩釜《しおがま》で獲れた鮃《ひらめ》のほか、漬け鮪、小鰭、と和人好みの三貫を握ってくれた。

この三貫にさらなる活力をもらった和人は一時間後、いよいよ本番のステージに立った。

すかさず客席にいる自分を探した。仙台公演は招待やプレゼントのチケットを控えたせいかまた空席が目立つものの、そこに自分の姿は見当たらなかった。

よし！

再び自分に鞭を入れて一曲目に突入した。その瞬間、和人は我が目と耳を疑った。イントロが轟き渡ると同時に律儀《りちぎ》に来場してくれた観客たちがつぎつぎに席を立ちはじめたかと思うと、怒濤の喝采が押し寄せてきたのだ。

それからは無我夢中だった。ヲタとモリタカとは本番前も一切言葉を交わさなかったというのに、メンバー三人の波長はぴたりと合い、ラストの曲まで一気に駆け抜けると、このツアーで初

めて総立ちになった観客が正真正銘のアンコールを二度も求めてきた。

　異例とも言うべき会場こぞっての盛り上がりに和人は舞い上がったが、しかし喜んでばかりもいられない。いつにない達成感を胸にステージを終えた和人は、

「今夜、めし食わないか」

　ヲタとモリタカに声をかけた。

　二人とも黙ってうなずいてくれた。すぐに結麻も探して誘いかけると、了解、店はあたしが見繕っとく、と即答してくれた。

　小一時間後、公演会場から程近い国分町にある町中華に四人は集まった。結麻があえて選んだこの店は、かつて雅代が間借りしていた店だそうで、深夜三時までの営業とあって終電後は混むらしいが、いまはそこそこ空《す》いている。

　奥まった個室のような小上がりで座卓を囲んだ。あれだけ盛り上がった公演後とあって、ヲタたちは和やかに談笑しているが、和人は一人緊張していた。

　ほどなくして店員が生ビールを運んできて小上がりから去っていった。いまだ、と察した和人は意を決して口を開いた。

「乾杯の前に、まずはみんなに謝らせてくれ。これまでおれは大きな勘違いをしてた。どうか許してほしい。申し訳ありませんでした」

　座卓から立ち上がって深々と腰を折った。

　唐突な謝罪に三人が当惑している。ここはきちんと説明すべきだろう。和人は立ったまま言葉を繋いだ。

「おれは、ヲタ、モリタカ、結麻という得難い三人の仲間に支えられてスクレイパーズのＫＡＺとしてフロントに立ち続けてきた。なのにおれは、ＫＡＺが三人を支えてる、と大きな勘違いをしてた。自惚《うぬぼ》れてた。そんな当たり前のことに、ずっと気づけないでいたおれの馬鹿さ加減に、三人とも呆れ返ってたと思う。突き放してたと思う。でも今日、やっと気づかされた。三人の支えなしにフロントマンのＫＡＺは存在し得なかった、ってことに。だから、だからおれは」

そこで絶句した。胸の奥から贖罪《しょくざい》の念がこみ上げてきて嗚咽を漏らしそうになったからだ。そのとき、

「座れよ」

掠《かす》れた声に促された。ヲタだった。それでも涙声で、本当にすまなかった、と謝罪の言葉を繰り返している和人に、

「いいから座れって。ビールの泡が消えちまうだろが」

軽口めかして言うなり、ヲタはビールジョッキをひょいと掲げて乾杯のポーズをとった。モリタカと結麻もジョッキを掲げる。三人に急かされるように和人は再び座り、涙を拭って乾杯に応じた。

いつになくほろ苦い生ビールを喉に流し込み、ふうと息をついていると、

「和人、ありがとう」

ぼそりと告げられた。いつも無口なモリタカだった。どう返したものか和人が口ごもっているとモリタカは続ける。

「和人がガチで謝ってくれて嬉しかった。でも、おれも謝らなきゃならないことがある。ここん

とこおれは、和人にむかついてダラけた演奏ばっかしてた。一度、ちゃんと和人と話すべきだったのに、ふて腐れてスクレイパーズの名に泥を塗ってた。だから、おれからも謝る」

すまなかった、と詫びられた。するとヲタもモヒカン頭を掻きながら、

「てか、こうなったらおれたち三人、ファンにも、結麻とスタッフにも、マジで謝るべきだよな。仲が悪かったおれたちに、みんなほんとに気遣ってくれていた。だからまずは、スタッフ代表の結麻に、申し訳なかった」

殊勝な面持ちで頭を下げると、結麻がひょいと肩をすくめた。

「んもうやめてよ、三人とも他人行儀になっちゃって気持ち悪い。やっと和解できたんだから湿っぽいのはやめて、今夜は昔みたく、みんなでガンガン飲も。世の嘘やインチキをひっぺがすスクレイパーズらしくいこ！」

明るく煽って残りの生ビールを一気に呷ってみせる。

「いや、ちょっと待ってくれ」

慌てて和人は口を挟んだ。

「この場を借りて、もうひとつ謝りたいんだ。おれが内緒ではじめた店のことでも、みんなにいろいろと迷惑をかけてて本当に申し訳ない。店に関しては、つぎの公演地札幌に先乗りして、まずは聡志に会うつもりでいる」

いまも聡志は札幌の友人宅に居候しているらしいから、直接謝罪に出向いて腹を割って話したい。そして札幌公演後、帯広にも先乗りして仲違いした弟の彰人にも懺悔《ざんげ》して和解に漕ぎつけたい。

その上で、美央にも詫びを入れて解決の道筋をつけたいと思っている。三人とも簡単には許してくれないだろうが、ここが正念場と心して許しを乞い、これ以上、メンバー二人にも結麻にも副業のことで迷惑をかけたくない。

「そんなことも含めて、あと二公演。札幌と帯広のステージにも気合いを入れて、スクレイパーズを応援してきてくれたファンたちに恩返ししたいと思ってるんで、三人とも、どうかよろしくお願いします」

改めて和人が頭を下げると、結麻がパチパチパチと拍手をしてくれた。

それに応えてヲタとモリタカも力強い拍手を送ってくれて、再び四人でジョッキを掲げて乾杯したところに、豆苗《とうみょう》炒め、餃子、八宝菜といった湯気の立つ料理が運ばれてきた。

8

札幌公演の前日、北海道庁の近くにあるビジネスホテルにチェックインした。

あれからヲタに連絡してもらったところ、聡志はまだ札幌の友人宅に居候していることが確認できた。しかもヲタが、メンバー三人が和解した経緯を伝え、和人が聡志とも和解したいと言っている、と伝えてくれたおかげで、聡志がホテルまで会いにきてくれることになった。

午後五時半、ホテルのロビーに下りていくと、フロント脇の柱に隠れるようにして聡志が立っていた。

「お待たせ」

片手を上げて挨拶した和人に、聡志はやけに怯えた物腰でぺこりとお辞儀をして返してきた。すぐにホテルを後にして狸《たぬき》小路商店街へ向かい、その一角にある二十四時間営業の海鮮居酒屋に入った。

ここはスクレイパーズがブレイクする前、すすきののライブハウスに出演した折に立ち寄ったチェーン店だ。入口付近のカウンターと奥のテーブルを合わせて九十人近くも入れる格安の大箱店なのだが、いまのおれにお似合いなのはここしかない、とあえてこの店を選んだ。

聡志とともに奥のテーブル席に着いて、

「すまんな、わざわざ」

改めて聡志に礼を言うと、

「いえ、こちらこそ。いまさら謝ってすむものかわかりませんが、このたびは本当に申し訳ありませんでした」

聡志は神妙な面持ちで頭を下げた。

店長就任以来、口髭を蓄えた聡志は、同級生ながら金髪ロッカーの和人より遥かに歳上に見える。なのにオーナーと店長という関係を意識して敬語で話すから、タメ口でいいよ、と何度も言っているのだが、頑《かたく》なに敬語を崩さない。そんな聡志をなだめるように、

「おれのほうこそ、札幌支店の件と支払い代金の件についてメンバー二人から事情を聞いて、すべてはおれの責任だと痛感した。いまさら咎《とが》め立てするつもりはないし、警察沙汰にする気もない。今夜はもっと前向きな話をしたいと思ってるんで、まずは、これまでのことを許してほしい」

和人もまた心から頭を下げた。

聡志が安堵の色を浮かべている。一時は自死すら考えた聡志だけに、和人の寛容な態度に多少とも緊張が解けたのだろう。とりあえずレモンサワーと刺し盛を頼んだところで、

「ちなみに、これからトカッチーナはどうなるんでしょうか」

遠慮がちに聡志が聞いてきた。和人は、すぐに運ばれてきたレモンサワーで喉を潤してから慎重に答えた。

「まず聡志にわかってほしいことは、このツアーが終わったらおれは大きく変わる。これまでのことは心から反省して、重大な決意のもとにオーナー業に打ち込むつもりでいる」

「じゃあ、店は続けるんですね」

「もちろんだ」

「そうですか」

聡志がふと唇を噛んで考えている。

「何か不都合でもあるのかな？　ちなみにチーズの仕入れは、今後、おれにまかせてくれ。札幌公演が終わったら、原点に立ち戻って弟の彰人と改めて会うつもりでいる。聡志に対してもそうだったが、おれは大きな勘違いをしていた。その点を真摯に詫びて、彰人とも新たな関係を築くつもりなんで、その点は心配しないでほしい」

それでも聡志は考え込んでいる。

ほかにも何かあるかな？　と和人はたたみかけた。もしあるなら聡志の意向に添うようにする、とも言い添えると、聡志はレモンサワーを口にしてからようやく口を開いた。

「ていうか、いまは札幌の友人のアパートで世話になってるんですが、その友人は、和人さんも知ってる雪乃《ゆきの》なんですね」

「え、あの十勝のディーバか？」

聡志がこくりとうなずいた。雪乃も同じ高校の一年後輩で、女子四人組バンドのボーカルとして文化祭などで大人気だった。

高校卒業後は札幌市内の信用金庫に就職したのだが、二年前、帰省ついでにたまたまトカッチーナに来店したとき聡志と再会して、意気投合した。以来、札幌と帯広を行き来しながら付き合いを深めてきたそうで、今回、すすきので行き場を失《な》くした聡志が助けを求めたところ快く受け入れてくれた。

「つまり雪乃と同棲してるってことか」

「ええ、結果的にそうなったので、いずれは一緒になろうかと」

もはやトカッチーナには戻れないと思っていたこともあり、雪乃の職場がある札幌で暮らしていこうと決めていたという。

「そうだったのか」

和人は腕を組んだ。結婚生活も視野に入れていたとなると、手堅い信用金庫の仕事は捨てがたいだろうし、同棲に至った聡志を帯広に引き戻すのは容易ではない。それでも、いまの和人に聡志は必要不可欠な仲間だ。聡志なしにトカッチーナの再興はあり得ない。

和人は腹を決めて身を乗りだした。

「なあ聡志、さっきも言ったように、おれはいま重大な決意のもとにトカッチーナを再興して、道内各地に広げたいと本気で考えてるんだ。だから今後、聡志には単なる店長ではなく共同オーナーになってほしいと思ってる。おれと聡志がタッグを組んで、美央の力も借りて半年以内に帯広本店を立て直したい。それに成功したら帯広本店は美央にまかせて、聡志は雪乃とトカッチーナ札幌を、おれはトカッチーナ函館を立ち上げる。そんな流れにしたいんだ。資金はおれの私財を注ぎ込むから、聡志と手を取り合って、ゆくゆくは道内だけでなく全国各地に拠点を置いて、帯広の牧場主たちの手作りチーズを日本中に広めて故郷に恩返ししたいんだ」

拳を握り締めて熱く訴えかけると、聡志はふと目線を逸らしてから、

「いまの話、雪乃にもしてくれませんか」

探るように聞いてきた。

「もちろん、いつでも話す。ていうか、明日の公演に招待するから終演後にどうかな」

勢い込んで和人が提案すると、

「ていうか、実は、いまそこにいるんです」

聡志がカウンターを指差した。

え、と見るとカウンターの隅に、大人の女性になった十勝のディーバが座っていた。

札幌公演の会場〝札幌芸術会館〟は、札幌のランドマーク的存在のテレビ塔から程近い大通公園沿いにあった。

起死回生の仙台公演はネットでもかなり話題になったらしく、その後、当日券がみるみる捌けはじめたと昌也から聞いている。そうとなれば札幌公演でも、メンバー三人の気持ちをひとつに

して観客の心を鷲掴《わしづか》みにしなければならない。

　和人は今日も個室で用意されていた楽屋に早めに入り、きっちりルーティンをこなしたところでメンバー二人の楽屋へ足を運んだ。

　ヲタとモリタカもすでに楽屋入りしていて、おう、と挨拶を交わした。こんなやりとりを二人としたのは久々のことで、おたがいどこか照れ臭かったが、

「そういや聡志さんとは会えたのか？」

　ヲタに聞かれた。

「うん、ゆうべじっくり話して、もう一度、一緒にやり直すことになった」

　これも二人のおかげだ、ありがとう、と礼を言った。実際、聡志本人はもちろん十数年ぶりに再会した雪乃も、聡志を共同オーナーに迎えてトカッチーナを道内はもちろん全国区の店に飛躍させたい、という和人の思いに賛同してくれた。そればかりか雪乃は、

「帯広店が再興できたら、私、札幌の信用金庫を辞めて、聡志さんと一緒にトカッチーナ札幌を立ち上げます」

　とまで言ってくれた。

　正直、もっと難航するかと思っていたのだが、聡志も雪乃も和人の覚悟を認めてくれたのだろう。最後は、結婚を視野に入れている二人のために改めて祝杯を挙げて別れたのだった。

「よかったなあ。これで安心しておれはルーティンのジョギングに行ける」

　モリタカがそう言って笑うと、トレーニングウェアに着替えはじめた。ヲタは市内の楽器屋でベースのピックアップを調整してもらいに行くそうで、和人は一人、給湯室前へ向かった。雅代

はまだ仕込み中のはずだが、相談したいことがあった。

　実はゆうべ、聡志たちと別れたあと弟の彰人に電話を入れた。着信拒否される恐れもあったが、不機嫌ながらも応答してくれた。和人は自分の気づきについて丁寧に伝えた上で、兄弟の縒《よ》りを戻して今後のことを話し合いたい、とたたみかけた。彰人は逡巡していたものの、最後はしぶしぶながらも、明日の昼どきだったら、と承諾してくれた。

　そこまではよかったのだが、では明日、どう彰人と話せばいいのか。一度は決裂した相手だけに雅代の助言がほしくなったのだが、雅代は仕込みの包丁を止めるなり、

「本音でぶつかるしかないわよ」

　シンプルな答えを返してきた。

「本音って言われても、どこまで踏み込めばいいかわからないし」

　甘えるように和人は言葉を重ねた。雅代を前にすると、なぜか縋《すが》りつきたくなるのが不思議だったが、

「あらら、また弱気な和人さんを持ち込まれちゃったね」

　雅代はくすくす笑いながら、

「今日は仕込みに時間がかかるから、よかったら明日、またドライブしない？」

　明日は中一日の移動日だから、雅代は早朝、札幌市中央卸売市場で昆布締めや酢締め用の魚を仕入れてから帯広へ向かうのだという。

　願ってもなかった。仙台でもそうだったが、軽トラの助手席で雅代と話していると妙に心が落ち着く。ほっとした和人は、

「ありがとう」

と感謝を告げて、今日もゲン担ぎの三貫、札幌から近い小樽《おたる》産の生𩸽《ほつけ》、墨烏賊、漬け鮪を予約してから楽屋に戻った。

二時間後には今回も仙台と同様、本番さながらのリハでスタッフたちから拍手をもらい、ゲン担ぎの三貫をありがたくつまんでから本番のステージに上がった。

昌也が言っていた通りキャパ二千人の客席はほぼ満席で、

「すげえな！」

ヲタが声を上げた。ブレイクした直後は当たり前だった光景が、これほど嬉しいものだとは思わなかった。

感動を覚えながら一曲目に突入すると、メンバー三人、仙台にも増して血が滾《たぎ》った。ピックアップを調整したヲタのベースは唸りを上げ、ジョギング明けのモリタカのドラムも重厚なビートを叩きだし、そこに和人のシャウトが降臨すると二千人の観客が沸きに沸いて、二度のアンコールまで一気に突っ走れた。

その晩は、いつになく熟睡できた。めずらしく一滴の酒も口にしないままベッドに倒れ込むなり眠りに落ち、翌朝はフロントからの内線コールで目覚めた。

「雅代様がお見えになってます」

札幌の市場で仕入れを終えた雅代が迎えにきてくれたのだった。

付け台やトロ箱など鮨道具一式を荷台に積み込んだ軽トラが走りだすと、まずは昨夜の札幌公演の話で盛り上がった。

まだ車も人も数えるほどしか通らない大通を離れて北一条・雁来《かりき》通を辿り、道東の帯広を目指しながら、

「仙台公演もよかったけど、ゆうべはもっと弾けてたわね。いつもはリハしか観なかったんだけど、本番まで観ちゃった」

と雅代が手放しで褒《ほ》めてくれた。

「だけど雅代さんって、おれたち以外のロックは聴いたことあるの？」

急に気になった。

「あたしは八〇年代のロック世代だから、ポリスとかトーキング・ヘッズとかしか聴いてないの。けど仙台と札幌のスクレイパーズを聴いてたら、テイストは違ってもロックスピリットって変わらないんだなって思った」

へえ、と思った。雅代の口からポリスやトーキング・ヘッズの名前が出てこようとは思わなかった。

「あら、そんなに意外だった？　鮨職人だって洋楽ぐらい聴くし、それもあってゆうべは初めて剝きだしの和人さんを突きつけられて、やっと仮面を脱げたんだなって嬉しくなったのよね。だから、彰人さんには本音でぶつかればいい、って言ったのも同じ意味だったの。聡志さんと話したときみたく腹を割って話せば、いまの和人さんならきっとうまくいく」

ありがたい言葉だった。札幌公演の話が、いつしか和人の本質を衝く助言になっているところが、いかにも雅代だった。

その後、軽トラは二本の高速を通過して道東自動車道に入った。恵庭《えにわ》市、占冠《しむかっぷ》村と順調に飛ばし、日高《ひだか》山脈を越えたところで、目の前に十勝平野の壮大な牧草地が広がった。緑の絨毯《じゅうたん》を敷き詰めた大地が、遥か地平線の彼方《かなた》まで続いている。

和人は助手席の窓ガラスを下ろした。途端に、からりとした風が流れ込んできた。牧草の香りがする。思わず深呼吸した。九月に入ると十勝平野は早くも秋が深まりはじめ、一年でもっとも過ごしやすい時期に入る。

おれは、こんな素晴らしい土地に生まれ育ったんだ。さらりと肌を撫でる風に包まれていると、幼い頃から見慣れていた景色がまるで違うものに見える。

美央に会うために帰郷したときは、相変わらずの田舎っぷりだ、としか感じなかったのに、おれは一体何を見ていたんだろう。どこまでも広がる緑の大地を眺めながら感慨に浸っていると、

「いいところねえ、十勝って。和人さんは、こんな素敵なとこで育ったんだね」

雅代がしみじみと言った。

その通りだと思った。思春期の和人には牧場だらけの退屈な田舎町でしかなかった。一刻も早く飛びだして東京で一旗揚げることばかり考えていたものだが、なぜか今日は、よその土地では味わえない大自然の恵みが誇らしく思える。

「ねえ和人さん、せっかくだから実家まで送らせて。どんな牧場か見たくなっちゃった」

和人とともに緑の大地に見惚れていた雅代が、ねだるように言った。

「ありがとう。そう言われると嬉しいけど」

和人は言葉尻を濁し、改めて今日帰郷した目的を口にした。すると雅代はうんうんとうなずい

て、

「もちろん、兄弟の話し合いを邪魔するつもりはないし、和人さんの実家に着いたら、のんびり牧場を散策して待ってる。あたしにとっては大自然と触れ合うチャンスだから、兄弟二人で何時間でも心置きなく話し合ってちょうだい。話がついたら電話をくれれば帯広市内のホテルまで送るから」

そこまで言われて断るのも失礼だ。ここは遠慮なく帯広郊外の実家まで送ってもらうことにした。

ほどなくして到着した実家の玄関は開け放たれていた。それでも一応、インターホンを押すと彰人の奥さんが飛んできた。和人の母親は地元の寄り合いで外出しているそうで、

「どうぞ、上がって」

緊張した面持ちで促された。すでに奥さんは和人が帰郷した理由を聞いているのだろう。いささか緊張したが、まずは雅代を紹介して、牧場を散策させてあげてほしい、と頼んでから家に上がった。

居間の座敷に入ると、陽焼け顔の彰人が牛舎の仕事用のつなぎ姿で座卓に着いていた。

「今日は急なことで申し訳ない」

和人は神妙に挨拶して向かいに正座して、まずは数年来の不義理を詫びた。

彰人は何も言わない。無言のまま続く言葉を待っている。

まずはおれの決意表明をすべきだろう。そう察した和人は、これからは重大な決意のもとにトカッチーナに本腰を入れて、ゆくゆくは帯広の牧場主たちの手作りチーズを日本全国に届けて故

郷に恩返ししたい、と聡志にも話したいまの思いを伝えた。

「そのためにも、おれは彰人と和解したいと願っている。まずは彰人の自家生産チーズと、おれのトカッチーナを連携させて、生乳生産、チーズ加工、店舗販売までを一本化すれば、この先、兄弟ともに大きく成長できると信じているからだ」

彰人の目を見据えて懸命に訴えかけ、ふと声を落として続けた。

「おれは、親父が精魂込めてきた牧場を彰人に押しつけて故郷を捨てた。ＫＡＺという仮面をつけて調子こいていた。そんな自分をいまは心から恥じると同時に、これからは生まれ育った故郷に本気で恩返ししたいんだ。酪農の危機が叫ばれているいまこそ、重大な決意のもとに兄弟の絆《きずな》を結び直して、地に足をつけた生き方をしようと決めたんだ。だから」

言葉を止めて座卓から後ろにずり下がり、座敷に両手を突くなり、

「一からやり直させてくれ！　今日を境におれは生き直す！」

この通りだ、と平伏した。

彰人が静かに息をついた。兄の豹変《ひょうへん》ぶりに意表を突かれたのか、じっと座卓を見つめていたかと思うと、おもむろに顔を上げて言った。

「ひとつ聞きたいんだけど、さっきから兄貴が繰り返してる重大な決意ってやつが、いまいちわからない」

「それは」

そこで言葉を切って和人は居住まいを正し、重大な決意の詳細を打ち明けた。それでも彰人は硬い表情を崩さずに腕を組むと、

「考えさせてくれ」

と呟くなり座卓から立ち上がり、牛舎に戻っていってしまった。

それまでだった。考えさせてくれと言われてしまっては、今日のところは引き下がって出直すほかはない。結局、話は三、四十分で終わってしまい、仕方なく和人も座敷を離れて雅代に電話を入れた。

「あら、もう終わったの？　だったら台所にきてくれる？」

「は？」

訝りながら台所へ行くと、雅代が湯気の立つ炊き立てのご飯に鮨酢を合わせていた。傍らでは彰人の奥さんが吸い物を作っている。

「牧場を散歩してたら奥さんが探しにきてくれて、一緒にお昼を、って誘われたの」

そこで札幌の市場で仕入れてきた魚で鮨を振る舞うことにしたそうで、

「せっかくだから弟さんと一緒に食べよ」

と雅代は丸顔を綻ばせた。

9

帯広駅南口から歩いて五分ほどの〝帯広市民会館〟は、ファイナルステージ初の満員御礼となった。

「やっぱバンドが乗ってくると、お客さんもわっと集まってくるわよねえ」

開演直前、和人の楽屋にやってきた結麻が赤メッシュの髪を掻き上げながら満足そうに笑った。いま客席を覗いたら、キャパ千五百人の客席が期待に満ちた地元の観客で溢れ返っていたという。それはそれで嬉しい話だったが、和人はいつになく緊張していた。今夜のステージがスクレイパーズにとっても、和人にとっても、この十年間の総括になる。今夜が新たな節目になるはずなのだが、ただ、彰人の意向しだいで和人の行方に暗雲が垂れ込めると思うと、これまでにない重圧がのしかかってくる。

昨日はあれから雅代が彰人を呼び戻してくれて、彰人の奥さんが揚げた北海道の鶏の唐揚げ〝ザンギ〟と、雅代が握った鰤《ぶり》や秋刀魚《さんま》の鮨を四人で食べた。どっちもおいしかったし、雅代のほっこり笑顔が場を和らげてくれたものの、ぎくしゃくした空気は最後まで晴れなかった。

たまらず和人は帯広市内のホテルへ向かう軽トラの助手席で、

「結局彰人は、考えさせてくれ、しか言ってくれなかったし、まいったなあ」

とぼやいた。ところが雅代はあっけらかんとしたもので、

「大丈夫よ。台所にも和人さんの声が聞こえてきたけど、本音でぶつかってたじゃない。やるだけやったんだから、あとは待つだけ」

そう言われても待つ身はつらい。考えさせてくれ、とは断り文句でもあるだけに、昨夜はホテルの部屋で鬱々と過ごしたものだった。

それでも、一夜明けた今日は気分一新、有終の美を飾らなければならない。例によって和人は早めに楽屋入りしてルーティンをこなし、午後にはメンバー二人と結麻、昌也も交えてミーティングを行い、最後は初めて五人で肩を組み、

「歴史に残るステージにしようぜ！」

「しゃあっ！」

と声をかけ合った。

さらに本番前にはメンバー三人でゲン担ぎの三貫、十勝産の松皮鰈《まつかわかれい》、春子、漬け鮪を雅代に握ってもらい、いざ出陣！　とばかりに帯広市民会館のステージに飛びだした。

途端に満員の観客がわっと総立ちになった。和人たちの爆音に負けない歓声がのっけから沸き上がり、男女を問わず拳を突き上げて叫び声を上げる熱狂が止むことなく続き、曲間のＭＣ中は、解散しないでーっ！　と啜り泣く女性客の声が響き渡った。

気がついたときにはアンコールに突入し、二度三度四度と押し寄せる喝采に応えて往年のヒット曲をこれでもかと繰りだし、最後は広角カメラを客席に向け、メンバー三人と観客、スタッフ全員の記念写真を賑々しく撮ったところで、和人は興奮冷めやらぬ観客に向けて声を張った。

「みんなっ、聞いてくれっ！　今夜は最後の最後まで、ありがとうっ！　おれたちスクレイパーズは、今夜、燃え尽きたっ！　おれの故郷帯広のみんなと一緒に完全燃焼したっ！　そこで、おれから発表があるっ！」

言葉を止めて和人は天を仰いだ。顔にスポットライトが当たった。そのまま天を見つめ続けるさまに異変を感じた観客が、ふっと静まり返った。和人は淡々と言葉を繋いだ。

「ここ最近、来年の秋にはおれがソロデビューするっていう噂が飛びかってたけれど、それはガセネタだ。おれは今夜、スクレイパーズの解散をもって、十年間のアーティスト人生を終わらせるっ！」

「えーっ！」

どよめきと悲鳴が返ってきた。

ヲタとモリタカも、東京公演のリハで負傷した照明のユキも含めたスタッフたちも、だれもが驚愕《きょうがく》している。


終演後、真っ先に楽屋へ飛んできたのは美央だった。和人の顔を見るなり、

「和人さん、ほんとにソロ活動しないの？」

硬い表情で問いかけてきた。和人は微笑みを浮かべて小さくうなずき、

「おれはソロでやっていけるほどのアーティストじゃないと、やっと気づけたんだ。だから、たまたまブレイクしたスクレイパーズの解散をもって、地元で第二の人生を踏みだすことにした。美央、今後ともよろしくな」

穏やかに告げて握手を求めると、美央は表情をふっと緩めて両手を差しだし、和人の手を包み込むように握り返しながら言った。

「あたし、今夜の和人さんを見てて、これが本当の和人さんだと思った。ＫＡＺになって舞い上がってた和人さんは嫌いだったけど、今夜、高校時代に大好きだった和人さんに戻ってくれて嬉しかった。ファイナルステージにふさわしい歌と演奏に涙がこぼれた」

その素直な言葉に胸を衝かれた。おれが考えていた以上に、美央は和人という人間を見てくれていたんだと思った。

おれが仮面を脱ぐきっかけをくれたのは美央だったのかもしれない。美央にせっつかれ、結麻

に叱りつけられ、雅代に背中を押されておれは重大な決意に至れた。そう思うと、美央という後輩が愛おしくなって、

「今夜二人で飲もう」

と誘いかけた。美央はこくりとうなずいてくれた。その直後に、

「和人！　びっくりしちゃったよ！」

声を上げながら結麻が楽屋に入ってきた。慌てて和人は、あとで連絡する、と美央に耳打ちしてから、

「ごめんな結麻。突然宣言しちまって」

手を合わせて謝ると、

「ていうか、あたし、ほっとしたの。ぶっちゃけ、もう和人にソロは無理だと思ってたから」

思わぬ本音が返ってきた。

先日、ソロ用の自信作だという和人の三曲を聴いた結麻は、スクレイパーズの焼き直しでしかないと落胆し、事務所社長としてソロは断念するしかないと結論を下した。ただ、いつどうやって和人に伝えるか悩んでいたという。

やっぱそうだったか。和人自身も納得していると、そこにヲタとモリタカと昌也、さらには照明のユキをはじめとするスタッフや地元の友人知人も押し寄せてきた。和人の宣言にそれぞれ仰天したり、残念がったり、感慨を口にしたり、励ましてくれたりして、瞬く間に楽屋は騒然となった。

そのとき、和人の携帯が鳴った。着信を見ると彰人からだった。

「ステージ観たよ」

「え、マジで?」

「雅代さんが誘ってくれたんだ。昨日、兄貴が言ってた重大な決意をちゃんと宣言してくれて、やっと兄貴は本気だとわかった。これからは兄弟で頑張っていこう」

朴訥《ぼくとつ》かつ飾らない言葉で告げられて不意にこみ上げた和人は、

「ありがとう！」

涙声で感謝の言葉を返した。


夜十一時過ぎ、タクシーを駆ってトカッチーナに辿り着くと、シャッターが半分だけ開いた店の中には明かりが点《とも》っていた。

腰を屈《かが》めてシャッターを潜《くぐ》って店に入ると、

「お帰りなさい」

コックコート姿の美央が笑顔で迎えてくれた。このツアーで初めて楽屋口に出待ちのファンが溢れ返っていて、一人一人と丁寧に握手していたらこんな時間になってしまったのだが、奥のテーブルにはキャンドルが立てられ、洒落《しゃれ》た皿とグラスも並べられ、調理場からは食欲をそそる匂いが漂ってくる。

「食事、まだですよね」

「うん、打ち上げは明日の夜なんで、みんなに礼だけ言って何も食べないで飛んできた」

「だったら、まずは前菜で乾杯しましょ」

美央がシャンパンのボトルと〝サーモンとアボカドのクリームチーズ和え〟を運んできて、二人でカチンとグラスを合わせた。

今夜のチーズは帯広市内のデパートで市販のものを買ってきたそうで、

「早く新しい仕入れ先が決まるといいんだけど」

と美央は肩をすくめた。

「大丈夫だ。ついさっき実家の牧場から仕入れられることになった」

「ほんとですか！」

「今夜、彰人もステージを観にきてくれて、おれの引退宣言を聞いて和解してくれたんだ」

彰人が会場で雅代と出くわして、〝許すのも度量のうちよ〟と諭されたそうで、改めて聡志店長と美央料理長も交えて話し合うことになった。

「よかった、和人さんが仮面を脱いでくれて」

美央が安堵している。仮面の話は雅代から聞いたというが、

「それもこれも美央のおかげだ、ありがとう」

和人は心から礼を言った。

「ううん、あたしは何もしてないし、結麻さんと雅代さんのおかげだと思う」

美央が首を横に振る。

「そんなことはない。美央に結麻と雅代さんを加えた女子三人組こそが、おれの仮面をひっぺが

してくれたスクレイパーズだったんだ」

やっぱ感謝しかない、とはにかんでいると、

「だけど、どうして和人さんは仮面をつけちゃったの？」

素朴な質問が返ってきた。

「それは何ていうか、いま思うと、アーティストとしての才能が足りないぶん、仮面で補おうとしてた気がする。けど音楽業界ってとこは才能の宝庫だから、おれみたいな素で勝負できないやつは長続きしなかったわけで、結局は本当の意味でのファイナルステージになっちまったんだと思う」

我知らず自虐全開の答えになってしまったが、美央は小さく肩をすくめただけで、

「そういえばヲタさんとモリタカさんは、これからどうするんです？」

メンバーのことも聞かれた。

「ヲタは島根の実家に帰って木材加工業を継ぐ。モリタカは都内で貸しスタジオの経営に乗りだすらしい」

「メンバー三人とも第二の人生に挑戦するわけね」

「まあそうなるけど、どっちにしても明日の打ち上げが楽しみだな」

美央も来るよな、と確認した。

「喜んで。最後にまた雅代さんのお鮨を食べたいし」

「ああ、残念ながらそれは無理なんだ。雅代さんは終演後、つぎの間借り先へ旅立ったって、さっき結麻から言われて」

「ええっ、そんなに急いでどこ行ったの？」

「わからない」

いつも雅代は行き先を言わないのだという。

ただ、いつか鮨まさよの常連たちが間借り先を見つけてくれるはずだから、トカッチーナを再興できたら、お祝いがてら誘うね、と結麻が約束してくれた。

「だから、そのときは美央も一緒にどうだ？」

「あたしもいいの？」

「高校時代に大好きだったおれに戻って嬉しかったって、さっき言ってくれたけど、実はおれも当時から美央が好きだった。だから、どうせならデートも兼ねて」

初めて本音を打ち明けると、

「うーん、それはそのときに考える。トカッチーナをぐいぐい引っ張って名を上げた和人さんが、また仮面をつけないか見届けてからにしたいし」

にやりと笑うと、美央は再びシャンパンのグラスを掲げてみせた。

第三貫　同居鮨

1

黒光りする黒檀《こくたん》のカウンターを磨き上げ、八席それぞれに輪島《わじま》塗の長皿と箸をセットした。あとは携帯電話を立てるスタンドを各席に置けば準備完了。黒髪ショートの咲良《さくら》は黒い作務衣《さむえ》の襟元を整えながら腕時計を見た。

いつのまにか開店時間の午後六時を回っている。慌ててスペインの高級ブランド、リヤドロ製の間接照明に切り替えて漆黒を基調にゴールドをあしらった内装を浮かび上がらせ、ＢＧＭのジャズを流したところで、同じ作務衣姿でカウンター内の調理場にいる夫の淳平《じゅんぺい》に声をかけた。

「開店するね」

五分刈り頭の淳平は黙って魚の仕込みを続けている。かまわず咲良は『鮨《すし》ＫＯＳＨＯ《こうしょう》』と店名を入れた文明開化めいた門灯を点《とも》し、老舗のオーセンティックバーさながらの洋風扉の鍵を開けた。

待ちかねたように客が入ってきた。

「いらっしゃいませ」

咲良が迎えると、モコモコのダウンコートを着た、ぽっちゃり丸顔のおばさんだった。

山梨県の県庁所在地、甲府《こうふ》市は冬場こそ冷え込むものの、二月も下旬になると十五℃以上の日も増えてくる。地元の人間は軽装に変わりつつあるのだが、観光客だろうか。おばさんの一人客はめずらしいこともあり、

「ご予約の方で？」

と確認すると笑顔で名前を告げられた。数日前に電話をくれた予約客だった。

咲良はまだだれもいないカウンターを指差し、扉を閉めて店内に戻ると、丸顔おばさんはコートを脱いできょろきょろしている。

「あ、お召し物は私が」

ダウンコートを受けとろうとしたが、おばさんは壁に掛けられたハンガーを見つけ、自分で吊るしてから席に着いた。

淳平は丸顔おばさんに挨拶もせず、まだ魚を捌き続けている。根がシャイなのはわかるものの、無言のまま捌いた魚をネタ箱にぽんぽん投げ入れてバンと木蓋を閉め、調理台型の冷蔵庫にガタガタンとネタ箱を放り込んでバタンとドアを閉める。

それでも仕込みが終わらず、傍らの棚からつぎのネタ箱をガタガタと取りだし、別の魚を捌きはじめる。あと何分かかるんだろう。どうせ今日も新たなパフォーマンスの演出を考えていて遅れたんだろうが、演出より仕込みを優先しなさい、と言いたくなる。

咲良はまた腕時計を見た。甲府初の〝劇場型高級鮨〟として一か月前にオープンした鮨ＫＯＳＨＯは予約制だ。三万円のおまかせコース一本で、予約客が揃ったら一斉スタートする方式でやっている。今夜は残り二人の予約客が遅刻しているからよかったものの、とりあえず丸顔おばさ

んにおしぼりを差しだし、

「お飲み物は？」

と尋ねた。おばさんはにっこり微笑み、

「冷たい日本酒をおまかせで。あと親方、お薦めの白身をつまみで切ってちょうだい」

まだ仕込み中の淳平に声をかけた。

「すみません、料理はほかのお客様がいらっしゃるまでお待ちください」

咲良が説明すると、丸顔おばさんは無言のままおしぼりで手を拭い、魚と格闘している淳平の手元に目を向けた。

納得してくれたようだ。オープン以来、高級鮨に慣れていない地元客と何度かごたついてきたが、ほっとして酒の準備をしていると、

「前菜だけでも先にお願いできない？」

また丸顔おばさんが言う。結局、納得していなかったらしく、

「申し訳ありません、うちは東京の高級鮨ではおなじみの一斉スタートですので」

同じことを繰り返して頭を下げた。

正直、咲良も馴染めていないのだが、淳平がこだわっているから仕方ない。そのせいなのか一か月余り経っても客の入りは芳しくなく、予約ゼロの日もある。今日はようやく三人予約が入ったのに、淳平の仕込みは遅れるわ、二人客が遅刻するわで先が思いやられる。

丸顔おばさんが日本酒を飲みはじめた。よほどつまみがほしいのか、じっと淳平の手元を見つめているが、あとの二人はまだ来ない。開店して十五分も経つのに、と苛ついていると、

「おう咲良、よろしくな」

強面《こわもて》の小太り男が店に入ってきた。

予約客の康介《こうすけ》だった。淳平の中学の先輩で、背後には強い香水を撒《ま》き散らすキャバ嬢を従えている。高級鮨店では香水がタブーなのに淳平は何も言わない。釈然としない思いでいると、淳平がネタ箱の蓋をバンと閉めた。

ようやく仕込みが終わったらしく、淳平は渋面から一転、三人の客に作り笑顔を向け、

「お待たせしました！　ほ、本日はようこそ鮨ＫＯＳＨＯへ！　まずは、えー、僭越《せんえつ》ながら三つのお願いがありまーす！」

つっかえながらも芝居じみた口調で続ける。

「ひとーつ。当店はつまみと握りを交互に出すので、おかわりはデゾ、デザート前に満腹中枢が壊れるほどご注文くださーい！　ふたーつ。お酒はシャンパン、ワイン、日本酒と、えー、ビールもありますが、財布の紐《ひも》は緩めても心の箍《たが》は緩めないようお願いしまーす！　そして、みーっつ。お席に携帯スタンドを置きましたので、遠慮なくシェ、シャ、シャッターを押しまくってくださーい！」

根が引っ込み思案でしゃべり慣れていない人だけに、相変わらず噛み噛みで言って、

「それでは、まずはご挨拶がわりに大間《おおま》産の本鮪こと黒鮪の希少部位、と、突先《とつさき》をやんちゃに一貫握ってから、つまみを出しまーす。記憶を失《な》くさない程度にがんがん飲《や》っちゃってくださーい！」

めずらしく一回しかつっかえずに言い終えると、鮪の頭の付け根、突先をネタ箱から取りだし、

刀剣のごとく長い刃渡りの包丁を、えいやっ、と宙に掲げた。ところが、刀剣包丁の重さに負けて腕がぷるぷる震えている。

「おめえ、下手くそだなあ」

康介から苦笑まじりに突っ込まれた。それでも淳平はどうにか、いよーっ！　と歌舞伎役者よろしく見得を切ってみせると、

「すごーい！」

キャバ嬢が大はしゃぎでシャッター音も高らかにパシャパシャ写真を撮っている。

すかさず淳平は刀剣包丁で突先を切りつけ、手酢をつけた手をパンッ！　と大仰に叩くなり、せかせかと慌ただしく握って煮切りを塗り、

「当店は赤酢の赤シャリ、米酢の白シャリと、えー、シャンパンビネガーの洋シャリの三種を使い分けておりますが、脂が強めの突先は洋シャリで握りましたー！」

と能書きを垂れるなり丸顔おばさんに突先の握りを差しだし、ほい、と手渡そうとした。

その瞬間、おばさんが言い放った。

「置いてちょうだい」

「は？」

「手渡しは嫌だから置いて」

ぴしりと告げられ淳平は固まってしまった。

結局、今夜も午後八時過ぎに三人の客を見送ったところで店を閉めた。

当初は、ここから二回転目の予約客に高級鮨ショーを繰り広げてから閉店する段取りだったのに、前半戦の三人で終了では話にならない。採算的には前後半で満席の十六人なら大黒字。最低八人でも若干の黒字なのだが、たった三人では原価割れもいいところだ。

せめて高価なシャンパンを空けて、コースの締めに握りをどんどん追加してくれれば三人でも損益分岐点を超えられる。なのに丸顔おばさんは酒も鮨も追加なし。康介先輩も飲みはキャバクラで、とばかりに、ろくに飲まずにコースを終えるなり香水ぷんぷんのキャバ嬢と出ていってしまい、赤字が確定してしまった。

この店は一体、どうなるんだろう。

咲良は黒檀のカウンターを磨く手を止めて考え込んでしまった。

四方を山に囲まれた山梨県には海がないのに、人口十万人当たりの鮨屋の数は全国一位、鮪の消費額も全国二位の鮨好き県と言われている。海なし県ゆえ生魚への憧れが強いせいらしいが、甲府市の郊外で生まれ育った咲良の家族も大の鮨好きだった。

家族の祝い事や法事には必ず鮨の出前を取ったし、会社の歓送迎会や地域の寄り合いは鮨屋の座敷が定番。その影響で咲良も、お誕生日に何食べたい？　と聞かれたら迷うことなく、お鮨！と答えたものだった。

そんな土地柄なのに、甲府市街の外れとはいえ、これほど客が来ないのはやり方を間違えたとしか思えない。その証拠に鮨ＫＯＳＨＯの前身、淳平の父親が親方、母親が女将《おかみ》を務めていた町鮨『鮨甲将』の頃はなかなかの繁盛店だった。当時は木造二階家の一階に八席のカウンター、二階には水屋つきの六畳の座敷もあり、淳平も小学生の頃には若い弟子とともにお運びなどを手伝っていたらしい。

それもあって淳平は高校卒業間際に父親から、

「ほかの店で修業してこい」

と懇意にしている町鮨を紹介されたという。一度は他人の飯を食ってこい、という親心だったようだが、淳平は異を唱えた。

どうせなら全国で二十三店舗展開している回らない鮨チェーン『満開鮨』の甲府店で修業したい。江戸前鮨の本場、築地《つきじ》発祥の有名店のほうが鮨甲将の承継に役立つはずだ、と言い張って、母屋の二階で暮らしながら満開鮨甲府店に就職した。

おかげで数年後、咲良は淳平と出会えた。当時咲良は市内の保育園で保育士として働いていたのだが、年来の鮨好きゆえ、給料日のたびに一人で満開鮨に食べにいっていた。そのとき握ってくれた淳平の口数少ない鮨職人っぷりに魅せられて付き合いはじめた。

それからは甲府駅近くのワイナリーでディナーを食べたり、渓谷美で知られる昇仙峡《しょうせんきょう》を散策したりしてデートを楽しんでいたが、咲良二十六歳の誕生日に鮨甲将へ連れていかれた。ひょっとして、と胸を高鳴らせていると鮨を食べた帰りに立ち寄ったカクテルバーで、

「将来的にはおれが鮨甲将を継ぐつもりなんだけど、女将になってくれないかな」

と指輪を差しだされた。その夏には式を挙げ、義父が玄関別々の二世帯住宅に改装してくれた母屋の二階で新婚生活をスタートさせたのだが、その直後に不幸に見舞われた。

義父が脳梗塞で倒れて寝たきりになってしまったのだ。悲嘆に暮れた義母は、

「あたしが自宅で介護する」

と訪問介護員の手を借りながら在宅介護をはじめたことから淳平は慌てた。結婚後は両親の手ほどきを受け、徐々に店の経営を受け継いでいく予定が、新婚直後にいきなり夫婦で店を背負うはめになってしまった。

「いったん休業するしかない」

そう判断した淳平は、若い弟子は父親と懇意の町鮨に引き取ってもらい、当面は満開鮨で働きながら再開の準備を進めることにした。

そこで咲良は保育園を辞め、満開鮨のバイトで接客を学びはじめたのだが、秋口に入ったある日、淳平が思わぬことを言いだした。

「おれ、東京の鮨屋を視察してくる」

「急にどうしたの？」

驚く咲良をよそに、淳平は有休を使って毎週二日間、高速バスで片道二時間の東京へ視察に出掛けはじめた。そして一か月後、四度目の東京視察から帰ってきた淳平が突如、

「おれ、鮨甲将を劇場型の高級鮨に変える」

と言いだした。唐突な話に咲良は戸惑ったが、それでも淳平は在宅介護に忙しい母親を押し切って鮨甲将の改装に着手してしまった。

ただ二階の座敷には手をつけなかった。今後は夫婦二人で一階のカウンター八席だけで営業すると決めたからだ。八席で大丈夫なのか。咲良は不安だったが、淳平はかまわず一階をレトロモダンと称する和洋折衷の内装に改装し、満開鮨を退職。夜営業のみで鮨甲将の三倍以上もの価格の鮨ＫＯＳＨＯとして今年の一月に再開店したのだが、その後の惨状は改めて言うまでもない。

当初こそ、かつての常連客が顔を見せてくれたものの、様変わりした店に引いてしまったのか、瞬く間に客が離れた。その後も客足は伸びないままとあって、来週からは飛び込み客も受け入れようと話しているうちに今夜に至った。

やっぱ劇場型高級鮨は間違いだったんじゃないか。カウンターを磨く手を止めて考えていると、丸顔おばさんの言葉がよみがえった。

「置いてちょうだい」

ぴしりと告げられた淳平は固まってしまったが、とっさに康介先輩が揶揄した。

「大人げねえな、鮨職人と客との温ったけえ触れ合いじゃねえか」

しかし丸顔おばさんは淡々と反論した。

「生魚を素手で握る鮨職人が、不特定多数の客の手と触れ合うなんて不衛生極まりないし、気分的にも嫌でしょ。包丁振り回す猿芝居なんかより、衛生管理に努めることのほうが百倍大事だと思うけどね」

思わぬ辛辣な返しに康介先輩は黙り込み、淳平も無言でおばさんの長皿に鮨を置いたが、それを境に猿芝居は輪をかけてぐだぐだになり、握った鮨はぼろぼろ崩れる始末で繕いようがない展開になってしまった。

これには淳平もショックだったのだろう。三人の客が帰るなり調理場の丸椅子に座り込み、背中を丸めてうなだれている。

咲良は後片付けをはじめた。ここで何を言っても追い打ちをかけるだけだし、こうなった責任の一端は咲良にもあると思ったからだ。

思い返せばオープン前日にリハーサルをしたとき、咲良も鮨の手渡しに疑問を抱き、

「どうして手渡しするの？」

と淳平に聞いたものだった。

「喜ぶ人がいるから」

それが淳平の答えだった。正直、釈然としないながらも、淳平なりの考えがあるのだろう、と黙ってしまったが、丸顔おばさんの指摘は、至極、真っ当だった。鮨屋ほど食中毒を出したら致命的な商売はないだけに、あのとき黙ってしまった咲良にも責任がある。

そう考えると、芝居じみた口上、刀剣包丁を掲げての見得切り、何度もの撮影タイムといったパフォーマンスは、丸顔おばさんの目にはどう映っていたんだろう。淳平が考えた〝鮟肝《あんきも》のグラタン仕立て〟や〝唐墨《からすみ》シャリゾット〟といった鮨屋らしからぬつまみもどう感じたのか。最後まで醒めた目で見ていた彼女の本音を聞いてみたくなる。

やっぱ劇場型高級鮨に変えたのは間違いだったんじゃないのか。

改めて思った。それでなくても淳平は、高級仕様の内装工事や高級食器類の購入のために多額の融資を受けている。店と地続きの母屋も含めた土地建物は義父母の所有ながら、義父母は二世帯住宅の改装に出費しただけでなく、いまや介護費用もかさんでいる。淳平に資金援助したくてもできない代わりに、淳平の連帯保証人として判を押して融資を実現させてくれただけに、仮にも返済が滞ったら義父母の土地建物が差し押さえられる。

やっぱ今夜こそ、きちんと言おう。

カウンターを磨き終えた咲良は、思いきって淳平に告げた。

「ねえ、もう劇場型高級鮨路線はやめない？」

穏やかに進言したつもりだったが、はあ？　と淳平が顔色を変えた。

「いまさら馬鹿言うな。いま東京じゃ劇場型高級鮨が最先端のトレンドなんだ」

「でもそれ、ほんとにそうなの？」

「おれが体験してきたって言ったろう。甲府の人間はまだ知らないから苦戦してるけど、いまは辛抱のときだ」

「じゃあ、せめて手渡しはやめない？　あのおばさんが言ってた通り不衛生だし」

「冗談じゃない、おれは人の温もりを大切にして、ぎりぎり手に触れないようにしてる」

「百パー触ってないって断言できる？」

「だからそういう細かいことは」

「細かいことが大事だと思うの。一斉スタートにしたって、時間通りに来たお客さんを待たせるなんて失礼だし、まして仕込みがスタート時間に間に合わないなんて」

「けど一斉スタートじゃないとパフォーマンスが生きないわけで」

「ていうか、パフォーマンスよりお鮨のおいしさで勝負すべきじゃないの？」

「おれの鮨が旨くないってのか」

「そうじゃなくて、時間通り来たのに待たされたり、不衛生な手渡しをされたりじゃ、どんなにおいしい鮨だって台無しじゃない」

途端に淳平が声を荒らげた。

「仕込みが遅れたのは、仕込み前に新しい演出を考えてたからだ！」

「演出より鮨の仕込みでしょう。あなたに芝居っぽい演出は似合わないし」

「じゃあ親父《おやじ》の頃の町鮨に戻せっていうのか？　借金だって山ほどあるし、これでもおれは必死なんだ。外国人観光客も呼び込むためにネット英会話だってやってんだぞ」

「だからそういうことじゃなくて」

　咲良は唇を噛み締めた。

2

　翌月曜日は定休日。母屋二階の寝室で目覚めた咲良は義父母が暮らす一階に下りた。朝の仕入れがない淳平は、咲良とやり合った憂さ晴らしに昨夜は鯨飲して酔い潰れ、いまも寝ている。その隙に義父を見舞ってからこっそり出掛けることにした。

　義父の在宅介護に関しては、

「訪問介護の人も来るから手伝いは大丈夫」

と義母から言われている。排泄《はいせつ》介助や入浴介助などを新婚の嫁に見られたくない。そんな義父の思いを汲んで、週一回の定休日だけ一階の寝室を見舞うようにしているのだが、今日はまだ義父は寝ていた。

　その片鼻には管が入っている。嚥下《えんげ》機能が低下しているため経鼻経管という方法で栄養を摂《と》っている。傍らには脳梗塞の後遺症でしゃべれない義父用に五十音ボードも置かれている。かろうじて動く指で一文字一文字指差してもらって意思疎通しているのだが、

「ゆうべはこの人の寝つきが悪いもんだから、真夜中まで五十音会話をしてたの」

と義母は眠たそうにしている。

長居は無用と察した咲良は、早々に市内の病院へ向かった。

ここにきて生理が遅れている。ネットで検索したら、一週間以上遅れたら妊娠の可能性があるらしく、念のため妊娠検査薬を買って調べたら陽性だった。これはちゃんと診てもらわねば、と淳平には内緒で初めて産婦人科を受診してエコー検査を受けたのだった。

「子宮の中に赤ちゃんの芽がありますよ。胎《たい》芽《が》って言うんですけどね」

医者が豆粒のようなものが映っている画像を見せてくれた。まだ実感はないものの、二週間後に心拍を確認するので、また来てください、と画像を印刷してくれた。

子どもは結婚当初から望んでいたから嬉しい結果ではあったが、正直、複雑な気持ちになった。一般に出産までの期間は四十週。順調にいけば十か月後、この年末には臨月に入るが、それまで店が持たなかったら出産どころではない。運よく店が持っても多忙な年末年始に産休を取らなければならないだけに、とりあえず淳平には、二週間後に心拍を確認してから話そうと決めて店に戻ってきた。

失念していたが明日は資源回収日だ。準備しとこう、と店の扉の鍵を開けようとすると、開いていた。昨日施錠し忘れたんだろうか。焦りながら中に入ると二階から物音が聞こえた。

この店を開いて以来、二階の座敷は使っていない。泥棒でも入ったのか。咲良は足音を忍ばせて一階入口の脇にある階段を上がり、恐る恐る座敷を覗いてみた。

「あら咲良さん」

白髪頭の義母がいた。

「あの、お義父《とう》さんの介護は？」

「さっき訪問介護の人が来て昼までいてくれるから大丈夫。咲良さんこそどうしたの？」

「いえ、鍵が掛かってなかったので」

そう答えながら座敷の奥を見ると、見慣れない白木のカウンターが置かれ、脇の水屋でジャージ姿のだれかがごそごそやっている。

「ああ、ごめんね咲良さん。準備が整ってから話すつもりだったんだけど、彼女は明日から二階を間借りしてくれる雅代さん」

は？　と首をかしげていると、ごそごそやっている人がひょいと顔を上げ、

「ゆうべはご馳走《ちそう》さま」

にっこり笑いかけてきた。なんと昨夜の丸顔おばさんだった。

「どういうことです？」

きょとんとして義母に尋ねた。

「雅代さんは間借り専門の『鮨まさよ』の親方で、明日から二階で営業してくれるの」

「ええっ、鮨屋の二階で鮨屋って、そんなの淳平さんに怒られます」

「怒るも何も、二階は使わないって言ったのは淳平なんだから、あたしたち家主がどう使おうと勝手でしょ」

間借り代は鮨ＫＯＳＨＯに入れるつもりだし、と言い添える。要は、苦労している淳平を応援するつもりらしく、雅代さんと仲良くやってね、と言い含められた。

義母の思いもわからなくはないが、さすがに咲良が困惑していると、雅代が準備の手をふと止め、

「若女将、安心して。大女将とも話したんだけど、うちは昼営業だから夜には迷惑かけないし」

若女将は咲良、大女将は義母のことらしく、共存共栄でいこうね、と微笑みかけてくる。

そう言われても淳平は絶対に怒る。昨日もごたついたばかりなのに、このままでは義父母も巻き込んだ騒ぎになる。

どうしよう、と焦っていると雅代が突然、

「そうだ、もうじきご飯が炊けるからお昼にしない？　今日は大女将に試食してもらいたくて少しだけ魚を仕入れてきたの」

と咲良を誘う。言われてみれば雅代の傍らの炊飯器から湯気が立っている。義母も嬉しそうに、

「それはいいわね、咲良さんもぜひぜひ」

と促す。仕方なく六席しかない白木のカウンターに着くと、義母がカウンターを指差し、

「これ、雅代さんの自前なのよ」

「え、自前でカウンターを持ってるんですか」

「そう、店の駐車場に軽トラが駐まってたと思うけど、雅代さんはそれに積んで間借り先に持ち込んでるんだって」

ほかにも大型クーラーボックスや飯台、食器類など鮨道具一式を自前で運び込んでいるそうで、去年の秋にはロックスターの全国ツアーにも帯同して握っていたという。

「ロックスターと？」

咲良が驚いていると雅代は丸顔を綻ばせ、

「どこでも気軽に鮨を握れるのが間借りの醍醐味《だいごみ》なの。甲府も楽しみにしてたのよ」

にこやかに握る仕草をしてみせると、

「ちなみに、カウンターは付け台って呼んだほうが本格江戸前鮨の若女将っぽいかもね」

と言った。ほかにも調理場は付け場、ネタは種、古い鮨種はアニキ、穴子のタレは煮詰めまたはツメといった符丁があるそうで、

「近頃は鮨屋用語を得意げに使ってると痛い人に見られちゃうけど、プロの基礎知識として知っとくことは大事だと思うし」

そうですよね、と義母に微笑みかける。

「ありがと、雅代さん。そういうことって夫の介護がなければあたしの役目なんだけど、この際、初心者マークの若女将にいろいろ教えてあげて」

よろしくね、と義母がお辞儀をした直後に、ご飯が炊けた。

雅代は熱々のご飯を飯台《はんだい》に移し、鮨酢をかけ回してシャリ切りをはじめる。その手慣れた仕事ぶりを眺めながら咲良は、

「あの、これって淳平さんは知ってるんですか？」

小声で義母に確認した。

「ああ、淳平にも話してないから話しといて」

さらりと言われた。

「いえ、これはお義母さんから伝えていただかないと」

「そんなこと言わないで、夫婦なんだから咲良さんから伝えて。あなたも大変だろうけど、あたしも夫の介護で一杯一杯なのよ」

お願い、と結局はまかせられてしまった。

ほどなくして雅代の準備が整った。今日は試食用で種数が少ないから、仕込みは手早く終えられたという。

「ちなみに雅代さん、ふだんの仕込みはどれぐらいかかってます？」

咲良は聞いた。淳平の仕込みの遅さを念頭に置いて聞いてみたのだが、

「営業当日は三時間ほどかな」

おぼろや干瓢煮、酢生姜などは前日の営業後に仕込んでいるから、当日は二十種以上の鮨種だけ一気に仕込んでいるという。

「三時間で二十種以上ですか」

淳平に比べたらかなりの早さだ。

「それぐらい当たり前よ、お客さんが来店してても仕込んでたら鮨職人の恥だしね」

雅代が肩をすくめてみせる。笑顔はやさしいのに、相変わらず鮨のことには手厳しい。明日以降、淳平とピリつかなきゃいいけど、と心配していると、雅代はふと表情を和らげ、

「それでは、まずは鮨まさよ名物の湯呑み酒かお茶を出したいんだけど、どっちにする？」

と聞く。お腹の子が頭をよぎった咲良は、まだ仕事があるから、とお茶にした。義母も午後の介護に備えてお茶を選ぶと、

「二人とも忙しいところ、ごめんなさい。それでは最初の一貫は寒鮃《かんぴらめ》。そろそろ名残の時期なんだけど、甲府の市場にいいのがあったの。海なし県でも昔とは違うわよねえ」

と言いながら柳葉包丁で切りつけ、手際よく握って煮切りを塗り、そっと角皿に置く。

美しい握りだった。そのフォルムに見惚れながら咲良は口にして、え、と目を瞠《みは》った。淳平の鮨もおいしいと思っていたが、明らかにレベルが違う。寒鮃自体の上品かつ淡白な旨みと、口の中でほろほろと崩れる絶妙な握り加減のシャリが相まって、これまでにない食の悦《よろこ》びが押し寄せてくる。

一貫食べただけで、これほどの感動は初めてだった。それは義母も同様らしく、

「やっぱりすごいわねえ。うちの人も、雅代にはかなわねえ、って言ってたけど、鮨好きな人ほど虜《とりこ》になっちゃうおいしさよね」

と褒《ほ》め讃《たた》える。実際、全国各地を転々としながら握っているのに、アイドルの追っかけさながらに雅代の間借り先を探して来店する常連客がたくさんいるそうで、

「お義父さんも常連だったんですか？」

咲良は聞いた。

「常連っていうより、いろいろあったのよね」

義母が思わせぶりに言ったものの、雅代は何も言わずに二貫目を握り、

「つぎは昆布締めにした春子」

そっと角皿に置いた。義父との関係は深掘りしないほうがよさそうだ、と察しながら咲良は春子を頬張った。これまた身震いするほど旨みの詰まった一貫だった。そんな咲良の反応に、雅代

は嬉しそうに口角を上げ、

「そういえば、ひとつ聞きたかったんだけど、鮨甲将だった頃は〝甲州《こうしゅう》握り〟も食べられたはずなんだけど、鮨KOSHOはやらないの？」

　思わぬことを聞いてきた。

　甲州握りとは、咲良の祖父母が健在だった子どもの頃、家族で出前を取ったりスーパーで買ったりして食べた地元ならではの握り鮨だ。その特徴は、とにかく握りが大きい。ふつうの一・五倍はあるから、握り六貫と干瓢巻き一本の一人前で満腹になる。店によっては食べやすいように一貫を包丁で半分に切ってくれるほどだ。

　しかも鮪、鯖、烏賊、海老といった生魚はもとより干瓢巻きにも、穴子に塗る煮詰めのような甘いタレが塗ってある。だから咲良は大人になるまで鮨は甘いものと認識していて、祖父母の他界後、初めて甘ダレのない鮪や鯖の江戸前握りを食べて仰天したものだった。

　生魚にも甘ダレを塗るのは、かつて遥々山を越えてきた鮮度が落ちた魚の臭いをカバーするためだったらしい。交通網が発達した現在では全国の海で獲《と》れた魚が迅速に届くから江戸前握りが主流になっている。それもあって義父は江戸前握りと甲州握りの両方を握っていたのに、淳平は江戸前握り一本に絞ってしまい、

「甲州握りで育ったあたしとしてはちょっと残念で」

　と咲良は本音を漏らした。初めて淳平と鮨甲将を訪れたときには、義父の甲州握りを食べて喜んだ記憶があるだけに、

「いつか復活してくれたら嬉しいんですけど」

と言い添えると義母も大きくうなずき、

「淳平も雅代さんと身近に接していれば考えが変わると思うの。だから咲良さん、間借りのこと、よろしく伝えてね」

再度念押しして三貫目の小鰭を口に運んだ。

ここで会話は途切れ、あとは義母も咲良も雅代の鮨に集中した。細魚、締め鯖、平貝《たいらがい》、漬け鮪、中トロ、と間借りとは思えない絶品の鮨がつぎつぎに握られ、試食のつもりが十六貫も食べてしまった。それでも雅代は、

「種数が少なくてごめんね。明日からの本営業では、もっとたくさん鮨種を用意するから」

と申し訳なさそうに言う。とんでもないです、と咲良は首を左右に振り、はち切れそうなお腹《なか》をさすりながら、

「つぎはぜひ本営業のときに食べにきます」

と礼を言った。ふつうの鮨好きでしかなかった咲良にとって、こんなレベルが高い鮨は初めてだった。食べることも勉強なんだ、と痛感しながら、まだ雅代と話があるという義母を残して一階に下り、資源ゴミの準備をすませて母屋二階の自分たちの部屋に戻った。

淳平はどこかに出掛けたようだった。どこへ行ったんだろう。義母の思いを受けて間借りのことをちゃんと伝えよう、と緊張しながら帰ってきただけに拍子抜けした。

仕方なく洗濯したり、レジ袋を手に、出産関係の情報をネット検索したりして待っていたが、結局、帰宅したのは夜十時過ぎ。どこで飲んできたのか、かなり酔っている。

それでも間借りの件を伝えねばと、

「話があるんだけど」

と切りだした途端、

「ややこしい話は明日にしてくれ」

それよか、これを見ろ、と淳平はレジ袋からアクリル製のフォトスタンドを取りだした。

「これに鮪屋の茶屋札を挟んで、目立つところに立てようと思ってさ。ちょうどいいサイズがなくて何軒も探して見つけたんだ」

得意げに食卓に立ててみせる。

茶屋札とは、市場の仲買店の名が印刷された注文票で、魚介名、産地、重さ、購入した店の名などを書いたものをトロ箱に添えてくれる。東京の高級鮨店では、すごい鮪を買ったぞ、と客にアピールするために、大間、三厩《みんまや》といった黒鮪の名産地が書かれた茶屋札を飾っているという。

そんな小道具のために、わざわざ出掛けていたのか、と咲良が呆れていると、

「高級鮨を張っていくには、どんどんアピールしてかなきゃダメなんだ。だから、とっておきの新メニューも考えたんだよな」

とメモ用紙にカクテルグラスの絵を描いてみせる。

「こんなグラスにジュンサイの水煮を入れて、キャビアをこんもりと盛ってハーブのディルを飾る〝キャビアのジュンサイ水煮カクテル〟。これを前菜にして客に乾杯させるってわけ」

買い物の帰りに立ち寄ったバーでカクテルを飲んでいるときに思いついたそうで、

「あと、シャリをバンズにした〝中落ちのトロ玉バーガー〟、パフェグラスにイタリアンカラーの魚介を盛りつけた〝車海老と河豚《ふぐ》白子とアオサの三色旗パフェ〟もコースに組み込めば、話題

になること間違いなしだ！」

　酔いにまかせて舞い上がっている。

　咲良は唖然《あぜん》としていた。この人は本当に鮨職人なのか。今日は雅代の本格鮨職人っぷりを間近にしてきただけに、奇抜なメニューに入れ揚げている淳平に言葉もなかった。

　とてもじゃないが間借り話などできる状態じゃない。明日の朝、酔いが醒めてからにしよう、と決めた咲良は、三色旗パフェの盛りつけ方もメモ描きしはじめた淳平をよそに、さっさと風呂に入って寝てしまった。

3

　翌朝、目覚めたときには淳平がいなかった。

　どうやら朝六時半起きで市場に出掛けたようだ。いつもは咲良も同じ時間に起きて見送るのだが、不覚にも寝坊してしまった。

　なにしろ昨日は、いろいろありすぎた。病院で妊娠がわかり、間借り話に仰天し、雅代の鮨に目を瞠った。資源ゴミの準備と家事に加えてネット検索にも励み、最後は酔った淳平の相手までした。気疲れと体の疲れが半端なくてつい寝過ごしてしまったのだが、意外にも淳平は、ちゃんと仕入れに出掛けていた。

　淳平も店の立て直しに必死なのかもしれない。このままでは家族が路頭に迷う、と淳平だってわかっている。頑張って早起きして義父のワゴン車で甲州公設市場へ向かったのだろうが、ただ、いくら頑張ろうと劇場型高級鮨のままではどうしようもない。雅代の鮨を食べた咲良はそう確信するようになった。

なのになぜ淳平は、いまだ劇場型高級鮨にこだわっているのか。昨夜の舞い上がりぶりを振り返るほどに改めて不安に駆られる。雅代から間借り代が入るのはありがたいとはいえ、このままでは焼け石に水でしかない。

こうなったら昼だけまた満開鮨でバイトしようか。世の中には出産直前まで働いて産んだ人も多いらしいし、一刻も早く黒字化しないと出産費用すらままならなくなる。

いつになく追い詰められた気分で、朝八時過ぎに店の様子を見にいくと、入口脇にある六台分の駐車場に品川ナンバーの軽トラが駐まっていた。早くも雅代が二階の店に来ているようだ。まだ淳平に話してないのに、と焦りながらも挨拶がてら二階に上がってみた。

「昨日はご馳走さまでした」

「あら、おたくもいまから仕込み？」

今日は和食白衣姿で魚を捌いている雅代がにっこり笑った。

「いえ、彼が帰るのはいつも九時過ぎなので」

「ずいぶんのんびりね」

雅代は朝六時に市場入りして小一時間ほどかけて仕入れてから店に来たという。

「ちなみに雅代さん、開店は何時です？」

「大女将と話して午前十一時から午後二時までにした。営業中は階段の脇に一階の店と仕切る衝《つい》立《たて》を置いて、門灯は点けずに扉の上にこれを掲げるつもりだけど、大丈夫よね？」

と鮨まさよの濃紺の暖簾を見せてくれた。洋風扉と暖簾の組み合わせには違和感しかないが、ここは承諾せざるを得ない。

「ええ、大丈夫です。よろしくお願いします」

ぺこりと会釈して一階に下りてきた。

もはや待ったなしだ。淳平が帰ったら即刻、間借りの件を伝えよう。腹を括《くく》った咲良は、昨日まとめた資源ゴミを町内の集積所に運び、玄関前と店内の掃除にかかった。

それが終わったらトイレットペーパーや消臭剤、トイレ洗剤のほか紙タオル、ラップ、クレンザーといった消耗品の在庫チェックをして足りないものは買いに走る。さらにビール、日本酒、ワインなど酒類を業者に発注。ほかにも花を生けたり、おしぼりを巻いて蒸したり、ＳＮＳを更新したり害虫を駆除したりと数限りなく雑用がある。これを臨月中もやるとなったらかなりきついだろうし、昼のバイトまではじめたら、どうなることか。

あたし、ちゃんと赤ちゃんを産めるだろうか。序盤の店内掃除まで終えたところでふと考え込んでいると淳平が帰ってきた。慌てて、おかえり、と声をかけたが、今日もぶすっとした顔でトロ箱と昨日のアクリルスタンドを付け場に運び入れている。

開店以来、淳平は市場から帰ってくると、いつも苛ついている。市場で何かあるんだろうか。開店当初に、仲買人からハズレ魚を掴まされた、と怒りながら帰ってきたことがあったが、それも関係してるんだろうか。

考えるほどに咲良まで苛ついてくるが、今日はそれどころじゃない。すぐに間借りの話をしないと淳平が二階の物音に気づく。

「話があるんだけど」

「ん？」

「今日、間借りの鮨屋が二階に開店する」

「鮨屋が間借り？　舐めてんのか」

　淳平が目を吊り上げた。一階の営業に差し支えるだろうが、といきり立っている。

「だけどお義母さんが契約しちゃったんだからしょうがないでしょう。あたしも驚いたけど、間借り代はうちに入れてくれるっていうし、あたしたちのためを思ってのことなのよ」

　義母の気持ちを伝えたものの、

「そんな大事なことを何で早く言わなかった」

「だって昨日は出掛けっぱなしで、酔っ払って帰ってきたじゃない」

　文句があるならお義母さんに言って、と突き放し、二階の鮨職人はお義父さんの知り合いらしいよ、と付け加えると、淳平は一瞬、戸惑い顔を見せてから、

「だったら勝手にやりゃいい！　おれはおれで気合いを入れるだけだ！」

　連帯保証人の義父母には抗えないと悟ったのか、間借り代が入るならと割り切ったのか、トロ箱から茶屋札を取りだしてアクリルスタンドにセットしはじめた。

　思った通り不穏な空気になってしまった。でも伝えることは伝えた、と消耗品の在庫チェックをはじめた直後に、

「おはようございます」

　雅代の声だった。咲良たちの言い合いに気づいて下りてきたのか、

「一昨日は、ご馳走さまでした。今日から二階に間借りする鮨職人の雅代です」

丸顔に笑みを浮かべて淳平に挨拶した。

淳平が言葉を失っている。慌てて咲良は、

「すみません雅代さん、主人にはいま間借りのことを話したところなんです。ちょうど市場から帰ってきたので」

と恐縮しながら伝えた。

「あらそうなの。淳平さん、今日は富山湾の鮋《かさご》がよかったでしょう。買えた？」

唐突な問いかけに、

「買えなかった」

淳平が仏頂面で答えた。

「そう、残念ね。さっき捌いたら脂の乗りもほどよくて、つまみでも握りでもいけそうなのよ。あと厚岸《あつけし》産の北寄貝《ほっきがい》もよかったけど」

「ホッキなんてあったかな」

「ここしばらく品薄だったけど、今日はけっこう大きいのがあってほっとしてるの」

「ふーん」

淳平はそっけなく応じて、じゃ、おれは仕込みがあるんで、と付け場に入ろうとする。すかさず雅代が引き留めるように、

「そういえば、あとであたし宛てに能登《のと》の漁師から魚が届くはずなの。イケてる魚だったらお裾分けしよっか」

ほっこり笑いかけた。

「いや、魚はあるんで」

淳平はそっけない態度を崩さない。たまらず咲良は口を挟んだ。

「失礼だよ淳平、せっかく雅代さんが気遣ってくれてるのに」

「冗談じゃない、どっちが失礼だ。よりによってパートのおばさん鮨と同居かよ」

「パートさんじゃないって、雅代さんはちゃんとした鮨職人さん」

「なんだよ、女の鮨職人って」

淳平が鼻で笑った。一昨日の意趣返しのつもりなのだろうが、雅代は穏やかに応じた。

「淳平さん、ひとつ大事なことを言っとくね。世界で一番料理してるのは女なの。最近は料理する主夫も増えつつあるけど、家族の胃袋を支えてるのは圧倒的に女だし、あなただってお母さんの料理で育った一人でしょ？　なのにプロの料理人には女が少ない。とりわけ鮨の世界では古い偏見で女を排除しがちな傾向がある。おかしいと思わない？　料理の世界に男も女もないの。困ってるときは同業者同士、助け合えばいい話じゃない」

違う？　と微笑みかけて、今日からよろしくお願いします、と丁寧に頭を下げて二階へ上がっていった。

こうして午前十一時になると、鮨ＫＯＳＨＯの洋風の店頭に、鮨まさよの和の暖簾が翻るようになった。

この見た目で果たして客が来るものだろうか。咲良としては気になって注目していたが、初日は一人、二日目は二人、三日目と四日目はそれぞれ四人の客がやってきた。店頭に祝い花を飾ったり、チラシを撒いたり、ＳＮＳにアップしたりといった宣伝活動は一切してないのに、意外にも客がやってくる。

どういうことだろう。これだけでも奇跡としか思えなかったが、五日目になってさらなる奇跡が起きた。午前十一時、雅代が暖簾を掲げると同時に五人の客が二階に上がっていった。そればかりか、その後も午後二時過ぎまでに十人以上の客が来店したのだ。

その勢いは六日目以降、さらに加速した。毎日少なくとも二十人近い客がやってくるようになり、満席で諦めて帰る客すらいる。ひっそり開店した間借り鮨が、まさか一週間そこそこで繁盛店さながらになるとは、閑古鳥が鳴きっぱなしの一階しか知らない咲良は信じられない思いだった。

そんな状況になっても雅代の仕事ぶりはそつがなかった。早朝に軽トラで魚を仕入れてくるなり仕込みに入り、午前十一時には階段脇に一階の店と仕切る衝立を立てて店頭に暖簾を掲げる。午後二時には暖簾と衝立を下げて、その一時間半後には、

「お先に失礼するわね」

と咲良と淳平に笑顔で挨拶し、大人げなく押し黙っている淳平をよそに軽トラを駆ってどこかへ帰っていく。まさに毎日判で押したような営業スタイルで、淳平が懸念していた一階の営業に差し支えることなどまるでない。

一方、一階の鮨ＫＯＳＨＯは、その後も閑古鳥と縁が切れていない。毎日の来店客はいまだに三人前後。多くても最高五人という有様で、一日二回転など夢のまた夢。もはや淳平の考えが変

わらなければ何も変わらない。

　事実、最高五人の日は地元医師会の鮨好きの医師四人のほか、スタート直前に白髪に白い口髭のおじさんが飛び込んできたのだが、新演出と新メニューで臨んだ淳平はまたもや空回りしていた。ＢＧＭのジャズに乗せてキャビアのジュンサイ水煮カクテルで乾杯させたあたりまでは医師たちも苦笑いしていたものの、見得を切って手渡された一貫目を口にするなり全員が白け顔になった。

　あとは淳平が何をやろうと医師たちは素知らぬ顔で雑談をはじめ、最後に富士山型ジェラートに信玄餅と黒蜜を散らしたデザートを出されると、そっくり残して憮然とした顔で帰っていった。白髪白髭のおじさんは最後まで黙々と食べて帰ったものの、芳しい反応は皆無で五人とも再訪など望めるわけがない。

　雅代に諭されて以来、淳平は雅代を無視してふて腐れ続けているが、二階の繁盛ぶりに気づかないわけがなく、日を追うごとに焦りの色を濃くしている。

　見かねた咲良は、ある朝、淳平が仕入れに出掛けた隙に店の二階に上がり、

「おはようございます、毎日大盛況ですね」

　明るく挨拶すると、早くも仕込みに勤《いそ》しんでいた雅代から、

「ごめんね、ここんとこお客さんがバタバタ出入りしてて。行列騒ぎになったら迷惑かけるから折を見て予約制にするね」

　恐縮顔で謝られた。

「迷惑だなんて、とんでもない。だけど、どんなお客さんが来てるんですか？」

興味津々で聞いてみた。

「最初はあたしの常連さんと、市場関係者から小耳に挟んだ人が覗きにくる程度だったのね。けど最近は、食べに来た人の口コミが地元に広がりはじめて一気に増えた感じかな」

「やっぱ雅代さんの鮨の力なんですね。うちの淳平はずっと拗《す》ねてて申し訳ないんですけど、一度、無理やりにでも雅代さんのお鮨を食べに連れてこようと思ってるんですよ」

意地になっちゃってる彼を変えないとどうしようもないし、と咲良の本音を伝えた。

「だったら大歓迎よ。どうせなら夜の営業を気にしないで食べてほしいから、大女将に許可を取って定休日に特別営業しちゃおっか」

「それは申し訳ないですよ、せっかくの定休日に」

「大丈夫。ほかのお客さんも入れてお金もちゃんともらうつもりだから、それならおたがい気兼ねがないでしょ。せっかく同じ建物で営業してる同士なんだから遠慮なしでいこ」

そこまで言ってくれた。

「すみません。じゃあ、お言葉に甘えて首に縄をつけてでも淳平を引っ張ってきます」

「あら嬉しい。もし嫌がったら、あたしも一緒に二階まで引っ張り上げてあげる」

雅代が縄を引く仕草をして丸顔を綻ばせた。

そんなやりとりに力を得て、その晩、咲良は店を閉めたところで、

「ねえ淳平、つぎの定休日、二人で雅代さんの鮨を食べにいこ」

さりげなく誘ってみた。なにしろ今夜も来店客は、中年の社長と得意先のお偉いさんという接待会食の二人だけだった。そんな貸切状態に気づいた中年社長は、これ幸いと淳平の演出などそ

っちのけで、お偉いさんに仕事の話を持ちかけはじめた。淳平から鮨を手渡されても、ぽいと長皿に置いたきり契約の駆け引きに夢中になっている。たまらず淳平が、

「おいしいうちにお召し上がりください」

と促すと、それが気に障ったのだろう。

「どれ、そろそろ行きますか」

お偉いさんがコースの途中で席を立った。慌てた中年社長が、失礼なこと言うな！　と淳平を怒鳴りつけ、お偉いさんに謝りながら金だけ払って帰っていった。

これには淳平も怒りに震えているだろう、と思いきや、付け場の隅で五分刈り頭を抱えてうなだれていた。無礼な客に何も言い返せなかった屈辱にまみれて打ちひしがれている。

そんな様子を見た咲良は、いまだ、とばかりに定休日の特別営業に誘ってみたのだが、淳平は黙り込んだままでいる。それでもたたみかけた。

「もう一度言うけど、せっかく雅代さんのお鮨に誘ってるんだから、返事ぐらいしてよ」

咲良が語気を強めると、

「なんでおれも行くんだ」

ぼそりと返された。

「なんでって、それはあなたが一番わかってるでしょう。あんな失礼な客に舐められちゃうのは、やっぱやり方が間違ってると思うの。東京の流行《はや》りは知らないけど、お客さんが喜ぶものって土地土地で違うし、昼夜の違いはあるにしても、一階と二階でこんなにお客さんの入りが違うなんておかしいでしょう。突然間借りした雅代さんの店に、どうしてお客さんが来るのか、二人で確

かめにいこうよ」

努めて冷静に諭したつもりだったが、淳平は俯いたまま抗う。

「やり方のせいじゃない、この土地の連中がまだ新感覚に追いつけてないだけだ」

「けどあたしには、どこが新感覚なのかわかんないし、わけわかんない新感覚にこだわってるうちにも赤字がどんどん膨らんでるの」

「そんなことはわかってる。だから咲良もガタガタ言わずに新演出や新メニューを考えろ」

「だからそうじゃなくて」

もはや理屈など通じない淳平に呆れ返った。こうなったら奥の手を使うしかない、と咲良は腹を決めて淳平に歩み寄り、

「赤ちゃんができたの」

病院でもらったエコー写真を見せた。

「マジかよ」

淳平が顔を上げた。

4

赤ちゃんの芽が細長い形に成長している。

二週間前、子宮の胎芽は毎日一ミリほど成長すると言われたが、甲府城跡の桜も開花した春たけなわの定休日の午前中、再び診察を受けるとその通り育っているそうで、

「心拍も確認できましたよ」

と医者から告げられた。

赤ちゃんの心臓が動いている。ようやく子を授かったと実感できた咲良にも春が訪れた気分だった。

つわりは軽いほうだと言われたものの、ないわけじゃない。咲良の場合は湯気が苦手になってきて、淳平が大釜で炊くご飯の湯気を嗅いだだけで気持ち悪くなる。それもあって炊飯中は付け場に入れなくなったばかりか炊き立てのご飯も食べられなくなり、ここにきてパンや麺類ばかり食べている。

ただ不思議なことに冷めた酢飯なら大丈夫とわかり、夜の営業後は残ったシャリと魚を賄いにして米好き心を満たしている。

その意味でも診察後は雅代の鮨を楽しみに店へ戻り、階段脇に置かれている衝立を退かして一階の店に入ると、

「どうだった?」

待ちかねたように淳平が聞く。

「もう心臓が動いてるって」

ほら、とエコー写真を見せた。

「おお、育ってる。男? 女?」

「性別がわかるのはもうちょい先」

「まあ男でも女でも元気で生まれてくれればどっちでもいいけど、大事にしないとな」

嬉しそうに言って咲良のお腹を愛《いと》おしそうに撫でてくれる。

妊娠を打ち明けて以来、淳平の当たりが急に柔らかくなった。妊婦にストレスを与えないようにしているのか、鮨まさよで食べる件もどうにか受け入れてくれて、今日は午後一時に二席空けてもらっている。いまは十二時半過ぎだが、二階からはたまに物音が聞こえてくる。まだ客は来店してないようだが、とりあえず一階で一服したところで、

「じゃ、いこっか」

咲良が先に階段を上がった。階段を踏み外しても支えられるよう淳平は後ろからついてくる。最近は母屋でもそうなのだが、こんな一面もあるんだ、と初めて気づかされた。

「いらっしゃい！」

やはり二階の店に先客はいなかった。定休日の特別営業が周知されてないのかもしれない、と雅代に申し訳なく思いながら、

「今日はありがとうございます」

改めて礼を言って、角皿と箸が置かれた二席に夫婦並んで腰を下ろした。

すかさず雅代がおしぼりを差しだし、

「じゃ、今日はおまかせでいくわね」

湯呑み酒もいくでしょ？　と早くも湯呑みに日本酒を注ぎはじめる。

「あ、あたしはお茶で」

慌てて制した。

「咲良さん、今日は昼酒も楽しんでほしいな」

「いえそれが」

淳平の顔を見て伺いを立てると、こくりとうなずいている。ちょっと照れ臭かったが、

「実は、まだ義父《ちち》と義母《はは》には内緒なんですけど赤ちゃんができちゃって」

さっき心拍も確認できました、と明かした。

「あらま、おめでとう！　だったらノンアルで乾杯しよっか」

雅代はノンアルコールビールを咲良の湯呑みに注ぎ、あたしも仕事中はノンアル主義だから、と自分の湯呑みにも注いで乾杯してくれると、

「そうだ、今日はおめでたの咲良さんにぴったりの魚があった」

にっこり笑って皮目を湯引きした白身魚を種箱から取りだし、つまみ用に二切れずつ切っておろし山葵を添えてくれた。

「これは千葉の竹岡の漁師が夜明け前に獲って送ってくれた真鯛。この時期は〝桜鯛〟って呼ばれてるんだけど、味わってみて」

笑顔で勧められて一切れ食べた咲良は、おいしい！　と頬を緩めた。

ぷるんと淡白な白身の旨みに、皮と身の合間にある脂の甘みが溶け合い、噛むほどに口中に幸せが広がる。淳平もそこそこいい真鯛を使っていると思っていたが物が違う。

そんな咲良に雅代も目を細め、

「同じ真鯛でも産卵前に栄養を蓄えた春先は、きれいなピンク色になって格別においしいの。だから桜鯛って呼ばれて縁起物になってるんだけど、咲良さんのおめでたい日でよかった」

と喜んでいる。隣では淳平が早くも二切れ目を口に運んでいる。同じように桜鯛に魅せられて

いると思うのだが、あえて感想は口にせず黙々と食べている。それを見た雅代が、

「これを獲った竹岡の漁師は、三十代の夫婦なのね。二人とも東京で働いてて漁師は未経験だったのに、結婚を機に奥さんが生まれ育った竹岡に移住して、夫婦で地元漁師のもとで修業して漁師になったの」

「へえ、夫婦で一から修業したんですか」

咲良が感心していると、

「でも、あなたたちだってすごいじゃない。淳平さんは鮨屋勤めだったけど、独立店を立ち上げるのは二人とも初めてだったんだから」

「それはそうですけど」

咲良は言葉を濁した。咲良たちも夫婦で店を立ち上げはしたが、竹岡の漁師夫婦のように生業にするには程遠い。それがわかっていながら、あえて励ましてくれたのかもしれないが、いまひとつ素直に受け取れないでいると、雅代は再び種箱を開け、

「じゃ、つぎは鮟鱇《あんこう》の肝。これは能登半島の漁師が送ってくれたのを蒸したんだけど、この時期の鮟肝はすごいの」

と長皿に盛りつけてくれた。咲良は早速、海のフォアグラとも呼ばれる鮟肝を口にした。まったりかつ濃厚な味わいに陶然としながら、思わず雅代に笑いかけた。

「いろんな漁師さんと付き合ってると、すごい鮟肝が手に入るんですね。甲府の市場なんかに行かなくても大丈夫じゃないですか」

「いや、それは違うわね。いまの時代、直取り引きも盛んだけど、地元の市場がなきゃ鮨屋はや

っていけないの。だって鮨って使う魚の種類が半端なく多いから、魚が獲れても獲れなくても全国の産地と連携して品揃えしてくれる人がいてこそ鮨屋は成り立ってるわけ。昔と違って海なし県の市場でも足繁く通っていれば、驚くような上物も買えるしね」

　雅代にとって漁師が直送してくれる魚は、あくまでもワンポイントリリーフだそうで、

「この噴火湾《ふんかわん》産の牡丹《ぼたん》海老も、けさ甲府の市場で買ったんだけど、ちょっと食べてみて」

と甘海老を丸々と太らせたようなフォルムの生牡丹海老の殻を剥《む》いて出してくれた。

すぐ食べてみると、とろっとした舌触りとぷりっとした食感とともに海老の甘みがふわりと立ち上がり、海の香りが鼻腔に抜けていく。桜鯛もそうだったが、これまた淳平が仕入れてくるものとは別物で、

「こんな牡丹海老が甲府で買えるんですね」

　感嘆の声を上げてしまった。

「そりゃ買えるわよ。久しぶりに会ったシゲさんもいろいろと助けてくれてるし」

「シゲさん？」

「あら知らない？　いろいろと縁が繋がってる人なんだけど、淳平さんは知ってるでしょ」

　相変わらず無言でいる淳平に問いかけると、

「え、まあ」

　他人事のような受け答えで妙な空気になってしまったが、雅代がまた問いかける。

「そういえば、あたしは毎朝六時に市場入りしてるんだけど、淳平さんは何時に行くの？」

「七時」

「ああ、だから会わないのね。でも七時でちゃんと仕入れられてるの？」

もちろん、と淳平がむっとしている。これには咲良も黙っていられず、

「ねえ淳平、せっかく雅代さんが特別営業してくれてるのに、いつまでふて腐れてんのよ」

いいかげんにして、となじった。それでも淳平は、ふて腐れてなんかない、と嘯く。

「だけど、いつも市場から帰ってくるとぶすっとしてるじゃない。市場で何かあるの？」

「何もない。てか今日はそんな話をしにきたんじゃない」

「そんな話ってことはないでしょう。雅代さんも言ってたけど、鮨屋にとって市場は命なんだし」

咲良もむっとして詰め寄ったそのとき、だれかが二階に上がってくる音がした。ほかの客が来たようだ。咲良が口をつぐむと、

「おう、しばらく」

男の声だった。その客を見て驚いた。先日、一階に来店した白髪白髭のおじさんだった。


「あら山藤さん、いらっしゃい」

雅代がにこやかに挨拶した。

どうやら例の雅代の常連らしく、すぐに雅代は角皿と箸を咲良の隣の席に並べ置き、まだ注文されていない湯呑み酒も差しだした。そこによいしょと腰を下ろした山藤は、

「何か切ってくれるか」

と言いながら湯呑み酒を口にした。

「はいよ」

雅代が二つ返事で種箱から桜鯛を取りだし、つまみに切りはじめた。

二人の息の合ったやりとりに見惚れていた咲良は、頃合いと見て山藤に声をかけた。

「先日は、ありがとうございました」

するとなぜか山藤は驚く様子もなく、

「こちらこそ世話になったね。今度の雅代の間借り先は高級鮨の二階って小耳に挟んだもんだから、まずは一階の店を訪ねてみたんだが、同居鮨ってのも粋なもんだねえ」

と目元を綻ばせている。このやりとりでようやく淳平も気づいたらしく、

「ご来店、ありがとうございました」

咲良越しにぎこちなく挨拶した。すかさず雅代が、

「山藤さんは根っからの鮨っ食いでね。もう何年も前から、あたしがどこに間借りしても、しつこく追いかけてくるうざい人なの」

軽口まじりに紹介してくれた。

願ってもないチャンスだと思った。鮨まさよに入れ揚げている山藤は、鮨ＫＯＳＨＯをどう感じたのか。雅代もいる席で率直な感想を聞きたくなってタイミングを窺っていると、

「ちなみに山藤さん、鮨ＫＯＳＨＯさんはどうだったの？」

雅代が先に聞いてくれた。

「ああ、そうだなあ」

山藤は湯呑み酒を口にして躊躇っている。雅代は三人の長皿に煮蛸を盛りつけながら、

「せっかくだから二人のために、うるさ型の意見を言ってあげてよ」

とたたみかけた。

「おいおい、うるさ型はないだろう」

山藤は苦笑いしたが、咲良も口を添えた。

「あたしもぜひ率直なご意見を伺いたいです。あたしたち、まだまだ新米なので」

すると山藤はふと考えてから、

「だったら、そうだな、長くなるから食べながら聞いてほしいんだが、率直に言えば、わしは二つの懸念を抱いた」

と前置きして湯呑み酒をぐいと流し込み、白い口髭を拭ってから言葉を繋いだ。

「まず一つ目は、おたくは高級鮨ってものを勘違いしてるんじゃないか、という懸念だ」

「やはり和洋折衷の内装はダメですか」

「いやそういうことじゃなく、おたくの店に入って最初に気になったのは音でね」

「音？」

思わぬ指摘に戸惑っていると山藤は続ける。

「例えば、種箱の蓋をバンと閉める。冷蔵庫にガタガタンと放り込む。ドアをバタンと閉める。さらにはパンッと手を叩いてから鮨を握り、食事中に声を張り上げ、余計なＢＧＭまで流す。とまあ、耳障りな雑音がのべつ幕なし響き渡っている。町鮨やチェーン鮨では、いまだに昭和の荒っぽい所作が粋だとする向きもなくはないが、仮にも高級を謳うからには、心地よい食事のためのあらゆる心遣いが欠かせない。早い話が、音への無神経さは、あらゆる無神経さに繋がるものなんだよね」

実際、魚の目利きや仕込みの適切さ、包丁の扱い方や酢締め昆布締めなどの塩梅《あんばい》、シャリの味つけや握りの技、さらには接客や会話の気遣いに至るまで。淳平にも咲良にも随所に無神経さが覗いていたという。

咲良は歯噛みした。率直な意見をとお願いしたとはいえ、かなりの手厳しさで、淳平も箸を止めて俯いている。それでも山藤は続ける。

「要は、とっておきの鮨を食べてもらうために、何事にも繊細な心遣いができるかどうか。そこがすべての肝になるんだが、残念ながらおたくの店は、うわべの高級しか見てないと思う。劇場型高級鮨ってやつが一部でもて囃されてることはわしも知っているし否定はしない。だが、あれはあくまでもその手の趣向を喜ぶ好事家《こうずか》のために生まれたもので鮨の本道ではない。少なくとも淳平くんにはその趣向を極める資質があるとは思えんのだが、あれはどこで覚えたのかね？」

淳平に問いかけた。これには淳平も答えざるを得なかったのか、

「東京を視察したらトレンドだったんで」

「ほう、東京でトレンドだったと。だが、わしも東京にいて思うんだが、あの大都会は何もかも雑多に呑み込んじまう、うわばみみたいなところだ。一部に流行《はや》ってるものがすべてじゃないと心しないと道を誤るんだよなあ」

淳平が拳を握り締めている。ぐいぐい詰め寄られて、ぐうの音も出せないでいる。

そんな様子を見守っていた雅代が、

「じゃあ、そろそろ握っていくわね」

場を和ませようとしてか、絶妙なタイミングで割って入った。それで山藤も察したのか、

「おお、すまんすまん。だったら素人の御託を並べるのはこのへんにして、雅代の鮨を堪能するとするか」

と気遣いを見せてくれたが、

「いえ山藤さん、ぜひ二つ目の懸念も聞かせてください」

咲良は懇願した。耳が痛くとも聞いておきたかった。

すると雅代がお櫃の蓋を開けながら、

「だったら食べながら聞いて。まずはさっきの桜鯛の昆布締めバージョンからいくね」

ほっこり微笑んで桜鯛を切りつけ、大事に握って三人の長皿に置いていく。

それならば、と咲良は真っ先に口に運んでまた頬を緩めた。つまみのときと違って、淡白な身に滋味深い昆布の旨みが加わることで脂が品よく抑えられ、赤シャリとの一体感を醸している。同じ桜鯛でも、こういう使い分けができるんだ、と目から鱗《うろこ》だったが、淳平も目を瞑って噛み締めている。

山藤もまた、うんうんとうなずきながら二杯目の湯呑み酒を口にすると、

「それでは、若女将のご要望に応えて二つ目の懸念も聞いてもらおう」

と再び咲良たちに向き直った。

「淳平くんにはまたきつい指摘になるかもしれんが、二つ目の懸念は仕入れだ。いま食べた桜鯛は素材自体のクオリティが高いからこそ、つまみにも握りにも底力を発揮できた。そんな上物をいかに仕入れ、いかに仕事を施して旨い鮨に仕立てるか。そこが鮨職人の腕の見せどころなんだ

が、一階で握ってもらった鮨は平均点こそ越えていたものの、残念ながらそれ以上の感動は呼ばなかった。なぜそうなったかといえば、仕入れに何か問題があったとしか思えないんだな」

　またしても歯に衣着せぬ言葉を投げてくる。

「いま食べた桜鯛は竹岡からの直送物だそうだが、直送物だろうと市場物だろうと、刮目《かつもく》に値する種が最低でも三、四品はあってしかるべきだし、高級鮨を謳うからにはなおさらだ。むろん、季節や漁場の天候にも左右されるから、すべて上物で揃えるのは無理にしても、結果的に平均点を大幅に越えていなければ世の鮨っ食いは納得しない。町鮨やチェーン鮨と高級鮨の一番の違いは、まさにそこにあるわけで、それだけの覚悟を持って仕入れに精進しなければ、看板に偽りあり、と誹《そし》られてても仕方ないと思う」

　そう断じて淳平と咲良の顔を交互に見やってからふと相好《そうごう》を崩し、

「なあんて追っかけ野郎がまた偉そうに語っちまったが、仕入れについては雅代に聞くほうが早いと思うが、その点、どうだろう？」

　つぎの小鰭を握っている雅代に問いかけた。ところが雅代は肩をすくめ、

「それはあたしが言うことじゃないわよ」

　と小鰭握りを三人の前に置いていく。仕入れについては、さっき淳平とやりとりしたばかりとあって、再び口を閉ざしてしまった淳平に配慮したのかもしれない。

「だったら、わしからもうひとつだけ御託を追加させてくれ。これは一つ目の懸念とも相通ずるんだが、淳平くんは直球勝負の本道から逃げてると思う。鮨屋は鮨自体が最大のパフォーマンスであって、変化球だけでは食べ手は感動させられない。淳平くんが雅代並みの資質を秘めてるこ

とは伝わってきただけに、それが残念でね。鮨以外のパフォーマンスに心を砕くより、ぜひ本道に立ち戻ってもらえると鮨っ食いとしては嬉しいなあ」

それだけ付け加えると、山藤は小鰭の握りを慈しむように頬張った。

そのとき、淳平が舌打ちするなり音を立てて席を立った。

「淳平！」

異変を感じて咲良が呼び止めたが、

「明日の準備がある」

淳平は低い声で告げるなり咲良に財布を押しつけ、ごちそうさん、と言い捨てて一階に下りていった。

5

翌朝の五時半過ぎ。咲良は一人で店の駐車場へ向かった。昨夜も泥酔して帰ってきた淳平はまだ寝ているが、起こすつもりはない。

ほどなくして、いまは甲府市郊外のマンスリーアパートで暮らしていると教えてくれた雅代が、約束通り軽トラでやってきた。

「おはよう！」

雅代が運転席から下りて助手席のドアを開けてくれた。

「すみません、昨日は取り乱しちゃって」

咲良は改めて謝りながら助手席に座った。

せっかく山藤が授けてくれた親身なアドバイスを足蹴にした淳平が許せなくて、あれから咲良は涙ながらに、

「本当に申し訳ありません！　あんな人じゃなかったのに」

と山藤と雅代に陳謝した。そんな咲良の狼狽えぶりを見かねた雅代が、

「ちょっと落ち着きなさい、お腹の子に障ったら大変よ」

付け場から出てきて静かに背中を撫でてくれた。そのやさしさに甘えるように、

「雅代さん、あたしを市場に連れてってください。淳平は市場で何かあったんです。それしか考えられないです」

なりふり構わず泣きついた。

こうなったら、あたしが行動して淳平に軌道修正させなければ子どもなど産めない。だからまずは市場で何があったか探りだし、雅代と山藤が懸念していた仕入れを立て直して、劇場型をやめさせなければ明日はない。

そう腹を括って雅代に縋りついたのだが、

「わかった、だったら明日一緒に市場へ行こ」

と二つ返事で受け入れてくれたのだった。

早速、車で十五分ほどの甲州公設市場へ向けて甲府市街を南下しはじめたところで、

「とりあえず今日は、仲買さんたちにあなたを紹介しながら探りを入れてみるつもりだけど、体調のほうは大丈夫？」

ハンドルを握る雅代に問われた。最近は葱《ねぎ》や大蒜《にんにく》の匂いも苦手になるなど微妙なのだが、

「大丈夫です、まだまだ元気ですから」

咲良は笑顔で答えてふと話を変えた。

「だけど昨日は、淳平の鮨について雅代さんの意見も聞きたかったです。雅代さんの言葉は、いまの淳平には響くはずだし」

ところが雅代は首を左右に振る。

「ごめんね。気持ちはわかるけど、あたしは間借りの立場だし、いま淳平さんに何か言っても反発されるだけだと思うの」

「だったら、あたしに教えてください。雅代さんに淳平の鮨はどう映ってるのか」

咲良が詰め寄ると雅代は仕方なさそうに、

「山藤さんが指摘した二つの懸念は、あたしも当たってると思った。それも踏まえて言わせてもらえば、淳平さんの鮨には愛がないの」

「愛？」

「そう。彼は鮨の技は身につけてる。でも、鮨って技だけじゃないの。愛を込めて鮨に接してないと、鮨を握る作業ができるだけの人、になっちゃうのね」

「具体的にはどういうことでしょう」

よくわからなくてさらに詰め寄ると、

「ごめんね、市場に着いちゃったから、またあとで」

雅代はそう言ってハンドルを切り、場内の駐車場に軽トラを駐めた。

初めて入った甲州公設市場には倉庫のような建物が三棟並んでいた。雅代はトロ箱を運ぶためのキャリーカートを引いて、水産仲卸売場と表示された一棟へさっさと歩いていく。

いい魚は取り合いになるから、と急ぐ雅代を追って水産仲卸売場に入ると、ピカピカに光る魚介を詰めたトロ箱を並べ置いた仲買店が軒を連ね、朝六時だというのに通路にはたくさんの買出人が行きかっている。

雅代は知った顔に出くわすたびに、

「あらおはよう！」

「昨日はありがと！」

などと声をかけながらどんどん歩いていく。行きかう人たちも気が急《せ》いているから、ときにぶつかりそうになる。お腹の子に注意しながら咲良も早足でついていくと、早くもお目当ての店に着いた雅代が手招きしている。

慌てて飛んでいくと待ちかねたように雅代が、店頭にいる若い茶髪の仲買人に、

「ケンちゃん、こちら鮨ＫＯＳＨＯの若女将、咲良さん。今日は市場の勉強にきたの」

と紹介してくれた。よろしくお願いします、と咲良が挨拶すると、

「ああ、コーショーさんね」

若い仲買人はそう呟くなり雅代に向き直り、

「今日は鯵《あじ》ヶ《が》沢《さわ》の鮃と伊《い》豆《ず》稲取《いなとり》の金目っすね」

と入荷状況を説明した。すかさず雅代は鮃と金目鯛を手で触って確かめ、

「両方ちょうだい」

値段は聞かずに交渉成立。間借りの雅代はツケ払いができないそうで言い値で現金払いした。魚は地元の店には配達してくれるそうだが、これまた間借りの雅代はキャリーカートにトロ箱を積んで、じゃ、と店を後にした。

咲良は若い仲買人の態度に違和感を覚えたものの、初顔だから仕方ないか、と思い直して雅代に続いた。

二軒目では店頭に、競りの番号札を帽子につけた店主がいた。ここでも雅代が紹介してくれたが、店主は咲良を一瞥《いちべつ》しただけで、雅代に鰺や鰯《いわし》、小鰭などの説明をはじめた。雅代はまた一尾ずつ手で触りながら選り分け、

「これだけお願い」

と言い値で現金払いして、再びキャリーを引いて歩きだした。早朝の仕入れは忙《せわ》しない。まさに早い者勝ちの即断即決が肝心だそうで、

「ただし、素人が勝手に魚を触っちゃダメよ」

と釘《くぎ》を刺された。触り方や手指の体温で傷んだり鮮度落ちしたりする魚もあるため、店との信頼関係がなければ手出しは禁物だという。

いろいろと勉強になる。心に留めてつぎの店へ行くと、今度はおばちゃん店員がいたが、おばちゃんも咲良を無視して奥の冷蔵庫から大ぶりな蛤《はまぐり》を持ってきた。雅代は重さと手触りを確認してから、

「もらうね」

またもや言い値で支払って店を離れたが、咲良は最後まで無視されたままだった。

挨拶の仕方が悪かったのかもしれない。続く四軒目ではトロ箱を整理している仲買人の傍《そば》までいって、鮨ＫＯＳＨＯの咲良といいます、と名乗って自己紹介したが、

「邪魔邪魔！」

と邪険に追い払われた。市場の人たちはみんな気が立っているのか、もはやどう対応していいかわからなくなっていると、

「じゃ、最後はシゲさんの店」

雅代は売場の奥にある他店の二倍近い大店《おおだな》、鮪専門の『重治《しげはる》商店』に入っていく。ここの店主がシゲさんだそうで、そういえば、いつか雅代が〝いろいろと縁が繋がってる〟と言っていた人だ。そのときは咲良はもちろん淳平もよく知らない様子で妙な空気になってしまったが、雅代にとっては特別な人なのだろう。

今度こそしくじれない。再び気を引き締めて店内に入ると、雅代は店の奥にいる小柄な年寄りに歩み寄り、

「シゲさん、こちら鮨ＫＯＳＨＯの若女将、咲良さん。今日は市場の勉強に連れてきたの」

と紹介してくれた。

「初めまして、咲良と申します」

緊張しながら挨拶すると、シゲさんはシミの浮いた禿《は》げ頭を撫でつけながら、

「ほう、岩《いわ》ちゃんとこの嫁さんかい」

初めてまともに応じてくれた。義父の名は岩男《いわお》だから親しい仲のようだ。ふつつかな嫁ですが、

と咲良がお辞儀をすると、

「咲良さん、ちょっとシゲさんと話があるから店の外で待ってて」

と雅代から告げられた。何を話すんだろう。気になったものの咲良は店の外に出て、仲買人たちのやりとりに耳を傾けながら待った。

朝の忙しい時間だというのに、雅代はシゲさんとしばらく話し込んでいた。やがてシゲさんに会釈して店頭に出てくると、同店の中年の仲買人に声をかけた。仲買人が冷蔵庫から黒鮪のブロック、腹上《はらかみ》一番と呼ばれる脂が乗った上質な部分を入れたトロ箱を持ってきた。その色合いと感触を確かめた雅代は、また値段を聞かずに買ってキャリーに積み、

「あとは青果部で大葉と胡瓜《きゅうり》を買ってから、朝ご飯にしよっか」

とキャリーを引いて歩きだした。


青果部での仕入れも終えたところで淳平の携帯に電話してみた。そろそろ七時になるから気になったのだが、応答はない。

まだ寝てるんだろうか。あるいはふて腐れて仕入れは諦めたのか。嫌な予感に駆られながらも雅代に導かれて市場の向かいにある場外食堂に入った。

ここは市場関係者のために早朝から開いている店だそうで、多種多彩な短冊メニューが壁に貼ってある。テーブル席に向かい合って座った雅代はカツ煮定食、咲良はラーメンを注文したところで、

「市場で仕入れるのって大変なんですね。あたしみたいな素人は煙たがられちゃって」

とため息をついた。あの仲買人たちを相手に毎朝魚を仕入れてるなんて、淳平が不機嫌になっ

て帰ってくるのもわからなくはない、とも言い添えた。

「それだけだと思う？」

　雅代に問い返された。意味がわからず首をかしげると、

「咲良さんは昨日〝淳平は市場で何かあったんです〟って言ってたけど、あたしも薄々、何かある気がしてたの。鮨職人の仕入れが朝七時なんて信じられないしね。けど勝手に聞いて歩くのも失礼だから、今日は咲良さんを紹介がてら仲買さんたちの反応を窺ってたら、やっぱあたしの勘は当たってた」

「どういうことでしょう」

「さっきシゲさんに聞いたら、咲良さんが煙たがられてた理由がわかったの。鮨屋相手に上物を売ってる仲買さんたちは、淳平さんを見限ったらしいのね。だから咲良さんも同類と見做《みな》して、あんな態度だったんだと思う」

　ますますわからなくて困惑しているとラーメンとカツ煮定食が運ばれてきた。雅代は箸を手にして味噌汁を啜ってから言葉を繋いだ。

「シゲさんはそもそも甲州公設市場の生き字引きみたいな人なんだけど、あなたのお義父さんとは長年親交があったのね」

　そこで義父は淳平が小学生になると、ときどき市場に連れていっては、こいつは将来店を継ぐって言ってくれてんだ、とシゲさんに嬉しそうに話していたという。

　そうした縁から淳平は、鮨ＫＯＳＨＯを開いた当初、雅代と同じ朝六時に市場入りして、岩男親方の跡継ぎ息子として上物を扱う仲買店に足を運んでいた。岩男親方が病に倒れたと知る仲買

人たちも最初は好意的に迎えてくれていたそうだが、一方の淳平ときたら実は仲買人との付き合い方をまるで知らなかった。

小学生時代は岩男親方の庇護《ひご》のもと遊び感覚で場内を駆け回っていただけだし、チェーン鮨時代は東京本部から直送されてくる魚を使っていたため市場には行かず、上物を扱う仲買店での仕入れのノウハウは皆無に等しかった。

そんな淳平の力量を仲買人たちが見抜くまでに時間はかからなかった。ほどなくして仲買人たちは、父親の威光を笠《かさ》に着て闊歩《かっぽ》する淳平を、素人同然のくせして勝手に魚を触りやがる、と揶揄しはじめた。鮨より猿芝居に入れ揚げる鮨ＫＯＳＨＯの悪評も伝わりはじめ、しょせん世間知らずのボンボンだ、と仲買人たちは淳平を相手にしなくなった。

当然ながらシゲさんも淳平の素人っぷりに呆れていた。いかに岩男親方と親交が深かろうと息子は別だ。淳平を戒める意味でも一度突き放すしかないと、あえて距離を置くようにした。

「でも誤解しないでね。けっして仲買さんたちが意地悪なわけじゃないの。上物は数が少ないから、仲買さんだって真っ当な鮨職人に売りたいじゃない」

カツ煮を頬張りながら雅代は言った。咲良はラーメンに手をつけないまま聞き返した。

「じゃあ淳平はどこで仕入れてるんでしょう」

「仲買店の中には上物よりも価格で勝負してる店もあるからね」

シゲさん関係を頼っても上物が買えないなら、そっちでもいい、と淳平は開き直り、鮨職人が仕入れに来る朝六時は避けて七時に市場へ行きはじめたんだろうという。

価格勝負の店でもそこそこいい魚は買えるし、七時過ぎればシゲさんは場外の事務所に移動してしまうから、顔を合わせてバツの悪い思いもしなくてすむ。

「でも、そんな淳平さんの動きはシゲさんも気づいてるそうなの。だからさっきも、岩ちゃんがあんなことになっちまったのに、いつまで甘えてやがんだ、って嘆いてた」

早い話がシゲさんは、淳平さえ変われば病床の岩男親方を励ますためにも力を貸したい、と考えている。なのに淳平は意地になって空回りを続けている。

「結局、鮨職人は自分の腕だけで握ってるんじゃないのよ。真っ当な仲買さんと真っ当に付き合ってなきゃ真っ当な鮨は握れない。だからさっき、淳平さんの鮨には愛がないって言ったけど、仲買さんには親愛の情を抱いて絆を大切にしてないと、鮨職人っていう仕事自体が成り立たないの」

「そっか、愛ってそういう意味なんですね」

「そう。愛なんて言葉を使うとクサいと思うかもしれないけど、こんな大事なことはないの。仲買さんのほかにも産地の漁師さんに向ける敬愛。魚を大事に扱う慈愛。昔ながらの仕事を忘れない愛着。そして何よりお客さんに注ぐ愛情。鮨に関わるあらゆる人や物や事に愛を忘れずにいれば、鮨に向き合う姿勢もおのずと変わってくるし、町鮨だろうと高級鮨だろうと多くの鮨好きから愛されるようになる。なのに、いまの淳平さんは愛より形から入ろうとするから、山藤さんが言う〝うわべの高級〟になっちゃってる。それじゃ仲買さんだってお客さんだって引いちゃうわよね。だから」

言葉を止めて咲良の目を見つめ、

「だから淳平さんには、そうしたすべての思いを込めた一貫を握って、あたしがいつも心がけているように、おいしくいってらっしゃい、って念じてお客さんに出してほしいの」

わかるわよね、と雅代は念押しすると残りのカツ煮を平らげた。

咲良は恥ずかしくなった。淳平は鮨への愛がないゆえに迷走している。それってあたしも同じじゃないか、と気づいたからだ。あたしも若女将として愛の心で鮨に向き合っていただろうか。このままじゃ店が潰れる、と怯《おび》えて淳平に責任転嫁していただけじゃないのか。

市場のこと。仲買人のこと。魚のこと。昔ながらの仕事のこと。音のこと。店の空気感のこと。そして何より鮨好きな人のこと。鮨に関するすべてに精通して、鮨への愛に満ちた店作りをしていく。それこそが女将の役割りであって、経営状態に一喜一憂しているだけじゃ何も変わらない。まずはあたしから変わる。淳平にも自分から変わってもらう。それでこそあたしたち夫婦にも家族にも幸せな明日が訪れる。

うん、そうなんだ。そういうことなんだ。

いま初めて何かが見えてきた気がして宙を見つめて思いをめぐらせていると、

「さ、そろそろ行かないと」

と雅代に促された。我に返った咲良は、手つかずのまま伸びてしまったラーメンを急いで啜りはじめた。

場内の駐車場に戻ったときには朝八時近くになっていた。

淳平はどうしたのか。ちゃんと市場に来て仕入れられたんだろうか。

また心配になって淳平の携帯に電話を入れたが、やはり応答がない。もう一度、水産仲卸売場に行ってみようか。そうも思ったが、雅代には仕込みがあるから店に戻らなければならない。仕方なく〝今日は休業します！　連絡ちょうだい！〟と強めのメッセージを淳平に送信して軽トラの助手席に座ると、

「淳平さん、市場に来てるの？」

　雅代に聞かれた。さすがに察したようだ。

「ゆうべ飲み過ぎてまだ来てないみたいだから、こうなったら再休業するしかないです」

「やっぱ山藤さんの言葉、きつすぎた？」

「とんでもない。あそこまで言ってくださった翌日に市場に来ないなんてあんまりです。ここはあたしが腹を括って、しばらく再休業して出直そうと決めました」

「それは思いきった決断ね」

「ていうか、そうしなきゃ立ち直れないし」

　自虐も込めて言い添えた咲良は、ふと仕入れのときに抱いた疑問を思い出した。

「そういえば雅代さん、さっき値段を聞かないで買いましたよね。あれって仕入れのテクニックなんですか？」

「ていうか、値段は見ない、聞かない、値切らないって決めてるの。それぐらいの気合いで臨まなきゃ上物は買えないし」

「それで商売になるんですか？」

「真っ当な高級鮨店ほど、年間均《なら》してそこそこ利益が上がれば御《おん》の字、って腹を括って商売してるのよ。だから必然的に売り値も高くなるんだけど、ただ、あたしの場合は間借りで人も雇って

ないでしょ。気ままに一人で、のほほんと笑いながら上等な鮨を握って生きていく。そんな人生を選んだから高級鮨店よりも値段を抑えられるの」

　言われてみれば特別営業の鮨まさよは鮨ＫＯＳＨＯの半値以下だった。町鮨やチェーン鮨よりは高めだったものの、雅代が言う上等な鮨があの値段ならむしろ安い。

「もちろん、店を構えて家族や従業員を使ってる人はそれなりの高値でやっていいと思う。でも、世の中には値段ばっかり立派な高級鮨店も多いから腹が立つけどね」

　最後はちくりと鮨ＫＯＳＨＯを皮肉られた気がして身を竦《すく》めてしまったが、雅代の潔い姿勢には心洗われる思いがした。

　いずれにしても、これからが正念場だ。自分を鼓舞しながら店の駐車場に戻ってくると、まだ義父のワゴン車が置いてあった。どうしちゃったんだろう。咲良が訝っていると、

「じゃ、今日も頑張ろうね」

　雅代がぽんと肩を叩いてくれて、軽トラからトロ箱を下ろして二階の店へ運んでいった。

　咲良はいったん母屋の二階に戻って寝室を覗いてみた。淳平はいなかった。タクシーで市場へ向かったんだろうか。その可能性もあるから朝九時までは待ってみよう。そう決めて再び店に行って掃除をはじめたが、結局、九時を回っても淳平は帰ってこなかった。

　それで踏ん切りがついた咲良は、すぐさま今日の予約客二人に電話を入れた。電話番号は予約時に聞いている。

「申し訳ありません、当店は諸事情により当面休業します。ついては当日キャンセルのお詫びに再開店の際は無料でご招待しますので、どうかご容赦のほどお願いいたします」

丁重に謝罪した。それでも予約客からは、大事な人を連れてく予定だったんだ、二度と行くか、と罵られて電話を切られた。

続けて明日以降の予約客にも平謝りの電話を入れ、出なければ留守電を残した。大方の予約客は黙って受け入れてくれたが、怒られたり捨て台詞を吐かれたりもした。でも悪いのはこっちだ。咲良は真摯に謝り続けた。

店の掃除を終えたところで再び母屋に戻り、一階のインターホンを押した。

「ちょっと話があるんですが」

「あらどうしたの？」

義母は今日も朝から介護に追われていたようだが、手を休めてリビングに上げてくれた。

「すみません、忙しいところ」

「いいのいいの、夫とは五十音ボードでしか話せないから、たまには人の声を聞きたいし」

義母は笑いながらお茶を淹れてくれた。咲良は緊張しながら座卓に着いてお茶を啜り、意を決して切りだした。

「実は、急な話で申し訳ないんですが、今日からしばらく再休業します」

義母は黙っている。もっと驚かれると思ったのだが、先を促すように口を閉ざしている。

咲良は背筋を伸ばして座り直し、昨日、雅代の常連から本音をぶつけられたこと。その指摘に打ちのめされて淳平が飲んだくれていたこと。そして、けさは仕入れを放りだしていなくなったことまで、そっくり打ち明けた。

「正直、ショックでした。でも、けさ初めて雅代さんと市場めぐりをして、あたしにも責任の一端があると気づきました。だから、あたしが動いて店を変えるしかない、と腹を括って勝手ながら再休業を決めました」

申し訳ありません、と謝った。ところが義母は淡々とした口調で、

「ちなみに咲良さんは、どう店を変えたいと思ってるの？」

と問い返してきた。答えはひとつしかない。

「鮨まさよのような、鮨への愛に溢れた〝上等な鮨〟が食べられる店にしたいです」

といっても言うは易《やす》しで、どうすればそんな店に変えられるのかわからなかったのだが、さっき店を掃除していたとき、雅代から聞いた話を思い出した。昨日食べた桜鯛を送ってくれた竹岡の漁師夫婦は、二人で一から修業して漁師になったという。だったらあたしたち夫婦も修業し直すべきじゃないのか、と。

「でも、どこで修業し直すの？」

「許されるなら雅代さんのもとで。けさみたいに仕入れに同行して、店に戻ったら店内を整えて、昼営業の接客をして後片付けまで。いつも笑顔で鮨に愛を注いでいる雅代さんに密着して、もっと自分を磨きたいと思うんです。ただ、ひとつ心配なのは、雅代さんはいつまで間借りしてくれるんでしょうか？」

すると義母は白髪のほつれを直しながら、

「最低でも半年っていう約束だけど」

「だったらすぐ修業をお願いしてみます」

「ていうことは淳平も雅代さんのもとで？」

「彼の再修業先は彼に見つけてもらいます。お義父さんが懇意にしてた町鮨でもいいし」

夫婦ともに修業に入ると生活費や借金返済の問題にも直面する。それでも、改装オープン以来の赤字に歯止めをかけて、手元に残った運転資金をやりくりすれば三か月、いや歯を食い縛れば半年ぐらいは修業に費やせる。

「残された時間は少ないですけど、あたしも当事者意識を持ってお店を再生したいんです。そうでなければ、お腹の子に申し訳ないし」

「お腹の子？」

義母が目を瞬かせている。勢い余ってつい口走ってしまった。

「あ、すみません、実は安定期に入ってからお伝えしようと思ってたんですけど」

「あらそうだったの」

義母は一転して相好を崩し、おめでとう、あとでうちの人にも伝えとくわね、と嬉しそうに微笑むと、改めて咲良を見据えた。

「あなたの覚悟、わかりました。そこまで考えてるなら、お腹の子に気をつけながら頑張ってちょうだい。ここだけの話、お店って店主も大事だけど、最後は女将の覚悟で決まるものなの。うちの人とあたしも、あと半年や一年なら持ち堪えられると思うから、淳平の尻を叩きながら再出発してちょうだい」

6

鮨まさよの昼営業が終わるのを待って咲良は二階に上がった。

雅代は洗いものをしていたが、すみません、と手を止めてもらい、

「大女将に了承してもらったので、一階の店は今日から当面休業します」

改めて報告した。

「ごめんね、山藤さんと二人で勝手なことばかり言っちゃって」

「とんでもないです。雅代さんと山藤さんから指摘されて、さすがの淳平も、いつまでも意地を張ってて劇場型をやってても先はないと悟ったと思うんです。だからあたしとしては、いったん仕切り直して夫婦二人で出直そうと」

「そっか、そこまで腹を括ったんなら、そのほうがいいと思うし、あたしも応援する」

「ありがとうございます。義母に聞いた話だと、雅代さんは最低でも半年は間借りしてくれるんですよね」

「そう約束したけど」

「でしたら、雅代さんが間借りしてるうちは修業させてくれませんか？」

明日以降も毎朝の市場通いから後片付けまで。雅代に一日張りついて自分を磨きたい、と伝えると、思わぬ言葉が返ってきた。

「だったら明日から来てちょうだい。些少《さしょう》ながら給料も払うから」

「いえ、給料なんて」

「でも、お客さんからお代をいただく場で働くんだから無給ってわけにはいかないし。うちで修業したいんなら、それが条件」

どうする？　と問われた。雅代としては、多少なりとも家計の足しに、という配慮だろうから、意地になって断るのも失礼な気がする。

「わかりました。ありがとうございます」

ここは素直に礼を言うと、

「ちなみに淳平さんはどうするの？」

義母と同じことを聞く。もしよかったら淳平さんもうちで再修業してもらってもかまわないし、とも言ってくれた。

「すみません、勝手なことばっかりしてる淳平なんかのために。あんな夫でも雅代さんと山藤さんの指摘にはショックを受けて、本気で悩んでると思うんです。だから連絡がついたらそれも含めて話し合ってみます」

恐縮しながら現状を伝えるなり、

「わかった。だったらシゲさんにもそう伝えとく」

雅代がまたぽんと肩を叩いてくれた。

どこまでもやさしい気遣いに励まされて、早速、〝鮨ＫＯＳＨＯは当面休業します〟と書いた紙を門灯の上に貼りつけて正式に休業を表明し、同じ文面に〝二階の鮨まさよは通常通り営業します〟とも書き添えた。

淳平から電話がきたのは、その直後だった。

「はい」

硬い声で応答した。

「すまん、店を投げだしちまって」

掠《かす》れた声で謝られた。何よいまさら、と腹が立ったが、怒りを堪えて咲良は問い質した。

「いまどこ？」

「東京」

「やだ、また劇場型の視察？」

呆れて声を尖《とが》らせた。

「そうじゃない。雅代さんの鮨と山藤さんの指摘が刺さったんで、もう一度、東京の鮨を食べ直してみようと思って」

高級鮨はもちろん鮨好きが集まっている東京中の鮨屋を食べ歩き、クレジットカードの限度額になったら帰るという。

「限度額って、そんなにお金使ってるの？」

「だって、いまそれをやらなかったらおれたち終わりだし」

いつにない危機感に駆られて、予約が取れない有名店では営業後に親方の出待ちもしているという。親方と話せたら窮状を訴え、雑用でも何でもやるから短期修業させてほしい、と直談判するつもりだそうで、

「そんなのに応じる親方なんているの？」

「わからない。でもとにかくカード限度額を超えるまでは食べ歩きと出待ちを続ける」

咲良は奥歯を噛み締めた。まさかそんなことをやっていようとは思わなかった。

「んもう、勝手なことしないでよ。東京でお金遣えば打開策が見つかるなんて、そんなのおかしいし」

「だけど、いま再休業するなんてお袋に言ったら黙っちゃいないだろう。だから打開策を見つけてから再休業しようと思って」

「再休業だったらもうしちゃった。予約は全部キャンセルして、お義母さんにも話して、いま貼り紙したとこ」

「マジか」

「いまさら驚かないでよ。淳平に投げだされたら休業せざるを得ないじゃない。だからあたし、明日から鮨まさよで修業する」

「は？」

「飲んだくれて仕事放棄した夫を頼るのはやめて、あたしはあたしで女将修業する。だからあなたもカードの無駄遣いなんかやめて帰ってきて。いまやるべきことは、もっと愛のある鮨を握れるように仕入れから何から全面的に見直すことなの。それができないなら、あたしにも考えがある」

わかった？　と威嚇すると、

「わ、わかった、なるだけ早く帰る」

「なるだけじゃなくて、すぐ帰ってきて。あなたはもうじきお父さんになるんだからね」

そう付け加えると、淳平は無言のまま電話を切った。

そんな夫に苛つきながらも、翌日はまた朝から雅代と市場へ向かった。今日からは給料をもらう見習いの立場とあって緊張したが、場内の駐車場に着いたところで、

「まずはシゲさんに報告しよっか」

雅代から告げられた。その足で買出人たちをよけながら重治商店に行って、咲良の口からシゲさんに鮨ＫＯＳＨＯの当面休業と、雅代さんの店で修業する旨を伝えた。

「ほう、そりゃ大変だねえ」

シゲさんは醒めた顔で言って周囲を見回し、そういや淳平は？　と聞く。

「実は視察の旅に出ちゃってまして」

改めてご挨拶に伺います、と釈明すると、シゲさんは釈然としない面持ちで、

「まあ頑張んなよ」

と言ってくれたものの、ぎくしゃくした空気は最後まで変わらなかった。

さすがにめげそうになったが、時間をかけて認めてもらうしかない。ほかの仲買店でも同じように報告しながら雅代の仕入れ方をしっかり見て学び、場外食堂で腹ごしらえしてから店に戻ってきた。

「じゃ、あたしは仕込みに入るから、咲良さんは営業の一時間前にまた来てちょうだい」

「いえ、あの、仕込みも手伝わせてください。魚以外のことは何でもやりますから」

「それはありがたいけど、体は大丈夫？」

「大丈夫です」

きっぱり答え、雅代が用意してくれた和食白衣姿で初日から午後三時までみっちり仕事に励んだが、昼営業の忙しさには仰天した。
なにしろ三時間で客が三回転もするのだ。チェーン鮨でバイトしたときは接客スタッフが何人もいたし、鮨ＫＯＳＨＯは客が少なかっただけに、初めてのことに大わらわだった。これを雅代は鮨を握りながらこなしていたのだから、まさにスーパー鮨職人だ。敬意を新たにしつつ、心地よい疲労感と充実感に包まれて一日を終えた。

こうして最初の三日間は瞬く間に過ぎ、この修業を三か月も続ければ、きっとあたしは変われる。そんな希望の光も見えてきたが、ただ、ひとつ予想外のことが起きた。
すぐ帰ってくるはずの淳平が、三日経っても帰ってこないのだ。たまらず四日目の今日は市場に着いてすぐ電話してみたが、呼出音が虚《むな》しく鳴るばかりだった。

何かあったんだろうか。あるいは、あたしとお腹の子を残して逃げちゃったのか。

いいかげん苛つきながら混み合った場内の通路に入ったところで、ドンッとだれかにぶつかった。その瞬間、下腹部に痛みが走り、ヤバっとお腹を抱えてうずくまった。ぶつかった相手はどこかへ行ってしまったが、
「咲良さん！」

気づいた雅代が駆け寄ってきた。そのまま駐車場まで連れていかれ、軽トラに乗せられるなり市場を飛びだした。

ほどなくして救急病院に到着した。

すでにお腹の痛みは鎮まり、子宮からの出血もなかったものの、大丈夫だろうか。流産とかじゃないのか。不安はまだ拭えなかったが、救急外来の当直医からは、

「大丈夫だとは思いますが、念のため病室で安静にして、産婦人科医が出勤したら詳しく診てもらってください」

と指示された。とりあえずほっとして雅代には市場へ戻ってもらい、病室のベッドで寝ていると義母が駆けつけてきた。雅代から連絡をもらったそうで、

「頑張るのはいいけど、無理しないでよ」

と手を握り締めてくれた。

結果的には産婦人科医の診断も、流産の心配はないから明日まで自宅で安静にしていてください、というもので、義母とタクシーで帰宅して母屋二階のベッドで横になった。

そのまましばらくごろごろしていたが、午後になって突如、だれかが玄関を開けて入ってきた。驚いてリビングを覗くと淳平がいた。

「何よ、いま頃」

「ごめん、大丈夫だったか？」

義母から電話があって特急電車に飛び乗ったという。

「あたしだって朝イチで電話したのに」

咲良がなじると、

「だからごめんって言ってるだろう。それよかお腹は？」

「明日まで寝てれば大丈夫だって」

途端に淳平は安堵の色を浮かべ、

「実はおれも大変だったんだよ」

急に言い訳をはじめた。

あれこれ長々と語られたものの、簡単にまとめれば、いくら東京で食べ歩いても先が見えず、出待ちして会えた有名親方からは、地元に店があるなら店で努力しなさい、と諭され、日々鬱屈が溜まるばかりで帰るに帰れないまま悶々《もんもん》としているうちに三日間が過ぎた。ということらしいが、冗談じゃない。

時計を見ると午後二時半。今日は結果的に一人営業になった雅代は後片付け中のはずだ。

「ちょっと来て」

咲良は淳平の腕を引っ張り、店の二階へ連れていった。

「あら淳平さん、帰ってきたのね」

後片付けに追われていた雅代が笑いかけると、

「今日は咲良がお世話になりました」

淳平が取ってつけたような謝辞を返した。これにはかちんときた。

「何よいまさら他人事みたいに！」

咲良は声を荒らげ、雅代のもとで修業をはじめたこと、淳平がシゲさんから見放された理由を聞いたこと、そして淳平の鮨には愛がないと雅代に言われたことまで捲《まく》し立てた。

「なのに淳平ったら、いつまで東京なんかにこだわってんのよ。あたしたちはもう待ったなしなの」

「けど」

「けどじゃない！　いま出直さなきゃ、あたしたち本当におしまいなの。こうなったらあなたも一緒に修業し直して！　雅代さんに、修業させてください、ってお願いして！」

淳平が下を向いた。この期《ご》に及んでまだ逡巡している。

「もう迷ってる時間なんてないの！　このままじゃ、この子は生まれてきても不幸になるだけ！　いまあなたが目を覚まさなかったら、この子に顔向けできなくなる！」

お腹を押さえて涙声をぶつけた。


母屋二階の寝室に戻った咲良は、ベッドに横たわるなり自己嫌悪に陥った。

自分でも驚くほど激しい怒りを爆発させたことで、その剣幕にたじろいだ淳平は、瞬時にして血迷った自意識を断ち切ってくれたのだろう。引き攣《つ》らせた顔をゆっくり上げたかと思うと、

「修業させてください」

静かに雅代に頭を下げた。その目には新たな意志が宿っていた。それは黙って見守っていた雅代にも伝わったようで、雅代はひとつ息をついてから無言でこくりとうなずき、やさしく受け入れてくれた。

それはそれでよかったのだが、咲良としては我を忘れて取り乱してしまった自分が疎ましかった。それでなくても妊婦にストレスは大敵だ。この子に悪い影響はなかったろうか。もっと穏やかに諭せなかったものか。一人ベッドで振り返るほどに自分が許せなくなって、また涙がこみ上げてきた。

ごめんね、本当にごめんね。お腹をさすりながら一人泣き濡れているうちに、いつしかそのまま眠りに落ちてしまった。

目覚めたときには夜の帳《とばり》が下りていた。窓からは、ほのかな月明かりが射している。

淳平はどうしたろう。あのあと咲良は、雅代の店に淳平を残してさっさと寝室に戻ってきたのだが、また飲みに出掛けたんだろうか。

嫌な予感に駆られてリビングを覗いてみると、ソファで背中を丸めて寝ていた。淳平は淳平で疲れたのだろう。咲良はそっとドアを閉め、またベッドに潜り込んだ。

再び目覚めたのは翌朝の五時過ぎだった。すぐリビングに出てみると、すでに淳平は起きていた。

「おはよう。お腹、大丈夫か？」

昨日とは一転、気遣いながら白湯《さゆ》を淹れてくれた。ちょっと気まずかったが、黙って白湯を飲み終えたところで淳平から、

「今日からは咲良の体調を考えて、おれと雅代さんで仕入れに行く」

と告げられた。あれから雅代と二人で話し合い、咲良の修業は出産に備えて営業前の準備と接客だけと決めたそうで、

「咲良には心配ばかりかけて申し訳なかった。もう迷いはないから安心してくれ」

吹っ切れた顔で詫びを入れられた。

今後は、朝は雅代と淳平が市場へ行き、店に戻ったら仕込みに入り、咲良は営業前の準備。営業中は淳平が雅代をアシストして咲良は接客し、営業後は再び雅代と淳平だけで後片付け。そん

な流れで進めることになった。

淳平としては、営業中は二番手で握りたかったようだが、それは修業の様子を見ながら考える、と雅代から言われたという。給料については淳平も辞退したそうだが、

「あたしも昔はみんなに助けてもらったの」

苦しいときはおたがいさま、と諭されたという。

こうして再び淳平は朝から義父のワゴン車で市場へ向かい、雅代と落ち合って仕入れてくるのがルーティンになったが、咲良は正直、上物を扱う仲買人たちの当たりが気になった。咲良のように無視されたり追い払われたりして、また淳平が拗ねてしまわないか。修業初日から心配だったが、結果的には杞憂《きゆう》だった。

雅代の話では、淳平は初日早々仲買人たちにかつての非礼を謝罪して回ったという。加えて淳平と咲良の覚悟を雅代がシゲさんに伝えてくれたそうで、思ったよりはすんなり出入りできたようだ。

それでも鮨職人としての信頼を取り戻すには時間がかかるだけに、

「プロ対プロの仕事は、日々の積み重ねがすべてなの。心して通わないと次回はないから、それだけは忘れないで」

と雅代から言い含められたそうで、以来、淳平は仲買人はもちろん雅代に対しても、はい！　はい！　と素直に応じ、目の色を変えて喰らいついているという。

こうして瞬く間の二週間が過ぎた。その後も夫婦それぞれのルーティンは変わることなく、淳平もまた仕入れに仕込み、昼営業に後片付け、と全力を尽くしてきたが、そんなある日の営業後、

夫婦で雅代に呼ばれた。

「明日から淳平さんは二番手で握って」

さらりと告げられた。淳平は一瞬、言葉に詰まってから、

「ありがとうございます！」

深々と腰を折った。こんなに早く二番手をまかされるとは咲良もびっくりしたが、

「仲買さんたちと早くも雪解けが見えてきたから、握ってもいい頃合いだと思ったの」

と雅代から説明された。わずか二週間ながら、淳平が変わったことで仲買人たちとの距離が縮まってきた。いまや雅代に代わって魚を選り分けても咎められないばかりか、店の前を通りかかれば挨拶を交わし合い、帳場の女将とも談笑できるまでになったそうで、

「そういう仲になれた相手から仕入れた魚って、仕込むにしても握るにしても気持ちの込め方が違ってくるでしょ」

そこが大事なの、と雅代は強調する。仲買人に親愛の情を抱き、絆を大切にすることも鮨への愛だ、と以前言われたが、その言葉を改めて実感させられる。

事実、ここ最近の淳平の仕込みは以前とまるで違う。数多ある魚を慈しむように手にして、鮮度落ちしないよう手早くかつ美しくおろしていく姿を見ていると惚《ほ》れ直してしまう。

二番手を許されてからの握りっぷりも、一貫に込める気合いといい丁寧さといい、余計な音を立てないことも含めて、せかせかと慌ただしく握っていた頃とは別人のようだ。雅代から教わっている様子はとくになかったのに、見習いとは文字通り親方の仕事ぶりを見て習うこと。雅代が言っていた〝おいしくいってらっしゃい〟の心が宿りはじめている。

雅代のすごさは、こんなところにもある。改めて咲良が感じ入っているうちにもさらに二週間が過ぎ、鮨まさよの常連たちも淳平の握りに目を留めはじめた。そんなある日の仕事終わりに、雅代から思わぬ提案をされた。

「明日は定休日だから、いまから泊まりがけで東京に行かない？」

7

母屋二階の自宅に戻って洗面用具とパジャマをリュックに詰めた。

東京で何をするかはまだ教えてもらっていない。ただ、ふだん着で大丈夫と言われたから、夫婦ともにラフな服装のまま母屋の一階に下り、義父のワゴン車を借りて東京へ行ってくる、と義母に伝えた。すると義母から、

「いまお父さんが起きてるから、ちょっと上がって」

と促され、二人で義父を見舞った。咲良は先週も見舞ったのだが、ここにきて肌つやがよくなってきた気がする。

「お元気そうですね。お義父さんの甲州握り、また食べたいです」

咲良が笑顔で声をかけると、義父は皺《しわ》だらけの指先で五十音ボードをなぞり、

『じ ゅ ん ぺ い の し ゅ ぎ ょ う よ ろ し く』

と返してきた。義母から再修業に至った経緯を聞いたらしく、これには淳平が神妙な面持ちで、

「親父、再修業が終わったら店を再開するから、もうちょい待っててくれるかな」

と伝えると義父はまた指先を動かし、

『が ん ば れ か あ さ ん と お う え ん し て る』

目元を微かに綻ばせた。

義父の励ましに力を得て、店で待っていた雅代とワゴン車に乗って東京へ出発した。

ハンドルは淳平が握り、雅代のナビで中央高速から首都高に入って二時間。夕暮れどきの羽田インターチェンジで下道に降りた。

羽田といえば空港しか知らなかったが、そこは民家や町工場が並ぶ下町で、途中、スーパーに立ち寄って雅代が買い物をしてから狭い路地に入り、古びた木造二階家の前で止まった。

ここは雅代の生家で、かつて亡き父親が鮨屋を営んでいたそうで、玄関を入ると当時の付け台を利用した台所があった。

「とりあえず二人は一服してて」

雅代はそう言って台所に入り、昼の営業で残った魚とスーパーで買った食材や調味料を使って、鮃のカルパッチョと鮪の叉焼《チャーシュー》、北海道のラーメンサラダを模した欧風カッペリーニサラダを手早く作ってくれた。

こんな料理も作れるんだ。雅代の新たな一面を垣間見た気がして惚れ惚れしていると、

「今夜はゆっくり飲み会しよ。明日は早起きして豊洲市場へ行くから」

雅代が初めて東京に来た目的を明かしてくれて、咲良にはノンアルビール、淳平と自分には白ワインを注いだ。

そうと聞いた淳平がワインを口にしながら、

「正直、ほっとしました。おれ、雅代さんから東京に行くって言われたとき、東京にはいい思い出がないから冷や汗かいてたんですよ」

と照れ笑いしてから居住まいを正し、

「ちょっとマジな話になるんですけど、おれが去年、初めて東京視察にやってきたのは康介先輩に誘われたからなんですよね」

唐突に打ち明け話をはじめた。

康介先輩とは、雅代が鮨ＫＯＳＨＯに初来店した日にキャバ嬢を同伴してきた強面の小太り男だ。その彼が去年の秋口、父親の工務店を継いで二代目社長になった直後に、満開鮨で働いていた淳平に突然、

「なあ、淳平も親父さんの店継ぐんだって？」

と電話をかけてきたという。

「いえ、すぐは無理なんで、もうしばらく満開鮨の世話になって来年あたり継ごうかと」

「しかし淳平、いまどき昔ながらの町鮨を継いだって、競争の激しい甲府じゃ生き残れねえぞ。これからやるなら高級鮨だ。何なら一度、東京の馴染みの店に連れてってやるよ」

と誘ってくれた。その誘いに乗って、この際、見聞を広めよう、とついていった先が西麻布の一人五万円の劇場型高級鮨で、その奇想天外な演出と接客に淳平は仰天した。こんな店もありなんだ、と度肝を抜かれていると、

「まだこういう店は甲府にはねえから、鮨甲将もこの手でやれば、東京さながらの高級鮨ってことで大人気になるぜ」

と康介先輩にけしかけられた。

「でも、そこまでやると親父が」

「なあに、どーんと儲けてみせれば親だって何も言わなくなる。改装はおれにまかせれば、西麻布並みの洒落た店にしてやっからよ」

その甘言に乗せられて自分でも何度か上京し、ほかの劇場型も訪ね歩いていたら嵌まってしまった。あとは康介先輩に言われるままに融資を受け、改装工事から高級食器や刀剣包丁の調達まで先輩の工務店に一括発注して、東京よりは安め設定の劇場型高級鮨を開いてしまった。

「いまにして思えば、まんまと康介先輩の営業トークに乗せられちゃったんですよね」

それだけに、東京という大都会では一部に流行ってるものがすべてじゃない、と山藤から指摘されたときはショックだったという。

「結局、おれって東京に憧れすぎてたんです。家を出たくても跡継ぎ息子の足枷があって両親の期待は裏切れない。だから東京への憧ればかりが募って勘違いしちゃったわけで」

ため息をつきながら淳平がまたワインを口にした。すると雅代が慰めるように言った。

「だれだって勘違いするときはあるわよ。あたしだって血迷ってた頃があったし」

「雅代さんが？」

淳平が訝しげに問い返した。

「まだ夫がいた若い頃、鮨屋をやってたあたしの父親も病気で倒れたのね。それであたしが自己流で握りはじめたら羽田の店が傾いたもんだから、店を継いだ夫が流し目を使えって言いだしたの。当時はまだ若くて痩せてたから生活のために流し目で媚《こ》びを売って握るようにしたら、なぜか店が盛り返したわけ」

調子づいた夫は大枚の借金をして銀座《ぎんざ》に進出した。ところが銀座では相手にされずに大失敗。借金まみれになった夫は雲隠れして、捨てられた雅代は生きるために浅草《あさくさ》の老舗江戸前鮨の親方に過去を打ち明けて泣きつき、遅ればせながら弟子入りさせてもらった。

「それから七年修業して二番手になったところで後進に道を譲って間借り鮨をはじめた。って、いつもは話してきたんだけど、実は違うの」

雅代は苦渋の色を浮かべ、ワインを呷ってから続ける。

「この際、あたしの恥も曝けだしちゃうけど、二番手になった直後に、ある常連客から言われたの。〝その腕があるんなら、おれが出資するから高級鮨を開いたらどうだ。タワマン生活も夢じゃないぞ〟って」

この甘言に雅代もまた乗せられた。本格江戸前高級鮨で大成功して逃げた元夫を見返してやる、とあらぬ功名心まで湧き上がった。

「そんなとき、あの常連には関わるな、って忠告してくれたのが岩男さんだったの」

「うちの親父が？」

「そう。当時、岩男さんは同じ浅草の老舗江戸前鮨にいた兄弟子で、たまに飲んだりしてたのね。けど、あたしが先に二番手になって立場が逆転しちゃったわけ。だからあたしは岩男さんが妬んで言ってるんだろうって勘違いして、忠告を無視して、その常連と高級鮨の話を進めはじめちゃったの」

店舗を下見に行ったり、メニューを考えたり、店の仕事が上の空になるほど入れ込んで、大方の出店計画がまとまったところで浅草の親方に、一国一城の主になります、と告げた。

「途端に叱られたの。岩男さんが親方に話してくれてたみたいで〝常連が出資するなら一国一城の主どころか雇われ店主だ！　女親方を売りにした高級版の流し目鮨でひと儲けって算段に決まってるだろが！〟って叱りつけられて、その常連は即刻、出入禁止になっちゃったの」

　それで雅代は我に返った。あたしは女ゆえに舐められていたのに、鮨職人として認められたと勘違いしてた。そう振り返るほどに雅代は自分に失望した。あたしも欲をかいて失敗した元夫と何も変わらないじゃないか、と。

　そんなある日、たまたま食べに入った間借りカレーの店で雅代は閃いた。

「こうなったら間借り鮨屋になろう。欲は捨てて真っ当な鮨職人として上等な鮨を握りながら、のほほんと笑いながら生きていこう、って。だから、いまのあたしがあるのは岩男さんのおかげなの。しかも、そう悟ったあたしに浅草の親方が明かしてくれたんだけど、あたしを兄弟子より先に二番手にしたのは、流し目鮨がトラウマになってたあたしに自信をつけさせるために、岩男さんの承諾を得て抜擢したって言うの。だから岩男さんには、いまも感謝しかないし、それもあって、あたしが間借り鮨に転じた直後に浅草の親方は、岩男さんを二番手に引き上げたのね」

　それればかりか、岩男が故郷甲府での開業を決めると、実家の敷地に建てる店舗の設計や経営の相談にも乗って、江戸前握りと甲州握りを両立させた鮨甲将を成功に導いてくれた。

「そうだったんだ」

　淳平が思いを噛み締めている。

「これでわかったでしょ。人生で勘違いしたり血迷ったりしたのはあたしも同じなの。だから大事なことは、そうと気づいたらどう立ち直るか、なのね」

　そう言い添えると雅代は、淳平と自分のグラスにワインを注ぎ足してから、

「というわけで、ここで重大発表！」

　不意に声を張り、

「二人とも、あと二週間で見習い終了！」

「え、もうですか？」

　思わぬ発表に咲良は慌てた。まさか一か月半で修業が終わるとは思ってもみなかった。それは淳平も同じらしく、ぽかんとしている。

「そんな顔しないでよ。修業っていうのは時間の長さじゃなく、その人がどう変わったかであって、二人に学んでほしかったのは技じゃなくて心なの。鮨への愛を持てるようになれば、その先は自分で自分を高めていけばいいの。だから残りの二週間、二人とも修業の総仕上げのつもりで頑張って、一階の店の再開に向けて動きだしてちょうだい」

　わかったわね、と念押しすると、さ、もう一品何か作るね、とまた台所に立った。


　翌朝の目覚めは夫婦ともに爽やかだった。

　昨夜はあれから、かつて雅代の部屋だった二階の四畳半であれこれ話し合ってから床に就いたのだが、朝五時のアラームが鳴る前に二人とも起床してしまった。

　それほどゆうべは意義深い飲み会だった。ノンアルの咲良はもちろん、修業前は飲むたびに悪酔いしていた淳平も心地よい酔いに身をまかせ、

「親父もいろいろあったんだなあ」

と若き日の父親に思いを馳《は》せていた。

一方で咲良は、初めて雅代の鮨を食べた日のことを思い出していた。あのとき雅代に義父との関係を聞いたらお茶を濁されてしまったが、簡単に話せることではなかったのだ。それほどの恩義があったからこそ息子夫婦のために間借りしたり修業させてくれたりしたわけで、義父もすごいが雅代もすごい、と感じ入ったものだった。

「よし、行くか」

淳平に促されて布団をたたみ、身繕いを整えて一階に下りた。すでに雅代も準備万端で、

「朝ご飯は、いつも通り市場めぐりのあとね」

と再び淳平の運転で朝陽が射しはじめた羽田の街を出発した。

豊洲までは東京湾沿いの首都高速を飛ばし、東京港トンネルからお台場《だいば》を抜けて三十分。甲府の市場とはスケールが違う巨大な建物が並ぶ豊洲市場の水産仲卸売場棟に到着した。

その足で向かった広大な一階フロアには、四百店以上の仲買店がひしめき合い、碁盤の目のような通路を数多の買出人が慌ただしく行きかっていた。甲府とは比較にならない売場に圧倒されながら、咲良は膨らみはじめたお腹を庇いながら雅代と淳平の後を追った。

ほどなくして雅代は『柳澤《やなぎさわ》商店』と看板を掲げた店に入った。ここは特種物と呼ばれる鮨屋や料理屋向けの高級食材を扱う店だそうで、鮃や赤鯥《あかむつ》といった白身魚から真鯖や小鰭などの青魚まで所狭しと並んでいる。

「柳澤くんいる？」

雅代が店の奥に声をかけた。

「おお、姐さん久しぶり」

帳場の傍にいた無精髭だらけの店主の柳澤が、いつ帰ってきたの？　と嬉しそうに聞く。

「まだ甲府なの、ちょっと会いにきただけ」

「なんだい、買わねえならとっとと帰れや」

柳澤が冗談を飛ばした。すかさず雅代も、

「あらそう、せっかく上客を連れてきたのに、甲府に帰ろっか」

と淳平と咲良を振り返って肩をすくめてみせる。慌てて夫婦で、初めまして、と自己紹介すると、雅代が補足してくれた。

「この夫婦は近々、甲府で気合いの入った鮨屋を開店するの。あたしも太鼓判の二人だから、応援してあげてくれる？」

「ほう、姐さんが太鼓判なら断れねえな。淳平くん、あとで連絡くれっかな」

柳澤が気さくに笑いかけてくれた。

それで話が決まったのか、じゃまた、と雅代は片手を上げて店を後にした。

市場は何事もテンポが早い。再び歩きだした雅代を二人で追いかけ、どういうことです？　と淳平が尋ねた。

「再開店するときには柳澤くんに正式な挨拶状を送ってちょうだい。あとは折々に豊洲まで直接挨拶に来ていれば、電話一本で上物を送ってくれるから」

「え、それで上物が買えるんですか？」

「そう。甲府に入りにくい魚もあるから、助けてくれるように頼んだの」

「そんな簡単に頼めるんですか」

「人と人との絆ってそういうものなの。この人なら、と思う人の頼み事には無理してでも応える。鮨愛で繋がっていればそれが当たり前だし、あたしもそうしてきたしね」

「でもおれ、柳澤さんと何も話してないし」

「彼はあたしを信頼して受けてくれたの。だから、もし淳平さんが粗相をしたら、あたしの責任になる。それはわかってるわよね」

にっこり笑いながら釘を刺す。そう言われて咲良も聞きたくなった。

「あの、柳澤さんとは、どんな絆が？」

「柳澤商店は、築地市場にあった頃は源八《げんぱち》商店っていう店だったのね」

店主の源八は昭和の昔、仕入れに来ていた雅代の父親と懇意にしていた。その縁から雅代も親しく出入りするようになったのだが、平成に入ると築地市場が豊洲移転でゴタつきはじめた。その騒ぎに嫌気が差した源八は、仲買店を番頭格だった柳澤に譲り、故郷の能登に帰って漁師になってしまった。

「そこで柳澤くんは柳澤商店と店名を変えて豊洲に移転した。あたしはそのまま付き合い続けて、源八さんからは能登の魚を送ってもらうようになった。そう考えると、この商売、つくづく人と人との絆なのよね。だから淳平さんも今日の縁を大切にして、この人なら、っていう存在になってちょうだい」

そう話しながら再び雅代は仲買店をめぐり歩き、飛び込みでも気さくに売ってくれる店、うかつに買わないほうがいい店、といった裏情報も伝授してくれてから、ふと時計を見た。

「あら、そろそろ約束の時間だ」

雅代は急ぎ足で四階フロアに上がり、調理道具や海苔、干物類などを売る店々をさっと案内してくれてから、朝ご飯にしよ、と中華屋や洋食屋などが並ぶ食堂街に入り、一軒の定食屋の暖簾を潜《くぐ》った。その瞬間、

「雅代さん！」

どこかから声がかかった。見ると奥の長テーブルに栗色ヘアの女性がいる。

「まあ、佑衣も来てくれたの」

嬉しそうに雅代が微笑みかけると、

「雅代さんとお二人に会いたくて、娘を実家に預けて椋太《りょうた》の仕入れについてきました」

隣に座っている刈り上げヘアの男性が夫の椋太だそうで、雅代とともに咲良たちも長テーブルに着き、それぞれ定食を注文したところで、

「この二人は日本橋人形町《にほんばしにんぎょうちょう》で本格バスク料理の店『ｖａｓｃｏ Ｒ＆Ｙ』をやってるの」

と雅代が改めて紹介してくれた。

三十代半ばの椋太は、二十代でスペイン北部バスク地方のサンセバスチャンで修業し、帰国後に佑衣と結婚。椋太はオーナーシェフ、佑衣は接客担当となって店を開いたのだという。

「でもコロナとかで店がうまくいかなくなって夫婦で葛藤してたんだけど、めげずに二人で人気店に立て直したの。言ってみればあなたたちのお手本みたいな夫婦ってわけ」

雅代がカツ煮定食を食べながら椋太夫婦の軌跡を語ってくれると、モツ煮定食を頬張っている椋太が照れ笑いした。

「お手本なんて、とんでもない。雅代さんに出会えなかったらいまのぼくらはなかったし、淳平くんたちも雅代さんに出会えたことに感謝して精進すれば、きっと大丈夫だと思う」

その言葉に唐揚げ定食の淳平が、

「やっぱ雅代さんってすごいんですね」

感じ入ったように口を挟むと、

「あんまり持ち上げないでよ。あたしはただ寄り添ってるだけで、ほんとにすごいのはどっちも奥さんなんだから」

雅代の言葉に、ああ、それも言えてる、と椋太もうなずいた。一時は離婚寸前まで追い詰められたそうだが、結果的に再生の決め手は妻の佑衣だった、と振り返っている。すると淳平が照れ臭そうに、

「結局、男って馬鹿なんですかね。妙な沽券《こけん》にこだわったりして」

と自嘲した。これには黙って銀鮭定食に箸をつけていた佑衣が、豚汁定食の咲良に目を合わせてくすくす笑ってから、

「ひょっとしておめでた？」

照れ隠しのように聞いてきた。咲良がお腹をさすりながら、はい、と答えると、

「これからが大事なときよね。あたしは臨月まで働いてたんだけど、いまは四歳になった娘を昼間だけ保育園に預けて接客してるの」

夜は接客係を雇って育児と両立させているそうで、夫婦で同じ志を持っていれば大丈夫よ、と妻の観点から励ましてくれた。その言葉に呼応するように椋太がまた口を開く。

「ちなみに淳平くんたちの店は、再開後、どんな鮨屋にするの？」

これまでの経緯は雅代から聞いているそうだが、今後が気になっているようだ。

「そうですねえ、実はゆうべ咲良と話したんです。町鮨やチェーン鮨ほど庶民的じゃないけど、高級鮨ほど気取ってない。予約でも飛び込みでも、レベルの高い鮨を高級店より多少抑えた値段で気さくに食べれる店にしようって」

「なんかわかりにくいわねえ」

雅代が茶化すように口を挟んできた。

「そうなんですよね。だからいろいろ考えてたんですけど、雅代さんがよく言ってる〝上等な鮨〟っていうコンセプトはどうかと」

「あら、あたしの言葉を使ってくれるの？」

雅代が喜んでいる。咲良も大きくうなずき、

「あたしもゆうべ淳平から聞いて、うちの店が出直すのにぴったりな言葉だと思いました」

と微笑むと、淳平が言葉を繋ぐ。

「ほかにも、鮨まさよのようにおまかせでもお好みでも頼めるようにして、親父に敬意を表して店名は元の鮨甲将に戻す。あと、親父が握ってた甲州握りも復活させたいです」

「ああ、それはいいわね」

雅代が身を乗りだした。

「あたしは江戸前仕事にこだわってやってるけど、それを江戸前原理主義だって腐す人がいるのね。でも、そうじゃないの。江戸前鮨を大事にしつつ、甲州鮨にしろ大阪の箱鮨にしろ富山の鱒《ます》鮨にしろ、全国各地の鮨もそれぞれに愛すべき鮨で大好きなの。だから江戸前握りと甲州握りの共存も大賛成！」

「だったら調子に乗って、雅代さんの湯呑み酒も真似ちゃっていいですか？」

「全然オッケー、っていうか、むしろ嬉しい」

「となると、あとは内装を和風に戻すだけなんですけど、ただそれは資金的に厳しくて」

　淳平が恥ずかしそうに言い添えると、

「無理に和風に戻さなくていいわよ。あたしはバーや町中華でも間借りしてきたけど、鮨さえ真っ当なら、お客さんは違和感を楽しみながらついてきてくれる。だからあとは」

　言葉を止めて椋太夫婦を見ながら、

「あとはこの先輩夫婦みたいに仲良くやるだけだけど、椋太さん、円満の秘訣《ひけつ》ってある？」

　ふと問いかける。

「べつに秘訣なんてないけど、男の沽券はほどほどにして、夫婦であっても仕事のパートナーとして尊重し合っていく、ってことかも」

「さすが椋太さん、いいこと言うわねえ。夫に逃げられたあたしは耳が痛いけど」

　雅代がいたずらっぽく返すと、

「そ、そういう意味じゃないっすよ」

　焦り顔の椋太に、咲良たちは和やかに笑い声を上げた。

8

収穫に満ちた豊洲訪問から一か月後の初夏。青葉煌めく空の下、鮨ＫＯＳＨＯ改め鮨甲将のプレオープン当日になった。

豊洲訪問から帰って残り二週間の修業を夫婦ともに全うし、さらに二週間の準備期間を経て満を持してのプレオープンになる。

ただ、鮨ＫＯＳＨＯのときは康介先輩をはじめ多くの友人知人も招いて派手に二日間やったものだが、今回は内々だけのお披露目会にした。もう後には引けない状況とあって浮かれてはいられない。それだけに咲良も、

「今日と明日だけは、あたしも市場に行く」

と朝四時半起きで準備を整えた。

「そのお腹で無理しないほうがいいよ」

淳平からは止められたが、ぜひ市場の人たちに挨拶したいの、と言い張って、今日明日だけは夫婦で市場へ行くことになった。

場内の駐車場に到着すると、すでに雅代の軽トラも着いていた。

「再開店おめでとう。今夜のお披露目会、楽しみにしてるね」

雅代は笑顔で声をかけてくれると、さっさと水産仲卸売場に入っていく。鮨まさよと鮨甲将の仕入れは微妙に違うから、今日からは別行動になる。

「よし行こう」

淳平のひと声で、夫婦連れ立って雅代とは違う順序で仲買店をめぐりはじめた。

まずは重治商店に出向いて挨拶すると、

「おう、いよいよだな」

シゲさんが店の奥からトロ箱を持ってきて、選り抜きの鮪を大盤振る舞いしてくれた。

ほかの店でも事情を知る仲買人たちが口々に励ましの言葉を贈ってくれて、そのたびに身が引き締まる思いだった。

小一時間で仕入れを終えると、すぐさま店に戻り、かつての黒い作務衣に代えて和食白衣に着替えた淳平は仕込みにかかった。

新生鮨甲将の営業時間は以前と同じ夜六時からにした。そこでプレオープンも同時刻からにしたのだが、その前にもうひとつ午前十一時に大事な予定がある。それを考えると仕込み時間は三時間半しかなく咲良は心配だったが、再修業の成果はここにも表れた。淳平は三時間ちょっとで悠々と仕込みを終えた。

「よし、挨拶に行こう」

夫婦二人、和食白衣姿で種箱とお櫃を手に母屋へ向かった。義母にはすでに伝えてあるが、義父に直接、再開店を報告するためだ。

母屋一階のインターホンを押すと、義母が義父の寝室に通してくれた。

「おはよう、お義父さん」

まずは咲良が声をかけた。ベッド脇のテレビを眺めていた義父が目を向けてくる。まだ片鼻には管が入っているが、さらに顔色がよくなったように見えてほっとしていると、皺だらけの指で咲良のお腹を指差してきた。

「赤ちゃんは元気かって聞いてるのよ」

義母が通訳してくれた。

「はい、ぐるぐる動いてます」

咲良が微笑むと、義父も嬉しそうに目元を綻ばせる。すると淳平が緊張した面持ちで、

「親父、心配かけてて申し訳ない。今日から店名を元に戻して再開店するんで、ちょっとおれの鮨をチェックしてくれるかな」

と告げてサイドテーブルに種箱、お櫃、俎板、角皿などをセット。台所で手を洗い清めてくると、義父に黙礼して種箱の蓋をそっと開け、きれいに並べた鮨種を見せながら、

「まずは赤身からいくね」

と刀剣包丁を売り払って買った柳葉包丁を手にして黒鮪の赤身を切りつけ、お櫃の蓋を静かに開けた。右手で赤シャリを丸め、左手の赤身に山葵をちょんとつけ、二か月前の淳平とは別人のような流麗な手捌きで一貫握り、煮切りを塗って角皿にそろりと置く。

続いて、今度は大きく切りつけた赤身を大きなシャリで握って赤茶色のタレを塗った。義父が目を見開いている。一貫目より一・五倍も大きい握りを淳平は包丁で二つに切り分け、同じ角皿に並べ置くと、

「今日からは江戸前握りと甲州握り、両方握るからね」

と二貫並べた角皿を見せながら、甲州握り用のタレを匙《さじ》ですくった。液体なら味見できるかも、

と義母から言われている。義父の口元へもっていくと、義父がゆっくり舌をだしてタレを舐めた。途端に義父の目が潤みはじめた。それに気づいた義母も、こみ上げるものを堪えている。すると義父が目配せした。義母が義父の涙を拭ってから五十音ボードを差しだし、義父は一文字一文字指差していく。

『じ ょ う と う だ が ん ば れ』

奇しくも上等という言葉を使って励ましてくれた。

思わぬ応援メッセージに淳平が肩を震わせ、ぽたりぽたり大粒の涙をこぼしはじめた。たまらず咲良と義母も、もらい泣きしていると、義父がまた指先を動かした。

『め で た い と き に な く な』

義父の激励を胸に店に戻ると、豊洲の柳澤商店から魚が届いた。注文したのは真子《まこ》鰈《がれい》と金目鯛だったのに、お祝いのつもりか真鯛も一尾入れてあった。

淳平は即座に柳澤に電話を入れて感謝を伝えてから、追加の仕込みをはじめた。咲良も花を生けたり、おしぼりを巻いて蒸したり最後の準備に勤しみ、午後六時ちょうどに店名を書き換えた門灯を点した。

『上等握り　鮨甲将』

あえて上等握りと書き添えたのは、これまでとは違う意気込みを伝えたい、と淳平が言いだして咲良も賛成した。

門灯に続いて義父母時代の鮨甲将の暖簾も洋風扉の上に掲げると、待ちかねたように雅代が来

店した。今日の雅代は昼営業を終えてから外出していたのだが、いましがた軽トラでもう一人の招待客を連れてきたそうで、

「おう、おめでとう！」

辛口鮨っ食いの山藤が入ってきた。相変わらずの白髪白髭顔ながら、今夜は背広でぴしりと決めている。祝いの品は辞退します、と伝えていた通り手ぶらで来店してくれた。

「わざわざ遠くまですみません」

淳平が恐縮して頭を下げると、

「なあに、特急で二時間弱ぐらい、上等鮨を食うためなら近いもんだ」

はっはっはと笑った。

続いて義母も女将時代の着物姿でやってきた。義父のことは訪問介護士にまかせてきたそうで、気づいた雅代が山藤を紹介すると、

「今回は本当にお世話になりました」

丁寧にお辞儀をした。その後、義母に聞いた話では、山藤は今回、雅代から事情を聞いて、鮨甲将の再生のためにわざわざ何度も甲府を訪ねてくれたのだという。ここにも鮨愛の人がいた、と感謝しかないが、

「いやいや、すべては大女将がいてこそです」

当の山藤は謙遜する。そこに甲府市の郊外で暮らす咲良の父と母も、子を授かった娘夫婦のために駆けつけてくれた。

残るは一人だけだ。咲良がそわそわしていると、ほどなくして特別ゲストのシゲさんがやって

きた。いつもの禿げ頭を撫でつけながら、よおっ、と挨拶して付け台に着く。

待ってましたとばかりに淳平が発声した。

「皆様、ご足労ありがとうございます。今宵はおまかせでもお好みでも、江戸前握りでも甲州握りでも、いかようにも握ります」

初めて淳平らしい簡潔な挨拶をすると、雅代と山藤はお好み、あとは全員おまかせを選び、それぞれに湯呑み酒やビールで乾杯した。雅代だけは山藤の送迎のためノンアルビールにして、早速、和やかな歓談がはじまった。

そんな店内の空気に合わせて、淳平はおまかせの人には真子鰈をつまみで切り、雅代と山藤には、何から切りましょう、と尋ねた。

「あたしたちは最初から握って」

と雅代は甲州握りの烏賊、山藤は江戸前握りの小鰭を注文した。

淳平はまず烏賊を大ぶりに切りつけて握り、甘ダレを塗って半分に切ると、おいしくいってらっしゃい、と念じるようにして長皿に置いた。雅代は烏賊の半分を慈しむように口に運び、目を瞑《つむ》って余韻に浸りながら、

「父子《おやこ》の絆の味がする」

と呟いてほっこり笑った。続いて山藤は江戸前の小鰭を頬張って口角を上げている。

そんな二人を見た義母が、あたしも甲州握りの烏賊ちょうだい、と追加注文すると、淳平が愛おしそうに握りはじめる。そんなやりとりを間近にして、今夜の淳平は鮨愛の人だ、と咲良が目を細めていると、雅代がまた打ち明け話をはじめた。

「淳平さん、いつだったかあたし、あなたの鮨には愛がない、って言ったよね。あれって元は兄弟子の岩男さんから言われた言葉なの」

「え、親父から？」

淳平が顔を上げた。雅代は小さくうなずき、

「浅草時代、あたしが出店話に浮かれて握ってたら、雅代の鮨には愛がない、調子こいてる場合か、って岩男さんから叱られたの」

淳平が目を瞬かせている。雅代を覚醒させた父親の言葉が息子も覚醒させた。咲良もまた胸を衝かれていると、山藤が口を開いた。

「それこそ、いい意味での因果はめぐるってやつだなあ。鮨への愛も元はといえば、いまは亡き浅草の親方の教えだと雅代から聞いてるし、実際、雅代をたぶらかした常連客を親方は即座に出禁にしたってんだから、どこまでも鮨愛に溢れた親方だったんだろうな」

いや素晴らしい、と賛辞を送った山藤に、ほんとにそう、と義母も首肯して、

「だからうちの人も浅草の親方流に、鮨をないがしろにする客は即刻出禁にしてたもの」

と振り返る。これにはシゲさんも湯呑み酒を片手に、

「確かに岩ちゃんも筋を通してたよな。お客様は神様とばかりに客に振り回されてる店も多いが、店と客は対等な関係だ。無粋な客には容赦なかったから、岩ちゃん時代の鮨甲将には筋のいい客ばっかり集まってたもんだ」

淳平もそういう店にしろよ、と発破をかける。そこに咲良の父も口を差し挟んだ。

「実は私も以前、鮨甲将で食べたことがあるんですが、鮨への愛は大女将にも溢れてました。そ

んな夫婦の気迫はお客さんにも伝わるものだし、これは若女将も見習わないとな」

咲良にも発破をかけてきた。すると雅代が冗談めかした口調で、

「こらこら、みなさんプレッシャーかけすぎ。淳平さんが迷走してたのも、偉大な岩男親方の存在がプレッシャーになってたんだろうし」

と擁護してくれると、淳平が握る手を止め、

「それ、当たってます」

恥ずかしそうに笑った。父親が懇意の町鮨で修業しろと言ったのにチェーン鮨に就職したのも、劇場型になびいたのも、同じ意味で逃げだった、と身を切る本音を明かしてみせると、辛口の山藤が、

「それを公言できるんなら、もう淳平くんは大丈夫だ。なぜなら、いま食べた一貫だけでわかったが、きみには親父さんを超えられるだけの底力がつきはじめている。だから産まれてくる子のためにも、いつか超えてやる、という気概を持って身の丈を踏み外さなければ、鮨甲将の未来は明るいな」

力強く励ましてくれると雅代が言い添えた。

「そういえば昔、大阪で間借りしてた頃にお好み焼き屋のオモニから言われた言葉があるの。〝商売は食べる分だけ、欲張らない〟」

「ああ、いい言葉ですね」

咲良が応じて胸の内で反芻《はんすう》していると、

「だから咲良さんも淳平さんも、謙虚かつ衒《てら》いなく、愛を込めた上等握りをお客さんに届け続け

てちょうだい。なあんて説教臭い言い方になっちゃったけど、二人の再出発はきっと、甲府の人たちの心に響くと思うしね」

と柔和な微笑みを浮かべた雅代に、淳平が無言のまま姿勢を正して深々とお辞儀をした。その目には今日二度目の涙が光っている。


いよいよ本営業がはじまる翌早朝。新たな気合いと多少の不安を覚えながら夫婦で市場へ行くと、雅代の軽トラが来ていなかった。

昨夜はお披露目会がお開きになってから軽トラで山藤を送っていったから、めずらしく寝坊でもしたんだろうか。

怪訝に思いながらも仲買店をめぐり歩き、本営業向けの仕入れを終えて店に戻ってくると、二階にいる気配もない。さすがに心配になって二階に上がった咲良は仰天した。付け台をはじめ雅代の鮨屋道具一式がそっくりなくなっている。驚いて淳平を呼ぶと、マジかよ、と呟いたきり茫然としている。

義母なら何か知ってるかもしれない。二人で母屋の一階に飛んでいくと、
淡々と告げられた。

「ああ、雅代さんなら真夜中に戻ってきて荷物を積んで、つぎの間借り先に旅立ったけど」

「そんな急に?」

咲良は声を上げた。

「急は急だけど、ゆうべ雅代さんから言われたの。もう二人は大丈夫だから、あたしはさっさと消えたほうがいい、って」

「それにしたって」

二の句を継げず涙目になっていると、なあ咲良、と淳平が割って入ってきた。

「これって、あとは二人で頑張れ、っていう雅代さんからのエールかもな」

「エール？」

「人間、支えが必要なときもあるけど、支えられすぎると余計なお世話に感じる。それを見越した大人の判断だと思う」

「けど、お別れの挨拶ぐらいしたいじゃない」

まだ諦めきれなくて携帯を取りだした咲良は、そういえば雅代の連絡先を知らなかった、と気づいた。いつも二階に行けば会えたし、あえて電話する必要もなかったからだが、慌てて義母に番号を聞いた。

「教えない。雅代さんと約束したから」

「そんなあ」

「でも、それが雅代さんの流儀なんだからしょうがないでしょう」

求められれば駆けつける。必要なければさらりと立ち去り、また別の土地でのほほんと笑いながら鮨を握る。それが雅代さんの生き方なの、と諭された。それでも咲良が釈然としない面持ちでいると、

「咲良、確かにお袋が言う通りだ。ここは雅代さんのエールに応えて二人で頑張ろう」

淳平が吹っ切れたように言って、雅代のように咲良の肩をぽんと叩き、さあ仕込み仕込み、と店に戻っていった。

朝からの衝撃が覚めやらぬまま今日も忙しく時が過ぎ、気がつけば午後六時。生まれ変わった鮨甲将を正式に開店すると、咲良の不安とは裏腹に初日からなんと十人もの客がやってきた。

それは二日目以降も変わることなく、午後六時から十一時までの五時間で客が二回転する嘘のような毎日が四日間続いた。

咲良も淳平も狐《きつね》につままれた気分だった。ＳＮＳでは告知したが、ほかにはシゲさんや仲買人たちが周囲に触れ回ってくれたぐらいなのに、こうも順調だと逆に怖くなってくる。

「しかしまあ、これはご祝儀繁盛だ。慢心しないで当面は定休日なしで頑張ろう」

四日目の夜、寝しなに淳平から告げられて咲良も気持ちも新たに床に就いたのだが、その翌朝のことだった。

今日も淳平が市場に出掛けようとしたそのとき、義母から電話が入った。

「お父さんが」

消え入りそうな声だった。ゆうべまでは元気だったのに、胸騒ぎを覚えて起きたら様子がおかしい。泡を食って救急車を呼んでいるうちに息を引き取っていたという。

驚いて一階の寝室に下りると義父は静かに横たわっていた。やがて救急隊員が駆けつけて蘇生《そせい》を試みたが、脳梗塞の再発後致死率は約五十％だそうで息を吹き返すことはなく、

「せっかくお店が順調なのに」

義母がやつれた顔で呟き、義父が親方時代に使っていた白いさらしをそっと顔にかけて涙を流した。

そのとき淳平が立ち上がった。市場に行くという。

「今日は休も」

咲良は諫《いさ》めたが、

「いや、店はやる」

きっぱり言う。

「けどこんなときに」

「こんなときだからこそ、いつも通りやる」

親父もそれを望んでるはずだ、と譲らない。それでも咲良が食い下がっていると、

「咲良さん、お店を開けて」

泣き濡れた義母も口を揃える。義父は寝たきりになった当初、万一の場合も店は休むな、と言ったという。葬儀も簡素でいいから近親者以外には知らせずに営業し続けろ、と。

「とにかくうちの人は店のことばかり気にかけてたの。淳平をちゃんと導けなかったのはおれの責任だ。妹弟子だった頃の雅代には客観的な視点から警告できたのに、淳平にはつい甘くなって、息子がよかれと思うようにやらせよう、とチェーン鮨勤めも劇場型も黙認しちまった。その責任を取るためにも、おれに代わって雅代に鍛え直してもらう、って言いだして、あたしが雅代さんに連絡して、うちの人が五十音ボードを使ってお願いしたの。そこまでして店を立ち直らせたかった人なんだから、鮨甲将を開け続けることがうちの人の供養になるの」

どうかわかって、と咲良の手を握り締めてから義母は携帯を取りだし、

「そういうわけだから、雅代さんにだけはいま訃報を伝えるね」

一緒に聞いて、とスピーカーにして発信した。コール音が何度か鳴ったところで、

「どうしました?　大女将」

雅代の声だった。

「いま岩男が亡くなりました。生前は本当にお世話になりました」

義母が気丈に伝えると、雅代はしばし絶句してから、

「お悔やみ申し上げます」

涙声で弔《ちょう》意《い》を表してくれた。すかさず淳平は携帯に顔を寄せて報告した。

「雅代さん、ありがとう。おかげさまで店は順調です。父もきっと喜んでくれてます」

「とんでもない、すべて岩男さんのおかげよ」

そう言われて咲良も黙っていられず、

「咲良です、あたしも雅代さんには心から感謝してます。これからは義母と淳平と三人で義父の遺志を継いでいきます」

こみ上げるものを堪えながら謝意を伝えると、雅代は鼻を啜り上げながら、

「三人じゃないでしょ。もう一人、あなたのお腹にいる人を忘れてる」

穏やかに言われて、はっとした。ひとつの命が天に昇り、ひとつの命が降臨する。それが人の定めなんだ。

そう気づいた瞬間、お腹の中の赤ちゃんがぐるんと動いた。

本作の執筆にあたってお世話になった銀座『鮨竹』の
三好史恵親方に、心より感謝いたします。

この物語はフィクションであり、実在の人物、店、企業、
団体等には一切関係ありません。

初出

ハノイの母　「小説推理」'23年8月号、9月号

ファイナルステージ　「小説推理」'23年10月号、11月号

同居鮨　「小説推理」'23年12月号、'24年1月号

原 宏一●はらこういち

1954年長野県生まれ。茨城県育ち。早稲田大学卒業後、コピーライターを経て、97年『かつどん協議会』でデビュー。書店員の熱心な応援により、2001年に文庫化された『床下仙人』が、07年にベストセラーに。同書は啓文堂書店おすすめ文庫大賞にも選ばれた。16年「ヤッさん」シリーズがテレビドラマ化。その他の作品に「佳代のキッチン」「閉店屋五郎」「星をつける女」の各シリーズ、『ねじれびと』『うたかた姫』『間借り鮨まさよ』『たわごとレジデンス』などがある。

同居鮨《どうきよずし》 間《ま》借《が》り鮨《ずし》まさよⅡ

2024年5月25日　第1刷発行

著　者—— 原《はら》 宏一《こういち》

発行者—— 箕浦克史

発行所—— 株式会社双葉社

東京都新宿区東五軒町3-28　郵便番号162-8540
電話03(5261)4818〔営業部〕
03(5261)4831〔編集部〕
http://www.futabasha.co.jp/
(双葉社の書籍・コミック・ムックが買えます)

DTP製版— 株式会社ビーワークス

印刷所—— 大日本印刷株式会社

製本所—— 株式会社若林製本工場

カバー印刷—— 株式会社大熊整美堂

ISBN978-4-575-24743-5 C0093

好評既刊

雪血風花

滝沢志郎

赤穂浪士の武林唯七は「粗忽者（おっちょこちょい）」な人柄で愛された人物。その唯七を主人公に「仇討ち」か「愛する家族」かで悩む、等身大の赤穂浪士たちの姿を描いた傑作時代小説。